Marie Luise Kaschnitz · Der alte Garten

Marie Luise Kaschnitz

Der alte Garten

Ein modernes Märchen

claassen

1. Auflage 1975
2. Auflage 1981

Gesetzt aus der Concorde der Firma Berthold AG
Satz: Kleins Druck- und Verlagsanstalt, Lengerich
Papier: Papierfabrik Schleipen GmbH, Bad Dürkheim
Druck und Bindearbeiten: Richterdruck, Würzburg
Printed in Germany
ISBN 3 546 45161 9

Inhaltsverzeichnis

1. KAPITEL
Der alte Garten.

Mitten in der großen Stadt liegt ein sehr alter Garten. Früher einmal und vor gar nicht so langer Zeit hat er zu einem Herrenhaus gehört, Wiesen und Wälder haben ihn umgeben, und niemand hat gewußt, wo er zu Ende war und das freie Land begann. Im Winter sind die Rehe aus dem Wald in den Garten gekommen, und im Sommer sind die Kinder aus dem Herrenhaus über die Wiesen gelaufen, so weit sie nur konnten.
Aber dann wurden diese Kinder groß und zogen in die Fremde, und die Stadt dehnte sich immer mehr aus und kam immer näher an das alte Haus heran. Eines Tages wurde um den Garten eine Mauer aufgerichtet, gerade als wollte man ihn davor schützen, von der Stadt aufgefressen zu werden. Jenseits dieser hohen Mauer aber wurden Bäume gefällt, wurden Straßen angelegt und hohe Häuser gebaut. Und als die Stadt den alten Garten ganz umschlossen hatte, wuchs sie sogar an ihm vorbei, immer weiter, tief in das Land hinein.
Trotz all dieser Veränderungen schien es fast, als sollten das Herrenhaus und der alte Garten miteinander in Frieden weiterbestehen. Noch immer

lebten die Eltern jener Kinder, die in die Fremde gegangen waren; nun hatten sie kein Landgut mehr, aber sie konnten doch noch unter den alten Bäumen ihres Gartens spazieren gehen und im Hochsommer, wenn das Laub dicht war, mochten sie glauben, es sei alles wie in den alten Zeiten. Aber doch waren sie nun schon an die hundert Jahre alt und sehr schwach. Eines Tages starben sie beide zur selben Stunde, und ihre Kinder kehrten nicht zurück. Da brach für den alten Garten eine neue Zeit an, eine unruhige und gefährliche Zeit. Es begann damit, daß fremde Leute durch den hübschen weißen Säulenvorbau aus dem Haus traten und geradewegs die Treppe in den Garten hinabstiegen. Dort stellten sie sich auf den großen Rasenplatz und betrachteten das Haus mit geringschätziger Miene. Sie machten sich gegenseitig darauf aufmerksam, daß auf dem Dach ganze Reihen von Ziegeln fehlten und von der Terrasse ein großes Stück der Brüstung heruntergefallen war, und stießen mit dem Fuß nach einem kleinen grauen Steinengel, der dort im Gras lag, von Brennnesseln überwachsen. Dann schrieben und zeichneten sie in ihre Notizbücher, und als sie das nächste Mal kamen, steckten sie lange rote Stäbe in die Erde. Und nun dauerte es nicht lange, da wurde das alte Herrenhaus ganz und gar zerstört. Es wurde abgerissen, und an seine Stelle wurde ein großes Mietshaus gebaut, das, noch ehe es recht trocken war, schon bezogen wurde.

Um das alte Haus niederreißen und das neue bauen zu können, hatte man ein großes Stück der Mauer abbrechen müssen, die dazu bestimmt gewesen war, die uralten Bäume des Gartens, die Rasenflächen und die altmodischen Beete zu schützen. Nun lag an der Stelle, wo die alte Landfrau ihre Rosen gepflanzt hatte, ein riesiger Schutthaufen, und eine ganze Weile lang sah es so aus, als sei dies nur ein Anfang und es würde nun Haus um Haus in den alten Garten hineingestellt werden. Aber auch jetzt kam es anders als man gedacht hatte. Eines Tages wurde hinter dem neuen Mietshaus ein Hof gepflastert, gerade eben groß genug, daß die Einwohner ein wenig Wäsche aufhängen konnten, und zwischen Hof und Garten wurde ein Drahtzaun gespannt. Dann aber geschah dem alten Garten nichts mehr. Die Jahre kamen und gingen, und das Leben draußen veränderte sich sehr schnell. Es wurde immer lauter auf den Straßen, immer mehr Autos fuhren vorüber, und seit ein paar Jahren war sogar der Himmel voll von Gebrumm, von dem Sausen und Brausen der Flugzeuge, die über der Stadt kreisten. Aber dem alten Garten geschah nichts. Mitten in all diesem Lärm und dieser Unruhe lag er still und wie verlassen da.

Vor einigen Jahren zogen in das große Mietshaus zwei Kinder, ein Knabe und ein Mädchen, die Geschwister waren und sich von Herzen lieb hatten.

Sie kamen mit ihren Eltern aus dem Innern der Stadt, und die neue Wohnung gefiel ihnen vom ersten Augenblick an über alle Maßen gut. Denn obgleich das neue Haus zu dieser Zeit schon sehr schäbig und mitgenommen aussah, und jeder Regenguß und jeder Schneesturm das ihre taten, um es noch häßlicher zu machen, hatte es doch einen großen Vorzug: von den Fenstern seiner Rückseite sah man nicht auf Höfe und Hauswände, sondern gerade in den alten Garten hinein. Im Winter hing die Sonne zwischen den kahlen Zweigen und schickte ihren hellen Schein tief in die ärmlichen Zimmer, und in den Sommernächten rauschten die alten Bäume so tief und herrlich, wie zu der Zeit, als hier noch das alte Herrenhaus stand.
Als die Kinder einzogen, war ein überaus strenger Winter gerade angebrochen, und sie mußten viele Wochen lang fast beständig das Zimmer hüten. Aber weil sie von ihrem Fenster aus in den alten Garten hinuntersehen konnten, wurde ihnen die Zeit nicht lang. Im Sommer werden wir unter diesen hohen Bäumen spielen, dachten sie. Wir werden uns hinter den dichten Gebüschen verstecken und im Grase liegen. Wenn der Wind im Kamin pfiff und heulte, stellten sie sich vor, wie sie sich auf den starken Ästen der Bäume wiegen würden, und, während der Schnee noch unablässig fiel, sahen sie sich schon über die sommerliche Wiese laufen und spürten das heiße stachlige Gras unter ihren nackten Füßen.

Noch niemals hatten sich die Kinder so auf den Frühling gefreut wie in diesem Jahr. Aber als sie an dem ersten schneefreien Tage hinunterliefen, um durch den Hof in den alten Garten zu gelangen, erlebten sie eine Enttäuschung. Sie sahen nämlich, daß es in dem hohen Drahtzaun gar keine Türe gab und daß er eine Reihe von häßlichen spitzen Stacheln trug. Und wie sie nun mit den anderen Kindern des großen Hauses Bekanntschaft schlossen und sie nach dem alten Garten fragten, hörten sie über diesen einige recht sonderbare Geschichten.

Eines Tages, so hieß es, sei ein Knabe über die Mauer geklettert und habe sich in den Garten geschlichen, um Johannisbeeren zu pflücken. Da sei ein alter Gärtner, der im Sommer jeden Morgen schon zu früher Stunde kam und bis zum Abend blieb, ganz urplötzlich vor ihm erschienen, aber nicht wie ein Mensch aus den Büschen tretend, sondern aus der Erde des Weges aufwachsend, langsam, Zoll für Zoll. Er habe nichts gesagt, aber den Knaben lange Zeit starr und schrecklich angesehen. Ein anderes Kind hatte diesen Gärtner erblickt, wie er am Abend, dreimal so groß wie ein gewöhnlicher Mensch, über die große Wiese geschritten war und die Bäume auseinandergebogen hatte, um zu sehen, ob sich kein Eindringling verberge. Und einmal hatten mehrere kleine Mädchen, die auf dem Hofe spielten, dicht hinter dem Drahtzaun etwas hinhuschen sehen wie ein altes Zwerglein, das sich bei den Wurzeln zu schaffen machte und dann plötzlich wie eine Schlange zischte und verschwand.....

All diese Geschichten hatten sich unter den Kindern des großen Mietshauses fortgeerbt wie ihr halbzerbrochenes Spielzeug und ihre Schimpfworte, die als besonders ausdrucksvoll galten. Weil sie sie gehört hatten, als sie noch sehr klein waren, flößte ihnen der Garten große Angst ein. Niemals wagten sie es, über den Zaun zu klettern, und sobald sich drüben Schritte hören ließen, rannten sie eilends ins Haus.

Auch dem neugekommenen Knaben und seiner kleinen Schwester lief bei diesen Berichten ein Schauer über den Rücken. Aber all die Schrecklichkeit des Erzählten konnte sie nicht davon abhalten, sich nach dem fremden Garten zu sehnen. Und je wärmer und schöner es wurde, je mehr Zeit verging, ohne daß sie dort Einlaß fanden, desto größer wurde ihr Verlangen.

Der Knabe war zu dieser Zeit neun Jahr alt, das Mädchen ein Jahr jünger. Obwohl die Geschwister sich so lieb hatten, daß sie fast beständig beisammen waren und wenig nach anderen Freundschaften begehrten, waren sie doch von sehr verschiedener Gemütsart, und die Empfindungen, die sie für den Garten hegten, waren sehr verschieden. Der rotbäckige Knabe, der sehr ungestüm und trotzig war, und der mit großer Leidenschaft viele Bücher gelesen hatte, die von merkwürdigen Entdeckungen und der Eroberung fremder Länder handelten, hatte in dem Garten von Anfang an nichts anderes gesehen als ein Land, das man erobern und beherrschen konnte. Von der luftigen Vogelschau seines Fensters zeichnete er bei Tauwetter, als alles sich schön deutlich darstellte – die Wege schwarz, die Rasenflächen noch weiß beschneit –, eine Karte, auf der viele verschlungene Pfade, mehrere kleine Hügel und ein Teich vermerkt wurden, sowie auch die höchsten Bäume und dichtesten Gebüsche. Später als der erste rötliche Schleier des Frühlings über den Zweigen hing, malten die Geschwister die Karte an, das Gras grün, die Wege braun, das Wasser des Teiches blau und die Beete schön bunt, und dann dachten sie sich allerhand Namen aus, um die verschiedenen Teile des Gartens zu bezeichnen. Die Landkarte, auf der nun auch alle diese Namen sorgfältig eingetragen wurden, hütete der Knabe wie einen kostbaren Schatz. Wenn er am Abend im Bett lag, und die großen Bäume des Gartens vor dem Fenster rauschen hörte, stellte er sich vor, wie er eines Tages in den Garten eindringen würde. Mehrmals am Tage näherte er sich dem Zaun und betrachtete mit trotziger Miene die spitzen rostigen Stacheln, die ihm so feindselig entgegenstarrten. Oft glaubte er dann die Schritte des alten

Gärtners zu hören oder das Klirren seiner Hacke zu vernehmen. Da er ihn jedoch nie zu Gesicht bekam, im Garten nicht und auch nicht bei der kleinen, in einer Nebenstraße gelegenen Pforte, zu der er sich oft heimlich hinstahl, begann er bald mit derselben trotzigen Angriffslust, die ihn dem Garten gegenüber beseelte, an den alten wunderlichen Mann zu denken. Er war der König des so heiß begehrten Landes, war der Feind, den es zu besiegen galt. Wie das geschehen sollte, wußte der Knabe freilich nicht.
Das kleine Mädchen, dem die braunen lockigen Haare offen auf die Schultern hingen, war sehr zart und blaß, und wenngleich der Bruder es auch an allerlei wilde Spiele frühzeitig gewöhnt hatte, war es dennoch viel weniger kriegerisch gesonnen als dieser. Wenn es allein war, liebte es sehr, mit vielerlei kleinen Dingen zu spielen und sich aus Federchen, Zweiglein und Steinchen eine winzige Welt zu bauen. In einem seiner Bilderbücher war ein bunt gemalter fröhlicher Zug von Tieren und Frühlingsblumen, die aus der braunen Erde hervorkamen, um das Fest des Frühlings zu begehen. Alle diese hübschen Blumen und zierlichen Käfer hoffte das Kind in dem nachbarlichen Garten zu finden. Es dachte an die hübschen Beete, den kleinen blitzenden Teich und die Spiele, die man auf der großen Wiese spielen konnte. In seinem vertrauensvollen kleinen Herzen waren die be-

ängstigenden Geschichten der anderen Kinder bald vergessen, und es fürchtete nur, der Frühling könnte vorübergehen, ohne daß es gelingen würde, Einlaß in den Garten zu finden.
Aber der Frühling, der eigentliche, duftende, blühende Frühling kommt in jener Stadt sehr spät. Sie liegt ja weit im Osten, und es gibt dort nicht einen, sondern sieben Winter, und noch der sechste deckt mit Eis und Schnee alle Knospen wieder zu. Im siebenten aber regnet es schon ein bißchen, und wenn der vergangen ist, kommen mit ungeheuerer Eile alle Blätter, Halme und Blüten auf einmal hervor. So hingen auch in diesem Jahr, als die Osterferien lange vorüber waren und Pfingsten herannahte, die Apfelblüten noch fest an den Zweigen, während Flieder und Goldregen schon in Blüte standen. Der Jasmin begann zu duften, und bald waren die Wiesen von goldenem Löwenzahn übersät. Die Sprosser sangen unablässig in den Nächten, und eines Tages entfalteten die Kastanien ihre schönen weißen und roten Kerzen.
In dieser schönsten Zeit des Jahres geschah es, daß der Knabe eines Abends, als er sich allein im Hof aufhielt, von unbändiger Lust gepackt wurde, über den Zaun zu klettern. Ehe er sichs versah, stand er schon auf der andern Seite im Gras und hatte sich noch nicht einmal die Hosen zerrissen. Er wandte sich um und lief über die kleine Wiese zu den blühenden Büschen hinüber, und dort fand er seinen Pfad und wanderte in den Garten hinein.

An diesem Abend sah der Knabe in dem alten Garten viele wunderliche Dinge. Er bahnte sich seinen Weg durch das modrig feuchte Dickicht, wo die Steine mit Moos bedeckt waren und sah dicke Kröten mit goldenen Augen vor seinen Füßen hinhupfen. Dann fand er in den Büschen eine alte Schaukel und schwang sich auf das breite Brett, und die Schaukel ächzte und stöhnte so sehr, daß er sich fürchtete und herabsprang. Bald vernahm er ein anderes sonderbares Geräusch, das, einer klagenden Stimme gleich, aus einem Baumwipfel herdrang, und entdeckte eine Harfe, welche in der Krone einer alten Eiche angebracht war und bei jedem Windstoß zu klingen begann. Endlich trat er aus der Wildnis dornenumschlungener Büsche unvermutet ins Freie und dort blieb er stehen und stieß einen Ruf der Überraschung aus. Obwohl es schon spät und nicht mehr recht hell war, sah er doch ganz deutlich, daß das Stück des Gartens, das da vor ihm lag, auf das sorgfältigste gepflegt und in Ordnung gehalten war. Denn hier waren die Wege säuberlich geharkt und die niederen immergrünen Hecken, welche die Beete einfaßten, schön kunstvoll beschnitten, ja es waren aus dem Wuchs allerhand Figuren geformt, eine Henne, die brütet, ein Zwerg mit spitzer Mütze und sogar ein ganzes Schloß mit Zinnen und Türmen. Auf den Beeten wuchsen und blühten eine Anzahl von schönen Frühlingsblumen, und

zwischen ihnen steckten auf langen Stäben große silberne und goldene Kugeln, in welchen sich die Abendsonne wie ein kleiner roter Luftballon spiegelte. In der Mitte dieses schönen Blumengartens stand auf einer kleinen Anhöhe eine mächtige alte Buche, um deren Stamm eine weiße Holzbank lief, und nicht weit davon breitete sich ein kleiner, von Schilf und blühenden Iris eingefaßter Teich inmitten eines sanften Rasens aus. Als der Knabe sich dem Wasser näherte, kamen von allen Seiten Fische angeschwommen, gerade als seien sie gewohnt, von Menschen gefüttert zu werden. Auch ein schwarzer wilder Schwan ruderte langsam und majestätisch auf den Eindringling zu und schien ihn mit Erstaunen zu betrachten.
So rasch, so unvermutet war der Knabe an das Ziel seiner Wünsche gelangt, daß ihm war, als träume er. Gerade in dem Augenblick, als er sich zum Wasser niederbeugte, hörte er die Stimme seiner Mutter und lief eilends zurück, aus Angst, man könnte sein Geheimnis entdecken. Doch erzählte er noch an diesem Abend seiner Schwester von allem, was er in dem alten Garten gesehen hatte, und das kleine Mädchen saß aufrecht im Bett, die glühenden Wangen auf die Hände gestützt, und hörte ihm staunend zu. Während er noch sprach, trat draußen der Mond aus den Wolken hervor, und einige Minuten lang glitt über die Betten der Kinder ein Flackern von Blätterschatten, die sich

im Winde bewegten. Das war wie ein Gruß aus dem alten Garten, und voll von Hoffnung legten sich die Kinder zum Schlafen nieder.

2.
KAPITEL
Wie die Kinder in den Garten eindringen, und wie es ihnen dort ergeht.

Das ganze junge Jahr über war nicht so schönes Wetter gewesen wie an dem Sonntagmorgen, an dem die Eltern der Geschwister in aller Frühe aufbrachen, um eine kleine Reise anzutreten, von der sie erst am späten Abend zurückkommen wollten. Es war ein richtiger Sommertag. Die Sonne strahlte, und es wehte ein leiser Wind, der ein wenig nach dem Salz des nahen Meeres und sehr stark noch nach allerlei blühenden Sträuchern roch.

Diesen Tag hatte der Knabe für die Eroberung des Gartens bestimmt. Er war seit seinem ersten flüchtigen Besuch nicht mehr dorthin zurückgekehrt, und, weil er sich ein wenig beschämt daran erinnerte, daß er an jenem Abend keineswegs wie ein Entdecker und Eroberer, sondern wie ein kleiner zaghafter Knabe dort umhergegangen war, steckte er sich an diesem Morgen sein starkes Messer in die Tasche, dazu die Karte und etwas von dem Mundvorrat, den die Mutter für die Zurückbleibenden gerichtet hatte. Und sobald die Eltern um die Ecke verschwunden waren, zog er die kleine Schwester auf den Hof hinaus und half ihr über den Zaun.

»Jetzt erobern wir das feindliche Land«, sagte der Knabe feierlich, als die Kinder jenseits des Zaunes auf der Wiese standen. Er zog die Karte heraus und betrachtete die braunen Wege und einen dicken roten Pfeil, der in das Dickicht hineinzeigte, und dann brach er zwei kräftige Zweige ab, beschnitt sie zu festen Stecken und gab einen davon seiner kleinen Schwester in die Hand. Vorsichtig umherblickend drang er in das Gebüsch ein, und das kleine Mädchen folgte ihm neugierig. Als der Bruder aus seiner schleichenden Stellung plötzlich aufsprang und nach der Art wilder Knaben mit dem lauten Ruf »Die Feinde kommen!« auf die Büsche einschlug, ahnte er zwar nicht, wer diese Feinde sein mochten, doch sprühten die Tautropfen von den Blättern ihm ins Gesicht, die Zweige klatschten gegen seine nackten Beine, und sein Herz klopfte vor Erregung. Da begann auch das Mädchen mit dem Stecken wild um sich zu schlagen. Immer schneller rannten die Kinder, das Laub raschelte, die Äste knackten, und in der Luft wirbelten zahllose zerfetzte Blätter umher.

Den ganzen Vormittag taten die Kinder nichts anderes als Eroberung spielen. Die Gebüsche waren der Urwald, durch den sie mit vieler Mühe ihren Weg bahnten, und die Schilfwedel waren die Köpfe von Eingeborenen, welche sich am Wasser versteckt hielten, um die Eindringlinge zu überfallen. Je weiter die Kinder kamen, desto fröhlicher wurde der Knabe. Er wirbelte seinen Stock in der Luft herum und ließ ihn auf das Schilf herabsausen. In seiner wilden Freude über das herrliche Spiel peitschte er das Wasser und stapfte davon, mitten durch die Blumenbeete hindurch. Und seine kleine Schwester folgte ihm so eilig, daß sie viele Blumen zertrat und viele zarte Triebe knickte. Aber das bemerkte sie nicht.

Als die Kinder nach einer Weile innehielten, geschah es nur, weil es jetzt keinen Fleck mehr gab, den sie nicht durchstreift und in Besitz genommen hätten. Nun waren sie König und Königin, saßen auf der Buchenbank und trugen goldene Kronen, die aus lauter ineinandergesteckten Löwenzahnblumen bestanden. Es war Mittag geworden, die Sonne stand gerade über ihnen, hell und heiß und, wie im Sommer, von einem feinen Dunstschleier umgeben. Da glaubte das kleine Mädchen, als König und Königin habe man wohl nichts anderes zu tun, als sein Reich zu betrachten und sich zu freuen, und wäre gern ein wenig sitzen geblieben. Der Knabe aber war anderer Meinung. Eine Ameise war ihm in die Hose gekrochen und hatte ihn gebissen, und er kratzte sich ärgerlich. »Jetzt müssen wir die Tiere zähmen!«, rief er plötzlich. »Sie sind unsere Untertanen und müssen alles tun, was wir von ihnen verlangen.«

Manchem mag, was die Kinder jetzt taten, ein

wenig grausam erscheinen. Aber sie hatten ja noch nie Gelegenheit gehabt, sich in der Natur umzuschauen. Sie kannten nur Tiere, die den Menschen dienstbar waren, und andere, die sie zu ihrem Vergnügen gezähmt hatten. Der Knabe war einmal mit seinem Vater im Zirkus gewesen und hatte dort Löwen, Bären und Affen gesehen, die auf Befehl ihrer Wärter tanzten und allerlei Kunststücke vormachten. Dieses Erlebnis hatte er jetzt im Sinn, und wenn sich auch die Spinnen, Käfer und Regenwürmer, die den alten Garten bewohnten, nicht mit jenen stolzen Tieren vergleichen ließen, so vermochte man doch, ihnen zu zeigen, daß sie nichts anderes waren als Untertanen, die sich dem Willen des Herrschers fügen mußten. Man konnte die Käfer auf den Rücken legen und zusehen, wie sie sich abmühten, wieder auf die Beine zu kommen, oder den Spinnen ihr Netz zerreißen und sie zwingen, es in aller Eile wieder zu flicken. Die dicken Häuserschnecken konnte man so lange mit einem Stöckchen stechen, bis sie sich ganz und gar in ihre Häuser zurückzogen und ihre Fühlhörner wie Handschuhfinger einstülpten. Ebenso lustig war es, den großen Käfern an langen Fäden Rindenstückchen anzubinden, die sie mit vieler Mühe hinter sich her schleifen mußten. Aber dies alles war nichts gegen das Vergnügen, in einem Ameisenhaufen Verwirrung zu stiften, indem man einen Erdbrocken mitten hinein warf. Dann machten sich sofort eine Menge von Ameisen daran, das fremde Ding aus ihrem Hause zu entfernen. Sie zerrten und schleppten, und nur mit der größten Mühe gelang es ihnen, wieder ein wenig Ordnung zu schaffen.

All diese tollen und unnützen Dinge trieb der Knabe in den frühen Nachmittagsstunden, und das kleine Mädchen stand dabei und klatschte vor Freude in die Hände. Es bemerkte gar nicht, daß einige der Käfer mit abgerissenen Beinen zurückblieben und viele Ameisen zerquetscht worden waren. Der große Bruder kam ihr vor wie ein Zauberer, dem alle Tiere gehorchen mußten. Er hatte die Ameisen angewiesen, die Erdbrocken zu entfernen, und nun lief er zum Teich hin und befahl den Fröschen, ins Wasser zu springen. Er stapfte mit seinem kleinen festen Stiefel auf die schwankende Wiesenböschung, und auf dieses Zeichen hin machten wirklich alle Frösche ihren schönsten Kopfsprung. Jetzt ging er sogar daran, den großen wilden Schwan zu zähmen. »Komm her,« schrie er, »beuge Dich vor mir«. Aber der Schwan sah nur mit bösen hellen Augen zu den Kindern herüber und rauschte dann mit mächtigem Flügelschlag über das Wasser dahin. Und als der Knabe und das Mädchen ihm nachliefen, wandte er sich plötzlich um und fuhr zornig zischend auf sie los.

Über diese Auflehnung ärgerte sich der Knabe so sehr, daß er mit einemmal gar keine Lust mehr verspürte, die Tiere des Gartens zu zähmen. Er stand am Ufer und starrte zornig in das Wasser hinunter und als seine kleine Schwester ihn aufforderte, mit ihr zu schaukeln, schüttelte er mißmutig den Kopf. »Was hast Du denn«, fragte das kleine Mädchen erstaunt. »Nichts«, antwortete der Knabe, und es fehlte ihm auch wirklich nichts, als daß ihm von der immer schwüleren Luft der Kopf schmerzte und daß er anfing, sich zu langweilen. Er wußte plötzlich nicht mehr, was er in dem alten Garten anfangen sollte und hatte fast Lust, auf die Straße zurückzukehren und mit den anderen Kindern zu spielen.

Wenn man bedenkt, welch wunderbare Erlebnisse und Begegnungen sich der Knabe von diesem Tage erwartet hatte, kann man wohl verstehen, daß ihn jetzt in der tiefen Stille des Nachmittags eine Enttäuschung überkam und daß diese Enttäuschung ihn auf die sonderbarsten Gedanken brachte. Nachdem er eine Weile stumm dagesessen hatte, zog er sein Messer heraus, schnitzte sich einen Bogen und einige Pfeile und begann auf die Spatzen zu schießen, die auf dem Wege saßen und die Krümchen aufpickten, die von der Mahlzeit der Kinder zurückgeblieben waren. Und als es ihm trotz seiner Geschicklichkeit nicht gelang, einen von ihnen zu treffen, nahm er Steine und warf sie auf die Käfer, die über das Gras krabbelten, und auf die Eidechsen, die auf dem kleinen

Steinmäuerchen in der Sonne saßen. Bei dieser Jagd hatte er ein wenig mehr Glück, und es gelang ihm sogar, eine Blindschleiche so genau zu treffen, daß sie mit zerschmettertem Kopf liegen blieb. Dieser Erfolg stachelte die Jagdleidenschaft des Knaben so sehr an, daß er sich den ganzen übrigen Nachmittag damit beschäftigte, neue Waffen herzustellen und sich schleichend neuer Beute zu nähern. Als er endlich kein Tier mehr aufstöbern konnte, schoß er mit Pfeilen auf die Baumstämme. Und in der großen Zerstörungslust, welche Kinder von Zeit zu Zeit überkommt, begnügte er sich auch damit nicht, sondern begann, auf noch andere Weise Unordnung zu stiften.

Als der Abend kam, sah es in dem alten Garten schlimm aus. Aus allen Wasserhähnen platschte das Wasser in dicken Strahlen und riß breite Furchen in die schön geharkten Wege. Die sorgfältig aufgebundenen Stauden lagen hilflos am Boden, und von den neu besäten Beeten waren die Gazeschleier entfernt worden, und die Spatzen pickten die Samen auf. Schon von weitem konnte man das ängstliche Piepen der verfolgten Singvögel hören, und in den Zweigen der alten Eiche hing die Äolsharfe zertrümmert und stumm.

Bei all dieser Zerstörung und Verwirrung hatte das kleine Mädchen den Bruder unterstützt. Obwohl es die Tiere und Blumen so lieb hatte, kam es ihm doch nicht in den Sinn, sich von den tollen

Spielen des Knaben auszuschließen. Denn so wild und fröhlich sich dieser auch gebärdete, so schien es der Schwester doch, als habe sie ihn noch nie so unglücklich gesehen und sie konnte sich nicht helfen, er tat ihr viel mehr leid, als all die verwundeten Tiere und die ausgerissenen Blumen. Darum jubelte sie jedesmal, wenn ihm einer seiner wilden Streiche gelang. Nach und nach aber spürte sie bei alledem doch ein Unbehagen und eine leise Angst. Als der Knabe mit seinem Pfeil die Äolsharfe in Trümmer geschossen hatte, machte er sich daran, in den Stamm der alten Buche einen tiefen Schnitt zu fügen. Er stützte ein Knie auf die Bank und war im Begriff, sein Messer in die Rinde zu bohren, um den Saft hervorquellen zu sehen. Da sah die Schwester, die ihm aus einiger Entfernung zuschaute, mit einem Mal auf der Bank einen spitzen langen Schatten, der sich langsam hin und herbewegte. Es war der Schatten eines Baumes, der in der Abendsonne lang über den freien Platz fiel, und, wenn das Mädchen sich umgedreht hätte, hätte es wohl sehen können, daß er von einer hohen Pappel ausging. Aber es drehte sich nicht um. Der Schatten auf der Bank erschien ihr wie das Bild eines großen Mannes mit einer spitzen Mütze, und dabei kam ihr der Gärtner in den Sinn, der sich den ganzen Tag nicht gezeigt hatte. Aber der Knabe ließ sich durch den erschreckten Ruf der Schwester nicht aus der Fassung bringen.

»Er soll nur kommen«, sagte er lachend und packte sein Messer fester. Um dem kleinen Mädchen zu zeigen, daß er keine Angst vor dem alten Gärtner hatte, lief er mitten in die Beete hinein, zerwühlte die Erde und hieb den letzten Blumen die Köpfe ab. Aber der alte Gärtner kam nicht. Statt dessen fing es ganz leise an zu donnern.
Es donnerte, und wie die Kinder zum Himmel aufschauten, sahen sie dort eine riesengroße schwarze Wolke von der Gestalt eines liegenden Hundes, der seine Vorderpfoten auf die Baumkronen stützte. Ein dicker Regentropfen klatschte dem kleinen Mädchen auf die Nase, und gleich darauf wurde es hinter den schwarzen Stämmen der Kastanien feurig hell. Es war nicht zu leugnen, daß ein Gewitter im Anzuge war, und, weil sich das Mädchen vor Gewittern sehr fürchtete, begann es zu weinen und lief dem Hause zu.
Doch schon bei den ersten Schritten bemerkten die Kinder, daß es gar nicht so leicht war, sich vorwärts zu bewegen. Denn der Wind war sehr stark und er warf sich ihnen entgegen, gerade als ob er sie aufhalten wollte. Der Himmel hatte sich mit neuen, noch schwärzeren Wolken bedeckt, und bald ließ sich ein zweiter viel heftigerer Donner hören. Die Kinder nahmen all ihre Kraft zusammen und rannten auf dem schmalen Pfade dahin so schnell sie konnten. Aber mitten im Gebüsch, und ehe sie noch die Wiese erreicht hatten, geschah ihnen etwas sehr Merkwürdiges.

3.
KAPITEL
Wie der alte Garten lebendig wird und über die Kinder Gericht hält.

Das Merkwürdigste war, daß jemand zu den Kindern sprach. »Wie?« schrie der Knabe in den brausenden Wind, und drehte sich nach der Schwester um, und das Mädchen fragte »Was sagst Du?«, und dann blieben sie beide stehen und starrten sich an, weil keines von ihnen gesprochen hatte und sie dennoch zwei, drei, nein viele Stimmen hörten und ganz deutlich verstehen konnten, was diese sagten.

»Ihr kommt nicht von hier fort. Gebt euch keine Mühe. Wir lassen euch nicht fort«, flüsterten die Stimmen.

»Wer ist da?«, schrie der Knabe und begann mit seinem Stock auf die Zweige einzuhauen, die so wild im Winde rauschten, daß sie, wie zu einer Mauer verschlungen, den Weg versperrten. Dann aber ließ er plötzlich den Stock fallen und faßte die Schwester bei der Hand. Ganz langsam wichen die Kinder einen Schritt zurück und blieben erschrocken stehen. Denn nun erblickten sie in den Büschen mit einem Mal viele kleine Gesichter, die sie böse und zornig anstarrten.

Diese Gesichter waren nicht rund wie die der Menschen, sondern hatten die Form von spitzen Flieder- und zackigen Ahornblättern. Aber man konnte doch gut sehen, daß sie lebendig waren, und daß sie es waren, die soeben gesprochen hatten. Es schien auch, daß sie ihre Absicht, den Kindern den Weg zu versperren, keineswegs aufgeben wollten. Denn nun begannen die Zweige den beiden ins Gesicht zu schlagen, gerade als wollten sie sie wieder in das Innere des Gartens zurückdrängen.

Als die Kinder sahen, daß sie an dieser Stelle nicht weiterkamen, liefen sie auf demselben Wege zurück, um sich einen anderen Ausgang zu suchen. Bald aber entdeckten sie mit großem Schrecken, daß nicht nur die Büsche, sondern noch viel mehr Dinge in dem alten Garten auf eine sonderbare Art lebendig geworden waren. Denn nun rührte es sich überall geheimnisvoll und kam näher mit trippelnden Schritten und sausendem Flügelschlag, und es strömten von allen Seiten lange Züge von kleinen Tieren auf die alte Buche zu. Ameisen, Hirschkäfer und Heuschrecken kamen, Regenwürmer, Raupen und Schnecken. Maulwürfe krochen aus ihren Erdhaufen hervor, und Eichhörnchen schwangen sich aus den Wipfeln nieder, Enten und Goldfische schwammen durch den Teich, und flatternd und hüpfend nahten sich viele kleine Vögel und nahmen auf den Zweigen der alten Buche Platz.

Aber es waren nicht die Tiere allein, die an diesem Abend unterwegs waren. Auch einige der wunderlichen Strauchgeister schwebten an den Kindern vorüber, und bald nahten sich von allen Seiten solche luftigen Wesen. Ihre Gesichter waren rund und hell wie Birkenlaub oder steif und glänzend wie Magnolienblätter. Manche hatten Haare wie spitze Nadeln und andere graue seidige Locken. Einige trugen Hüte, die wie flache gelbe Pilze aussahen und wieder andere hatten hübsche Glockenröcke aus zarten Blütenblättern. Da der Garten in dem Leuchten des Gewitterscheines bald heller, bald dunkler wurde, schienen diese zarten Pflanzengeister bald aufzutauchen, bald zu verschwinden. Aber man konnte doch sehen, daß sie demselben Orte zustrebten wie die Tiere und sich dort auf eine bestimmte Weise verteilten.
Als alle Tiere und Pflanzengeister an den Kindern vorbeigezogen waren, trat in dem alten Garten eine tiefe Stille ein. Diese Stille hatte etwas Beängstigendes. Es war gerade, als habe jemand dem Blitz, dem Donner und dem Sturm Einhalt geboten und bereite sich nun vor, selbst etwas Bedeutsames zu verkünden. Alle Tiere, alle Pflanzen, die Luft, die so still und heiß war und das Wasser des Teiches, in dem sich nicht die kleinste Welle bewegte, schienen nur darauf zu warten. Da legte der Knabe unwillkürlich den Arm um die kleine Schwester, weil er glaubte, daß im nächsten

Augenblick der alte Gärtner erscheinen würde, riesengroß und schrecklich, wie er zuweilen von den anderen Kindern gesehen worden war.
Aber es wurde nur ganz langsam heller im Garten. Ein Licht, das von der alten Buche auszugehen schien, verbreitete sich immer mehr auf dem runden Platz, und nun war ganz deutlich zu sehen, daß all die herbeigewanderten Wesen einen großen Kreis um die Buche bildeten. Der Raum um die weiße Bank war frei, nur der schwarze Schwan stand dort, und den Kindern war es, als sähe er sie mit zornig funkelnden Augen an. Und während sie ihn noch furchtsam betrachteten, begann er plötzlich mit den Flügeln zu schlagen.
Das klang in der tiefen Stille so laut, als ob eine ganze Vogelschar sich mit einemmal in die Luft erhöbe, und durch die Versammelten ging eine leise Bewegung. Gleich darauf war alles wieder still. Vor dem mächtigen Stamm der alten Buche aber stand jetzt eine Gestalt, eine Frau, die ein langes erdbraunes Gewand trug. Ihr Gesicht war so hell wie die zarten Triebe des ersten Frühlings, ihr Haar hatte die Farbe des Herbstlaubs, und wenn sie sich bewegte, klang es, als wenn ein Rauschen durch den Sommerwald geht. Sie grüßte die Versammelten, indem sie den Kopf senkte, und alle verneigten sich tief.
Was sich jetzt begab, war so seltsam, daß der Knabe und das Mädchen zu träumen glaubten.

Die schöne Buchenfrau begann nämlich zu sprechen, und obwohl ihre Stimme nicht eigentlich wie eine menschliche Stimme, sondern wie das Sausen von Zweigen und das Rascheln von Blättern klang, konnten die Kinder doch jedes Wort deutlich verstehen. »Ihr habt mich gerufen«, sagte sie, »hier bin ich. Obwohl die Johannisnacht noch nicht gekommen ist, habt Ihr Euch versammelt und nach mir verlangt, daß ich Recht spreche. Was ist geschehen? Wen klagt Ihr an?«.

Kaum waren diese Worte verklungen, erhob sich auf allen Seiten des Kreises ein ungeheurer Lärm. Die Grillen zirpten, die Vögel zwitscherten, und die Geister der Blumen und Bäume ließen ihre wispernden, rauschenden Stimmen erklingen. In all dem Lärm war es den Kindern, als hörten sie mehrmals ihre eigenen Namen nennen, und nun bemerkten sie auch, daß alle, die auf dem freien Platz standen, sich nach ihnen umgedreht hatten und sie zornig ansahen. Da hob die schöne Buchenfrau die Hand, und sogleich herrschte ein ebenso tiefes Schweigen wie vorher.

»Einer allein soll sprechen«, sagte die Buchenfrau mit ihrer tiefen Stimme. Da trat sogleich der schwarze Schwan vor und neigte demütig den stolzen Hals. »Wir haben Dich gerufen«, sagte er feierlich, »und wir danken Dir, daß Du gekommen bist. Zwei Unholde sind es, die wir anklagen, und Du sollst sie bestrafen. Doch zuvor sieh, was uns geschehen ist«.

Der schwarze Schwan winkte mit den Flügeln, und auf dieses Zeichen hin entstand eine Unruhe unter den Versammelten. Kleine und große Tiere und viele der Blumen und Baumgeister drängten sich in den Kreis, und es war deutlich zu sehen, daß alle diese Lebewesen irgendwie verwundet waren. Da waren Ameisen und Käfer, denen Beine fehlten, Marienkäferchen, deren Flügeldecken abgerissen waren und Schmetterlinge, deren schönes Kleid zerknittert und beschmutzt war. Eidechsen kamen, welchen der Schwanz fehlte, und Regenwürmer, von denen nur noch die Hälfte vorhanden war. Neben all diesen Tieren standen jene zarten Geschöpfe mit den Blatt- und Blumengesichtern, und man konnte leicht erkennen, daß auch sie von einem Unheil betroffen worden waren. Denn ihre schönen grünen Röckchen waren zerrissen und zerzaust, und ihre Gesichter zerkratzt und zerfetzt. Manche hinkten erbärmlich und andere mußten sich sogar auf einer Bahre tragen lassen. Und plötzlich näherte ein ganzer Zug von solchen Bahren sich dem Kreis. Die wurden von braunen Erdmännchen getragen, und eine Schar leuchtender Glühwürmchen schwebte ihnen zu beiden Seiten. Obwohl sie mit Spinnwebschleiern zugedeckt waren, konnte man doch sehen, daß auf ihnen tote Tiere lagen, und auf der größten eines, das die Form einer zusammengerollten Schlange hatte.

Diese Bahren wurden zu Füßen der schönen Buchenfrau niedergestellt. Sie beugte sich herunter und hob die Spinnwebdecken auf, und als sie die silbergraue Schlange sah, fielen ihr zwei große Tränen aus den Augen. Sie betrachtete nun auch alle die Verwundeten genau, und ihr schönes Gesicht wurde immer betrübter.
»Sieh«, sagte der schwarze Schwan nach einem kurzen Schweigen, »dies alles haben die Unholde getan. Sie sind in den Garten eingedrungen und haben mit Stöcken die Äste abgehauen und die Blätter zerfetzt. Sie haben die Tiere gefangen, um sie zu quälen und den Blumen die Köpfe abgerissen. Mit Steinen haben sie nach den Käfern geworfen und mit Pfeilen auf die Vögel geschossen. Sie haben das Wasser über die Wege gejagt und mit Messern in die Rinde der Bäume geschnitten, daß sie bluteten. Dies alles haben sie uns getan, und darum sollst du es uns überlassen, sie zu bestrafen«.
Als der schwarze Schwan zuende gesprochen hatte, schlug er noch einmal mit den Flügeln und dann wandte er sich um und watschelte langsam und schwerfällig auf die Kinder zu, und alle Wesen wichen beiseite, um ihm Platz zu machen. Der Knabe und das Mädchen sahen seine gelben Augen funkeln und fürchteten sich sehr. In diesem Augenblick aber rief die Buchenfrau den Schwan zurück und winkte die Kinder zu sich heran.
Obwohl diese noch eben nicht imstande gewesen

waren, ein Glied zu rühren, liefen sie nun leicht, ja wie von einer geheimnisvollen Kraft angezogen vorwärts, auf den großen Baum zu. Sie gingen Hand in Hand, und als sie in den zarten grünen Lichtschein eintraten, drängten sich alle Tiere und Pflanzengeister neugierig nahe an sie heran, und auch die schöne Buchenfrau blickte ihnen entgegen. Doch war ihr Blick weder neugierig noch von Zorn erfüllt, sondern nur ruhig und traurig, und wenn auch ihr Antlitz die Schönheit ewiger Jugend besaß, so schien es doch, als sei sie um vieles älter und weiser als alle die Wesen, die den alten Garten bewohnten. Sie schwieg und wartete, bis die Kinder ganz nahe waren, und als sie endlich vor ihr standen, ging es wie ein Lächeln des Erkennens über ihre Züge. »Kinder«, sagte sie leise, und wie zu sich selbst, »Menschenkinder«. Und dann richtete sie sich hoch auf und sprach mit lauter ruhiger Stimme. »Ihr habt mich gerufen, Recht zu sprechen, und das will ich tun. Aber ich will es nach den alten Gesetzen des Gartens tun. Ich will die Glockengeister aussenden, daß sie den Kindern einen Fürsprecher suchen, und nur wenn sich keiner findet, will ich euch erlauben, die Strafe zu vollziehen«.

Bei diesen Worten ging ein Murmeln der Enttäuschung durch die Versammelten, doch wagte nicht einer unter ihnen, zu widersprechen, und der Schwan, der eine Art von Anführer sein mochte, neigte wie zum Zeichen der Zustimmung den langen Hals. Da winkte die schöne Buchenfrau wieder mit der Hand, und auf diese Gebärde erhob sich eine Schar von zierlichen Wesen, die sich am Hügel gelagert hatte, und trat heran. Es waren Blumengeister, die auf dem Kopf zierliche Glockenhelme trugen und in den Händen Glöckchen hielten. Mit diesen begannen sie sogleich ein zartes helles Geläut anzustimmen und dazu sangen sie mit hellen Stimmen:

Wir wandern und eilen
Den Spruch zu verkünden
Die Strafe zu hindern
Den reuigen Kindern
Den Retter zu finden.

Als sie das Lied beendet hatten, entfernten sie sich läutend durch das Gebüsch, und man hörte sie hier und dort den Gesang wiederholen. Er tönte ferner und ferner und verstummte schließlich ganz.

Das war ein recht banges Schweigen! Noch nie war den Kindern eine Wartezeit so lang geworden wie die Minuten, welche sie jetzt durchlebten. Es schien, daß die Geister den ganzen Garten absuchen mußten, um ein Wesen zu finden, das geneigt war, ein Wort zu ihrer Verteidigung zu sagen. Und je länger sie ausblieben, desto schwächer wurde die Hoffnung der Kinder. Sie blickten ängstlich zu der schönen Buchenfrau auf, und, da diese nicht böse aussah, sondern fast ebenso besorgt wie sie selbst auf das Wiederkommen der Glockengeister zu lauschen schien, war das kleine Mädchen nahe daran, sie um Gnade zu bitten. Aber gerade als es seine Händchen aufhob, fing der schwarze Schwan wieder an, seine rauhe, schmerzliche Stimme hören zu lassen.

»Es scheint, daß sie viel Zeit brauchen«, sagte er und wandte sich aufs neue an die schöne Buchenfrau. »Wir könnten uns indessen überlegen, auf welche Weise die Kinder bestraft werden sollen«.

»Ja«, sagte die Buchenfrau traurig und dann blickte sie im Kreise umher und fragte: »Wer will die Strafe vollziehen?«.

Da erhob sich ein ebenso wilder Lärm wie zu Beginn der Versammlung. Die Vögel schrien und schalten, die Grillen zirpten und die Blumen wisperten. »Wir«, schrien die Vögel, »wir wollen die Eindringlinge mit unsern Schnäbeln hacken«.

»Wir«, sagten die Ameisen, »wir wollen ihnen in die Ärmel kriechen und sie beißen«.

»Nein, wir«, schrien die Dornensträucher, »wir wollen ihnen die Kleider zerfetzen und ihnen die Gesichter blutig reißen«.

»Laß uns die Strafe«, baten die Brennesseln, »wir wollen ihnen ihre zarte Haut rot brennen«.

»Nein, uns«, verlangten die Baumgeister, »wir wollen sie mit unsern Zweigen grün und blau peitschen«.

Als die Kinder all diese aufgeregten Stimmen hörten, erstarrten sie vor Furcht. Bald aber sollten sie noch mehr erschrecken. Denn nun erhob sich dicht vor ihnen ein Tier, das vorher nicht da gewesen war, und als es sich aufrichtete und seine pfeifende Stimme ertönen ließ, sahen der Knabe und das Mädchen, daß es eine Schlange war, die auf dem Kopf ein schwarzes Kreuz gezeichnet trug.

»Dies alles ist nichts«, sagte die Schlange. »Es wird sie nicht hindern, wiederzukommen und noch schlimmeres Unheil anzurichten. Laßt micht die Kinder bestrafen. Ich werde sie mit meinem Giftzahn stechen, und dann müßen sie sterben«.

Als die Schlange gesprochen hatte, wurde es ganz still in dem großen Kreis. Alle Tiere und Geister blickten sich nach den Kindern um und betrachteten sie, und es war, als bemerkten sie erst jetzt, ein wie hübsches und zartes Kind das kleine Mädchen war, und wie tapfer sich der Knabe aufrichtete und den Arm um die Schwester legte, um ihr Trost zu gewähren.

»Sterben«, flüsterten die zarten Blumengeister entsetzt, und auch die Tiere wiegten bedenklich die Köpfe hin und her. Aber dann begannen alle unter sich zu flüstern und zu raunen und die Gefahr zu bedenken, welche dem alten Garten drohte.

»Sie werden unsere Jungen umbringen«, sagten

die Tiermütter und schauten bange auf die Totenbahren in ihrer Mitte. Und dann erhoben sich zwei, nein drei, nein viele Stimmen, welche sagten:
»Ja, es wird das Beste sein. Wenn sich kein Fürsprecher findet, dann sollen sie sterben«.
In diesem Augenblick ertönte ganz nahe das Geläute der Glöckchen, aber der Gesang war verstummt, und als die kleinen Geister gleich darauf wieder in den Kreis einzogen, sahen die Kinder, daß sie allein kamen und niemanden gefunden hatten, der ein gutes Wort einlegen wollte.
»Sterben, sterben«, klang es von allen Seiten. Die schöne Buchenfrau war ganz still geworden und da sie nun wie sinnend mit geschlossenen Augen an dem Stamm lehnte, war auch das sanfte Leuchten fast erloschen. Es war sehr dunkel im Garten, und nur von Zeit zu Zeit glitt noch immer ein schauriger Gewitterschein durch die Büsche und fiel auf den Platz, wo die Schlange sich aufgerichtet leise hin und herwiegte. Der Sturm hatte sich wieder aufgemacht und rauschte in den Bäumen, und wunderlicherweise begann auch die zerbrochene Äolsharfe nun wieder zu klagen und zu tönen.
Über alldem kamen dem kleinen Mädchen die Tränen. Es begann zu schluchzen, so laut und heftig, daß alle Stimmen verstummten. Da war es, als würde die schöne Buchenfrau von diesem schmerzlichen Kinderweinen geweckt. Denn nun

trat sie einen Schritt vor, und wieder ging das schöne Leuchten vor ihr aus. Sie lächelte und sagte:

»Das Urteil soll gelten, aber nicht sogleich. Zwar haben die Kinder hier im Garten keinen Fürsprecher gefunden, aber dieser Garten ist nicht die Welt«. Sie schwieg eine Weile nachdenklich und fuhr dann fort, indem sie sich zum ersten Mal an die Kinder wandte:

»Ich will euch eine Gnadenfrist geben. Die soll so lange dauern, bis die Sonne aufgeht, und ihr sollt sie dazu benützen, eine Reise zu machen. Dabei werdet ihr in die Tiefe der Erde, in die Höhe des Himmels und in die Fluten der Gewässer gelangen und vielen Gefahren ausgesetzt sein. Doch wenn ihr die Erdmutter gefunden und den Meervater erreicht, wenn ihr den Gesang der Sonne gehört habt und im Turm der Winde zu Gast gewesen seid, dann seid ihr erlöst und von eurer Strafe befreit. Wollt ihr die Reise wagen?«.

»Ja«, antworteten die Kinder wie aus einem Munde, und es fiel ihnen wie ein Stein von der Brust. Denn nun war mit einemmal die Schlange verschwunden, und, als sie sich umsahen, bemerkten sie, daß auch die anderen Tiere und die Geister im Begriff waren, sich leise zu entfernen.

»Bei Sonnenaufgang«, rief die Buchenfrau den Davonziehenden nach, und wie ein leises Echo ertönte es von den Zweigen und von den Wegen. »Bei Sonnenaufgang«.

Von Zuversicht erfüllt blickten die Kinder zu dem Nachthimmel auf. Doch erschraken sie bald aufs neue, da sie am Horizont schon einen hellen Streifen wahrzunehmen glaubten.

»Wie sollen wir in so kurzer Zeit um die ganze Erde gelangen?«, fragte der Knabe bedenklich, »wie sollen wir den Weg finden?«.

»Den könnt ihr freilich allein nicht finden«, sagte die Buchenfrau und schüttelte lächelnd ihre herbstgoldenen Locken. Dann aber klatschte sie in die Hände, und auf dieses Zeichen sprang die Erde auf und ließ ein nußbraunes Wesen heraus; das Wasser des Teiches erhob sich wallend und entließ ein weißes Geistlein; auf den Flügeln des Windes schwang sich ein luftiges Seelchen herab und geradewegs aus einem zackigen Blitz schoß ein Flämmchen herunter. Diese vier geisterhaften Wesen bildeten einen Kreis um die Kinder und wanderten langsam um sie herum, indem sie mit klarer Stimme sangen:

Die Erde wird euch kühl umfangen
Das Wasser strömend euch geleiten
Zur Sonne werdet ihr gelangen
Und auf des Sturmes Flügeln reiten....

Während dieser Gesang forttönte, trat die schöne Buchenfrau ein wenig näher heran und hob ihre Hand auf, und nun sahen die Kinder, daß sie eine wunderschöne elfenbeinfarbene Blume zwischen den Fingern hielt. Wie sie sich aber vorbeugten, um diese Blume recht von nahem zu betrachten, rochen sie einen unbeschreiblich süßen und starken Duft, der von dem weißen Kelche ausging, und fühlten, wie er immer stärker wurde und ihnen die Sinne verwirrte, so daß sie mit einemmal weder die Buchenfrau noch die Geister mehr gewahrten, sondern nur einen goldenen Nebel. Dieser Nebel, durch den sie wie von sehr ferne die Klänge der Äolsharfe tönten, wogte vor ihren Augen hin und her, eine große Müdigkeit überkam sie, und sie sanken ganz sanft zu Boden. Zugleich war es ihnen, wie schon manchmal vor dem Einschlafen, als ob ihre Glieder sich zusammenzögen zu unfaßbar winziger Gestalt. Doch ehe sie noch wirklich das Bewußtsein verloren, verschwand der Nebel und mit ihm der Blumenduft, und schon waren sie wieder völlig bei Sinnen, ja noch wacher als zuvor.

4. KAPITEL

In welchem die Kinder verwandelt ihre erste Reise antreten, den Kampf der Maulwürfe mitansehen und die Zwiebelmutter kennenlernen.

»Du bist ja gar nicht verwandelt«, sagte der Knabe erstaunt.
»Du auch nicht«, sagte das kleine Mädchen. »Aber...« »Wo sind wir?«, fragten beide Kinder plötzlich wie aus einem Munde.
Wo war die große Buche und das Blumenbeet? Wo war der Teich mit den blühenden Schwertlilien?
Obwohl die Kinder sich nicht von der Stelle bewegt hatten, sahen sie doch nichts mehr von dem allen. Statt auf dem freien Platz vor der Buche schienen sie auf einem weiten steinigen Feld zu stehen. Nicht weit von ihnen breitete sich ein großer Wald aus, dessen Bäume riesigen Grashalmen glichen, und gerade vor ihnen ragte ein ungeheurer grauer Turm auf, von dessen Fuß nach allen Seiten gewölbte bucklige Holzgänge ausliefen, die in der Erde verschwanden. In der Ferne glänzte etwas wie der Spiegel eines riesigen Sees....
Während der Knabe und das Mädchen all dieses neugierig betrachteten, hörten sie plötzlich neben

sich ein leises Kichern, und als sie sich erschrocken umwandten, sahen sie das braune Geistlein, das auf einem Stein saß und den Schein einer hellen Laterne bald nach dieser bald nach jener Richtung hin fallen ließ.

»Wo sind wir?«, fragten die Kinder aufs neue verwirrt.

»Eben da wo ihr wart«, antwortete das Geistlein. »Nur seid ihr ganz klein geworden, und das ist recht gut. Denn mit euern großen ungeschlachten Menschengliedern könntet ihr unmöglich überall dorthin gelangen, wohin ihr jetzt reisen werdet. Und mit euern großen Menschenaugen würdet ihr kaum etwas von all den Dingen sehen, die ihr auf eurer Reise finden sollt«.

Mit diesen Worten sprang das Geistlein auf, und während die Kinder sich noch verwundert umschauten, zog es sie zu einer runden Erdöffnung, von der ein treppenartiger Gang geradewegs in die dunkle Erde hineinführte. Da legte es sich den Kindern fast bedrückend aufs Herz, daß sie dort hinab sollten, aber es war doch auch spannend, ein Erlebnis nach des Knaben Sinn, und wie nun das Geistlein freundlich lächelte und winkte, folgten sie ihm willig. Der schmale Gang mündete bald in einen breiteren, von dem nach allen Seiten andere Gänge ausliefen, die sich weiter verzweigten, und wenn auch dieses unterirdische Wegenetz so dicht war, daß es einem Irrgarten glich, so zögerte das

Geistlein doch keinen Augenblick. Den Kindern voranschreitend, bog es bald nach rechts bald nach links um eine Ecke, ging bald schneller bald langsamer und stieg endlich eine steile Treppe hinab. Wie erschraken die Kinder aber, als es sich, unten angelangt, plötzlich umwandte und freundlich sagte:

»Nun lebt wohl. Bis hierher habe ich euch begleitet, aber jetzt sollt ihr alleine gehen«.

Mit diesen Worten löste es die goldene Kette, an welcher ihm das Laternchen um den Hals hing, und legte sie dem Knaben um den Hals.

»Hier«, sagte es, »gebe ich dir das Zauberlicht, das in der Dunkelheit immer stärker zu scheinen beginnt und in der Helle erlischt«.

Und während der Knabe noch verwirrt auf den funkelnden Schein an seiner Brust niederblickte, begann das Geistlein schon leise zu entschweben. Als die Kinder das sahen, wurde ihnen sehr bang zumut.

»Wie sollen wir den Weg finden?«, fragten sie, »wer wird uns sagen, wo die Erdfrau wohnt?«. Sie streckten ihre Hände bittend aus, um das Geistlein zurückzuhalten, aber dieses schüttelte nur lächelnd den Kopf.

»Wandert und fragt«, sagte es, und wie es immer mehr in den Schatten zurücktrat, schien es in der Erde selbst zu verschwinden. Und nur die Worte – wandert und fragt – klangen noch mehrmals, wie von weither an das Ohr der Kinder.

Wie schaurig ist es in der Erde, wie unheimlich und still. Fern ist das helle strahlende Licht der Sonne, die sanfte Bewegung des Windes und das fröhliche Geräusch des Tages. In der Erde haben die Toten ihre Ruhestatt, und nur die Dunkelheit und Stille des Todes scheint in ihren Kammern und Gängen zu herrschen.

Aber es ist doch nicht der Tod allein, der in der Erde wohnt. Die hohen Bäume, deren Kronen hoch in den Himmel ragen, strecken ihre mächtigen Wurzeln tief und weit in die dunkle Tiefe hinab, und diese bleichen starren Wurzeln sind nicht weniger lebendig als die grünen Blätter und die weißen und bunten Blüten. Leise tastend bewegen sich ihre feinen Härchen und saugen die Feuchtigkeit auf, die der mächtige Herzschlag des Baumes hinauftreibt, damit das Licht die starren Salze verwandle in atmendes Leben. Auch die Samenkörner, die in der Erde ruhen, sind nicht tot. Sie quellen auf in der Feuchtigkeit der Erde und senden im Frühling ihre feinen Wurzeln in die Tiefe, während ihr Trieb die Erde durchbricht, um kerzengerade zum Licht emporzuwachsen. Viele Tiere finden im Schutz der Erde sicheren Unterschlupf und erfüllen sie mit ihrem unruhigen Leben. Nicht wenige von ihnen kriechen eines Tages verwandelt an den Tag und steigen schön geflügelt zur Sonne empor.

Wenn man daran denkt, wieviel atmendes, drängendes Leben die Erde birgt, mag einem der Aufenthalt dort nicht mehr so schaurig erscheinen wie zuvor. Aber der Knabe und das Mädchen, die sich so allein und zu ohnmächtiger Winzigkeit verwandelt in der Tiefe fanden, wußten von alledem nichts. Die langen Baumwurzeln mit ihren weißen Haaren erschienen ihnen wie unheimliche Schlangen, welche nach ihnen greifen und sie festhalten wollten. In den weißen Keimen glaubten sie bleiche Totenhände zu erblicken, und, da sie nun bald näher bald ferner die seltsamsten Lebewesen sich bewegen sahen und überall gedämpfte Schritte, leise Stimmen, leises Nagen und dumpfes Trommeln zu vernehmen meinten, wurde ihnen sehr bange zumut und sie wagten lange nicht, sich von der Stelle zu rühren, an der das Geistlein sie verlassen hatte. Endlich machten sie ein paar zaghafte Schritte und traten, um eine Ecke biegend, in einen weiteren, höhlenartigen Raum. Dort aber hatten sie ein Erlebnis, das ihre Furcht noch vermehrte.

In dem Gange, dessen Wände schön glatt gedrückt, und dessen Boden so fest gestampft war wie der einer Tenne, erblickten sie gerade vor sich ein Tier. Dieses Tier war schwarz und so groß, daß es fast allen Raum einnahm. Aber obwohl es so groß war, schien es doch bei der Annäherung der beiden Wanderer zu erschrecken. Denn ganz un-

beholfen wiegte es seinen Kopf mit der rosigen Schnauze hin und her und fragte sogleich ängstlich:
»Wer blendet mich mit einem hellen Licht? Wer ist in meine Wohnung eingedrungen?«.
»Wir sind es«, gab der Knabe zitternd zur Antwort, »zwei Kinder, die die Erdmutter suchen. Kannst du uns nicht sagen, wohin wir gehen müssen, um sie zu finden?«.
Aber das schwarze Tier gab keine Antwort. Seine Aufmerksamkeit schien durch etwas ganz anderes in Anspruch genommen zu sein, und da in dem halben Dämmerlicht der Höhle das Laternchen fast völlig erlosch, schien es die Kinder sogleich wieder zu vergessen. Plump und ungeschlacht hockte es auf dem Wege, stützte sich auf seine riesigen handähnlichen Pfoten und hob das blinde Gesicht mit dem spitzen Rüssel lauschend in die Luft.
Der Knabe sah das Tier ungeduldig an. Obwohl es für ihn die furchtbare Größe eines Bären hatte, erkannte er doch, daß es nur ein Maulwurf war und schämte sich seiner Furcht. Nach einer Weile wiederholte er seine Frage, und als der Maulwurf noch immer schwieg, streckte er seine Hand aus, um das blinde Tier aus seiner Versunkenheit zu wecken.
Aber kaum daß der Knabe den Maulwurf berührt hatte, erschrak er heftig und trat zurück so weit er konnte. Denn nun bemerkte er plötzlich, daß der Maulwurf bitterböse war und vor Aufregung zitterte.

»Laßt mich in Ruhe«, fauchte er wütend, »seht ihr denn nicht, daß ich keine Zeit habe? Hört ihr nicht, daß der Feind in der Nähe ist«.
Er richtete sich halb auf und lauschte noch aufmerksamer, und diesen Augenblick benützten die Kinder, um sich an ihm vorbeizuschleichen und sich zu verstecken. Denn nun hörten auch sie ein fernes Geräusch, das immer näher zu kommen schien.
Dieses Geräusch war ein sonderbares Trappeln und Fegen, ein rasender Galopp weicher Füße, der die Erde erzittern ließ. Kaum daß die Kinder Zeit fanden, in einen schmalen Seitengang zu schlüpfen, hörten sie schon ganz nahe das Keuchen und Fauchen eines erregten Tieres. Gleich darauf vernahmen sie einen dumpfen Ton, wie von dem Zusammenprall zweier schwerer Körper, und als sie zitternd aus ihrem Versteck hervorlugten, erblickten sie in dem breiten Gang die beiden Feinde schon wie zu einer Masse verschmolzen. Und zu ihrem Erstaunen bemerkten sie, daß der neue Ankömmling ebenfalls ein Maulwurf war.
Aus Furcht, die Aufmerksamkeit der Kämpfenden auf sich zu lenken, blieben der Knabe und das Mädchen regungslos stehen, und nun spielte sich vor ihren Augen ein fürchterlicher Kampf ab, der immer neu entbrannte und kein Ende nehmen wollte. Denn die plumpen Tiere hatten sich mit unfaßbarer Behendigkeit umschlungen. In dem

Dämmerlicht der Höhle glänzten ihre weißen schrecklichen Gebisse, und ihre Zähne gruben sich in den dichten Pelz des Gegners ein. Die rosafarbenen schaufelförmigen Hände wurden zu entsetzlichen Waffen, und die walzenartigen Leiber wälzten sich übereinander und versuchten, sich gegenseitig an die Wand zu drängen.

Das war ein unheimlicher und widerlicher Anblick. Aber noch unheimlicher war das Keuchen und Pfeifen, welches die beiden Feinde ununterbrochen hören ließen. Denn eine schreckliche Blutgier, ein unsagbarer Rachedurst klang aus diesen atemlosen Tönen.

»Du oder ich, einer von uns muß weichen«.

»Du«.

»Nein, du«.

»Ich war zuerst hier«.

»Ich habe die Höhle gebaut«.

»Es ist kein Platz für zwei«.

»Ich muß leben«.

»Ich will leben«.

Alle diese Worte klangen aus den wütenden Geräuschen des Kampfes hervor. Bald aber wurde es noch schlimmer. Denn nun floß schon aus vielen Wunden das Blut, und die Feinde schrien nicht mehr aus Lust am Kampfe, sondern aus Schmerz. Und darum begannen sie bald, sich mit den schrecklichsten Ausdrücken zu beschimpfen.

»Du Räuber«, sagten sie, »du Mörder«.

»Ich will dich in tausend Fetzen zerreißen«.
»Ich will deine Kinder und Kindeskinder umbringen«.
Und sie stürzten sich mit erneuter Heftigkeit aufeinander. Von nun an aber schwiegen sie, und man hörte nur noch das Trommeln ihrer Füße, das Knirschen ihrer Zähne und das dumpfe Aufprallen ihrer stürzenden Leiber. Da versteckte das kleine Mädchen ihr Gesicht in den Händen, und auch der Knabe wandte sich ab. Und als sie wieder aufblickten war alles vorüber.
Es war so still, als sei der ganze fürchterliche Kampf nur ein Spuk gewesen, der nun davongezogen war. In dem zerwühlten Gang aber lagen zwei dunkle leblose Körper, die den Weg versperrten. Denn es gab keinen Sieger und keinen Besiegten, sondern nur zwei Tote.
Als der Knabe und das Mädchen das sahen, wurden sie sehr traurig. Es kam ihnen schrecklich und unheimlich vor, wie das Leben, das sich soeben noch so laut gebrüstet, so wütend verteidigt hatte, nun so plötzlich ganz erloschen sein sollte. Es hatte keinen Sinn, darüber nachzudenken, welcher von den beiden Gegnern im Recht gewesen sein mochte. Denn jetzt waren sie beide tot, und der schön gestampfte Gang, die aufgehäuften Vorräte waren keinem von ihnen mehr nutze.
»Wir wollen einen anderen Weg suchen«, bat das kleine Mädchen, das nicht länger in der Wohnung

des Maulwurfs bleiben wollte. Da bogen die Kinder in den engen Gang ein, in dem sie vorhin ihre Zuflucht gefunden hatten. Das Lämpchen leuchtete auf und wurde immer heller, und die Kinder wanderten still, Hand in Hand, und sprachen leise von dem schrecklichen Erlebnis. Aber als sie eine Weile gegangen waren, wurde ihre Aufmerksamkeit auf etwas anderes gelenkt.

»Wir sind in eine Sackgasse geraten«, sagte der Knabe.

Es schien in der Tat, als führe der schmale Gang hier nicht weiter, sondern sei von einer Wand abgeschlossen. Die aber wuchs nicht steil und gerade auf wie die Erdwände zu beiden Seiten, sondern wölbte sich den Wanderern bauchig dick entgegen, und bald sahen die Kinder, daß ein großes kugelförmiges Ding sich dort breit machte und ihnen den Weg versperrte.

»Es ist eine Zwiebel«, sagte das kleine Mädchen erstaunt. Und da die Kinder wußten, daß man die Häute der Zwiebeln schön eine nach der andern abziehen kann, beschlossen sie, sich auf diese Art Raum zu verschaffen.

Aber kaum daß sie begonnen hatten, mit ihren Nägeln ein Stück der äußersten Schale herunterzureißen, hielten sie schon erschrocken inne. Wieder einmal richtete jemand das Wort an sie, und als sie ängstlich zurücktraten, sahen sie, wie die Häute

von selbst auseinanderwichen und einem Gesicht Raum gaben.
Dieses Gesicht war rund wie die Zwiebel selbst, und es war dick und freundlich wie das einer guten alten Mutter. Und obwohl der Mund in diesem Augenblick ärgerliche Worte sprach, drückten doch die runden Augen keinerlei Zorn aus, und es schien viel eher, als wollten sie sich zu einem schalkhaften Lächeln verziehen.
»Wer ist es, der an meiner Schale zerrt?«, fragte die Zwiebelfrau, »es tut mir weh und stört mich«.
Da bat das kleine Mädchen sehr höflich um Entschuldigung dafür daß sie die Zwiebelfrau aus dem Schlafe geweckt hatten, und weil es nun gar keine Furcht mehr hatte, bat es auch um einen Rat, wie sie den Weg zur Erdmutter finden sollten. Aber die Zwiebelfrau schien nur die ersten Worte gehört zu haben.
»Ich habe nicht geschlafen«, sagte sie geheimnisvoll, »ich habe das Schöne genährt. Ich habe das Schöne gekleidet. Ich habe das Schöne angetrieben. daß es wächst und groß wird«.
»Was ist denn das Schöne«, fragte das kleine Mädchen, neugierig, »kann man es nicht sehen?«.
Aber die Zwiebelfrau schüttelte den Kopf.
»Es ist in meinem Schoße«, sagte sie, »es nährt sich von den vielen guten Dingen, die ich aufgespeichert habe. Ich werde schwach und runzlig und alt, aber das Schöne wird immer stärker und herrlicher«.

Die Zwiebelfrau schwieg eine Weile und dann setzte sie flüsternd hinzu:
»Es hat schon begonnen zu wachsen. Wenn ihr warten wollt....«
Aber das konnten die Kinder wirklich nicht. Sie hatten es eilig, und weil nun der Knabe schon zur Umkehr drängte, schien es, als sollte das kleine Mädchen nie erfahren, was das Schöne war. In diesem Augenblick aber begann die Zwiebelfrau wieder zu reden, und es ging wie ein Leuchten über ihr rundes Gesicht.
»In meinem Herzen«, sagte sie leise, »ist das ganze Schicksal meines Kindes aufgezeichnet. Wollt ihr es sehen?«.
»Wie können wir das?«, fragte das kleine Mädchen, »wie können wir durch all deine Schalen hindurch in dein Herz sehen?«.
Da lächelte die alte Mutter so herzlich und gut, daß ihr runzliges Gesicht auf einmal ganz jung und schön erschien.
»Kommt«, sagte sie, »macht eure Augen ganz fest zu und lehnt euch an mich. Seid ganz still. Dann werdet ihr euch selbst vergessen. Dann werdet ihr sehen....«
Mit diesen Worten beugte sich die Zwiebelfrau immer weiter, fast wie aus einem Fensterlein, aus ihren Schalen vor und streckte ihre Arme aus, und die Kinder traten nahe und schlossen die Lider. Da hatte sogleich jedes von ihnen ein schönes Bild

vor Augen, und weil sie nicht wußten, daß sie beide genau dasselbe sahen, begannen sie miteinander zu flüstern.
»Ich sehe eine schöne Wiese mit vielen bunten Blumen«, sagte das kleine Mädchen, »und dahinter steht der Himmel ganz dunkelblau. In der Mitte ist ein kleines Beet mit schwarzer Erde«.
»Die Sonne scheint hell und heiß«, sagte der Knabe, »und das Gras bewegt sich im Wind«.
»Jetzt rührt sich etwas auf dem Beet«, sagte das kleine Mädchen, »es schiebt die Erde beiseite«.
»Es ist ein weißer Keim, der sich ganz langsam herausschiebt«, sagte der Knabe.
Und nun sahen die Kinder, wie der weiße Keim immer größer wurde. Er wuchs nicht stetig, sondern wie von einer geheimnisvollen Musik in einem bestimmten Zeitmaß angetrieben. Er wurde grün und entfaltete vier Blätter, die sich zur Seite legten wie geöffnete Hände. Diese Blätter wurden schnell größer, und aus ihrer Mitte wuchs ein schöner fester Stengel, der sich endlich zu einer Knospe verdickte. Und nun begann diese Knospe sich zu färben, ganz leise und sanft, wie ein Kind errötet. Sie wurde leuchtend rot und zu einer wunderbaren Blume. Eng geschlossen noch, stand sie aufrecht und wiegte sich nur leise auf ihrem festen Stengel im Wind. So schön war sie, so stolz, daß sie einer jungen glücklichen Prinzessin glich.
»Jetzt öffnet sie sich«, sagte der Knabe.

»Weit, ganz weit«, sagte das kleine Mädchen. Und den Kindern schien es, als ob in diesem Augenblick alle Blumen auf der Wiese erblaßten. Denn tausendmal schöner und herrlicher als sie alle stand die rote Tulpe in ihrer jungen Pracht. Sie öffnete sich immer weiter, und zwischen ihren roten Blütenblättern zeigten sich sieben braune Kolben. Noch mehr entfaltete sie sich, und nun bogen sich ihre leuchtenden Blütenblätter zurück wie in einem herrlichen Tanz.
»Ist es zuende?«, fragte das kleine Mädchen, denn jetzt wurde es mit einemmal dunkel vor ihren Augen.
»Ja«, sagte die alte Mutter, und es klang wie ein Schluchzen aus ihrer Stimme, »es ist zuende. Auch das Schöne muß verwelken, auch das Schöne muß sterben«.
Die Kinder traten zurück und sahen die alte Mutter fragend an. Aber die sprach nicht weiter und sank schon ganz langsam in ihre faltigen Hüllen zurück.
»Lebt wohl«, flüsterte sie, »sucht eine Treppe, die in die Tiefe führt. Denn dorthin müßt ihr, wenn ihr die Erdmutter finden wollt, in die Tiefe«.

5. KAPITEL

Die Kinder fallen in die Hände der Räuber und entrinnen großer Gefahr. Sie sehen das Frühlingsspiel und sind dabei, wie der Siebenpunkt aus dem Schlafe erwacht.

»Hier ist es«, sagte der Knabe, als sie ein Stück Wegs zurückgegangen waren. Die Kinder standen vor einer Treppe, die sie beim Kommen nicht bemerkt hatten und begannen, eingedenk des Rates, den ihnen die alte Mutter gegeben hatte, sogleich hinabzusteigen. Nach einiger Zeit bemerkten sie, daß sie sich einem beleuchteten und bewohnten Raume näherten. Denn das Laternchen erlosch, und an ihre Ohren klang das Geräusch vieler Stimmen, die sich bald zu einem heiser gellenden Gesang vereinigten. Unschlüssig, ob sie ihren Weg fortsetzen oder umkehren sollten, stiegen sie lauschend noch einige Stufen treppab. In diesem Augenblick aber ertönte dicht neben ihnen ein grelles Pfeifen, und zugleich schoben sich von beiden Seiten zwei riesige spitze Schnauzen vor, welche die Treppe versperrten.

»Zeigt eure Pässe«, befahl eine zischende Stimme.

»Wir haben keine«, sagten die Kinder und versuchten, zu erklären, auf welche Weise sie hierher

gelangt waren. Aber schon nach den ersten Worten fühlten sie sich gepackt und zu Boden gerissen. Sie wurden die Treppe herunter gezerrt und, ehe sie sich noch aufrichten und ein wenig zu Atem kommen konnten, hörten sie neben sich dieselbe unangenehme Stimme, die sagte: »Hier sind sie«. Und eine andere, nicht weniger heisere und scharfe, welche befahl:
»Stelle sie hier auf den Tisch. Sie sind ja so klein, daß man sie kaum sehen kann«.
Bei diesen Worten wurden die Kinder aufs neue recht unsanft angepackt und in die Höhe gehoben. Sie schlugen die Augen auf.
Was sie da sahen, war so widerwärtig und furchterregend, daß sie nicht einmal einen Laut des Entsetzens von sich geben konnten. Sie saßen auf einem hölzernen Tisch, und vor ihnen hockte eine ganze Gesellschaft riesiger braunhaariger Mäuse, die sich mit spitzen Schnauzen und funkelnden Augen immer näher drängten, wobei ihre langen nackten Schwänze sich wie selbständige Wesen ringelnd und kriechend bewegten, und ihre weißen Barthaare vor Begierde zitterten. In dem grünen Schein des faulen Holzes zeigten sich die Umrisse einer großen Höhle, in welcher die halb noch lebenden Reste von allerlei Gewürm sich überall kläglich bewegten und davon zeugten, daß eine Art von Festmahl hier zu Ende ging.
»Jetzt werden wir aufgefressen«, flüsterte das kleine Mädchen entsetzt.

Es hatte sehr leise gesprochen, aber weil in diesem Augenblick eine tiefe Stille herrschte, schienen doch alle die großen häßlichen Tiere seine Worte verstanden zu haben. Denn sie brachen in ein gellendes Gelächter aus, und ihre widerlichen Schwänze ringelten sich noch heftiger als zuvor.
»Wir sind zwar gerade beim Essen«, sagte eine besonders fette Maus, »und ihr habt die Strafe verdient, weil ihr Landstreicher und Spione seid und ohne Pässe unser Reich betreten habt. Aber wie ich sehe, gleicht ihr ein wenig den Menschenkindern, welche zu singen und zu tanzen verstehen. Darum sollt ihr jetzt tanzen und singen, und wenn es euch gelingt, uns die Zeit zu vertreiben, wollen wir euch eures Weges ziehen lassen«.
Verstört und an allen Gliedern zitternd hatten die Kinder diese Worte angehört und eine ganze Weile lang dachten sie nicht daran, ihnen Folge zu leisten. Wie aber die fette Maus ihre Aufforderung immer dringender wiederholte, und mit ihrer spitzen Schnauze nach ihnen stieß, faßten sie sich endlich doch um den Hals und drehten sich zitternd im Kreis. Da wichen die Mäuse zurück und als sie sahen, wie zierlich und geschickt sich ihre Gäste bewegten, ließen sie ein beifälliges Zischen hören.
»Das war hübsch«, sagte die fette Maus, »aber nun sollt ihr auch singen. Ihr sollt unser Lied lernen, das Spitzmäuselied, und wenn ihr es gut singt, werden wir euch ungefressen eures Weges ziehen lassen«.

Und nun bekamen die Kinder das Lied der Spitzmäuse zu hören. In diesem Liede war von nichts anderem die Rede als von der Macht und Herrlichkeit der Spitzmäuse. Die Schönheit ihrer Gestalt wurde darin nicht weniger gelobt als ihre Kühnheit und Schläue, und wenn man es hörte, konnte man meinen, die Welt bestehe aus nichts anderem als aus Erdgängen und Höhlen, Engerlingen, Würmern und Schnecken. Im Mittelpunkt dieser Welt aber lebte die große Sippe der Spitzmäuse, sie beherrschte alles Getier, und ihr Reich war schöner und besser als alles, was es auf der Erde gab.
»Jetzt habt ihr das Lied gehört«, sagte die fette Maus, »nun sollt ihr es nachsingen und zum Schluß dreimal laut rufen: Es gibt nichts Herrlicheres auf der Welt als die Sippe der Spitzmäuse«.
Der Knabe sah seine kleine Schwester an und bemerkte, daß sie in ihrer Verwirrung und Angst schon den Mund öffnete, um zu singen. Da faßte er sie bei der Hand und sagte schnell:
»Das können wir nicht«.
Als die Mäuse diese Worte hörten, machten sie so schrecklich böse Gesichter, daß der Knabe einen Augenblick lang ganz verzagt war. Aber dann fiel ihm wieder ein, woran er bei dem Lied hatte denken müssen, und er sagte mit fester Stimme:
»Wir können es nicht sagen, weil es nicht wahr ist, daß ihr das Herrlichste auf der Welt seid. Denn die Tulpe ist schöner, der Buchenbaum ist mächtiger

und die Sonne ist viel tausendmal herrlicher als ihr«.
Schon bei den ersten Worten des Knaben hatte sich ein ungeheuerer Lärm erhoben, und nun brach ein schrecklicher Tumult los. Die Mäuse schrien und pfiffen, und die fette Maus übertönte sie alle mit ihrer lauten drohenden Stimme.
»Das ist zuviel«, sagte sie, »jetzt werdet ihr aufgefressen«.
Sie richtete ihren langen Schwanz kerzengerade in die Luft, und auf dieses Zeichen hin stürzten sich alle Mäuse auf die Kinder, um sie mit ihren scharfen Zähnen zu zerfleischen.
Wer hätte gedacht, daß die Reise der Kinder schon so bald ein so schreckliches Ende nehmen würde! Der Knabe schlang seine Arme um das kleine Mädchen, und weil sie sich beide ganz und gar verloren glaubten, machten sie die Augen fest zu, um wenigstens die widerwärtigen Gesichter ihrer Feinde nicht mehr zu sehen. Aber in diesem Augenblick geschah etwas Unerwartetes.
Sei es, daß das braune Erdmännlein noch in der Nähe war und nun herbeieilte, die Kinder zu beschützen, sei es, daß ein Feind sich der Wohnung der Spitzmäuse näherte – es ertönte ein dreimaliger scharfer Pfiff von der Treppe her, und dieses Signal, welches höchste Lebensgefahr bedeuten mochte, stürzte die Mäuse in die heftigste Angst und Verwirrung. Sie ließen von ihren Opfern ab,

rannten eine Weile besinnungslos durcheinander und verschwanden endlich in verschiedenen, kaum sichtbaren Schlupflöchern. Plötzlich war es ganz still und als die Kinder endlich wagten, ihre Augen zu öffnen, fanden sie die Höhle leer. Da kletterten sie hastig und leise von dem Baumstumpf herunter und liefen davon, so schnell sie konnten.

Das war ein schreckliches Erlebnis gewesen, und so verängstigt waren die Kinder, so heftig schlugen ihre kleinen Herzen, daß sie des Weges nicht achteten und kaum bemerkten, wie sie nun, statt in die Tiefe zu gelangen, sich wieder der Oberfläche der Erde näherten. Noch immer klangen ihnen die heiseren gierigen Stimmen der blutdürstigen Tiere im Ohr und sicher hätten sie sich lange nicht beruhigt, wenn ihnen nicht jetzt, da sie durch eine Reihe zierlicher, vom Mondlicht schwach erhellter Grotten dahinliefen, etwas anderes und unendlich Lieblicheres begegnet wäre.
Sie bemerkten nämlich plötzlich, daß sie nicht mehr allein waren. Schon früher war es ihnen vorgekommen, als sähen sie hier und dort schattenhafte Gestalten sich aus Samenkörnern und Wurzeln lösen und davongleiten. Solche Gestalten, welche den Blumengeistern des Gartens glichen, hob der Schein des Laternchens nun immer deutlicher hervor. Paarweise und auch zu dritt und zu

viert, schwebten sie durch die Grotten und obwohl ihre Gesichter sehr lieblich und zart waren, wagten die Kinder doch nicht, sie anzusprechen, und die Geistlein, von denen einige Blumen, und andere schöne goldene Ährenkränze im Haar trugen, bemerkten sie nicht. Lächelnd, wispernd und sehr eilig, wie von einem bevorstehenden Ereignis angezogen, glitten sie vorüber, einem Glockenschlag folgend, der sich in der Ferne, gedämpft und doch stark, immer wieder hören ließ.

Während nun auch die Geschwister auf diesen schönen tiefen Ton aufmerksam wurden und sich anschickten, seinen Ursprung zu erkunden, hörten sie plötzlich dicht neben sich eine feine Stimme, die bat: »Wartet doch, nehmt mich mit«, und diese Worte einige Male flehentlich wiederholte. Sie blickten sich um und entdeckten ein Geistlein, das wie die anderen einen schönen goldenen Ährenkranz trug, sich aber nicht wie diese schwebend und hüpfend bewegte, sondern langsam und mit großer Mühe dahinschlich. Als die Kinder stehen blieben, hob es ihnen beide Arme entgegen.

»Schnell, schnell«, sagte es, »tragt mich, sonst kommen wir zu spät«. Ohne sich zu besinnen, legten die Kinder ihre Hände zusammen und knieten nieder, sodaß das Geistlein wie auf einem Sessel Platz nehmen und seine Arme um den Hals der Kinder schlingen konnte. Da war es zufrieden, trieb aber sogleich und während des ganzen Weges den Knaben und das Mädchen zur Eile an. So sehr diese sich auch bemühten, so konnten sie es ihm doch nicht recht machen und schließlich, als der ferne Glockenton plötzlich schwieg, brach es in Tränen aus.

»Es ist zu spät, sie fangen schon an«, klagte es. Aber in diesem Augenblick bogen die Kinder um die Ecke und, obwohl es dort nichts anderes zu sehen gab als einen großen halbrunden Raum und eine von einem Spinnwebevorhang verdeckte Höhle, schien doch dieser Anblick das Geistlein augenblicks zu beruhigen. Es glitt von seinem Sitz herunter, bedankte sich und begann nach allen Seiten zu winken und zu grüßen.

Währenddem sahen sich die Kinder um und bemerkten, daß alle die schönen luftigen Wesen, die soeben an ihnen vorbeigeschwebt waren, sich in diesem Raume gelagert hatten und warteten, wie Menschen auf den Beginn einer Theatervorstellung warten.

»Was geht hier vor?«, fragte das kleine Mädchen schüchtern.

Erst in diesem Augenblick schien das Geistlein zu erkennen, daß die Kinder weder Blumen- noch Ährenkränze trugen und daß sie von anderer Gestalt waren als alle Anwesenden. Da legte es schnell den Finger auf die Lippen und hieß sie schweigen.

»Sie spielen das Frühlingsspiel«, sagte es ganz leise, »und weil ihr mir geholfen habt, sollt ihr bleiben und es anschauen. Sie spielen es nur in einer einzigen Nacht des Jahres und alle, die hier sind, sehen es ein einziges Mal in ihrem Leben. Sie sehen es, ehe sie zur Erde hinaufsteigen, um zu blühen und Frucht zu tragen. Und an dem Tage, an dem der Schnitter durch das Feld geht, erzählen sie ihren Kindern die alte Geschichte«.

Das Geistlein schwieg, und während die Kinder es noch verwundert anstarrten, deutete es auf die verhängte Bühne, die sich soeben von hinten sanft erhellte. Durch die Schar der Geister ging eine leise Bewegung und wie ein Echo erklang eine zarte Musik, die immer mehr anschwoll, bis sie dem Rauschen eines Ährenfeldes glich. Endlich wurde der Vorhang beiseite gezogen und sogleich lief durch die Reihen der Zuschauer ein Murmeln des Entzückens.

Auch die Kinder starrten wie gebannt auf das schöne Bild, das sich ihren Blicken bot und das eigentlich aus zwei ganz verschiedenen Bildern bestand. Denn die große Bühne war in der Mitte geteilt, so daß zwei Räume, ein oberer und ein unterer sichtbar wurden. Während der untere ganz einer Höhle im Erdinnern glich, stellte der obere ein schönes, von einem dunkelblauen Himmel überwölbtes Wiesenland dar. Auf einem grünen Teppich saßen dort allerlei Gras- und Blumenelfen, die ihre hübschen bekränzten Köpfchen flüsternd einander zuneigten, und von dem blauen Himmel strahlte eine runde lachende Sonne. Mitten zwischen den Blumen stand eine wunderschöne Fee. Sie war von menschlicher Gestalt, aber schöner als irgendein Mensch sein kann, und da sie wie die Blumengeister einen Kranz, aber einen aus hundert verschiedenen Blüten geflochtenen, im Haar trug, war sie als Königin des Frühlings leicht zu erkennen. Das Spiel begann damit, daß die schöne Frau den Blumenelfen leise summend ein Schlaflied sang und einer nach dem anderen das Köpfchen senkte und die Augen schloß. Die Sonne sank immer tiefer und wurde glutrot. Doch hörte die Königin nicht auf zu singen. Sie kniete nieder und berührte die Blumen liebkosend mit ihren zarten Fingern.

Mittlerweile war es in dem unteren Raume etwas heller geworden. Es war jetzt deutlich zu sehen, daß von der Höhle eine Art von Erdspalte oder Kluft sich nach der schönen Wiese zu öffnete, und plötzlich bemerkten die Zuschauer auch, daß der Raum unten nicht leer war. Denn ein starker großer Mann, der wie aus Lehm gebildet war und ein schrecklicher Unhold schien, erhob sich dort von einem Lager und schlich zu der Erdspalte hin, um dem Gesange zu lauschen.

Als die Blumen alle schliefen, stand die schöne Frau auf und ging umher, und bald näherte sie sich auch der Kluft und blickte neugierig in die Tiefe. Da brach der Erdmann unten in ein banges sehnsüchtiges Stöhnen aus und plötzlich, während die schöne Frau sich noch verwirrt und ratlos umblickte, reckte er sich hoch auf. Er streckte seine gewaltigen Arme aus und zog die Frühlingskönigin zu sich in die dunkle Höhle, und so sehr sie sich auch sträubte, so herzbewegend sie weinte und klagte, ließ er doch nicht von ihr ab. Er trug sie auf seinen Armen auf das Lager, und dann packte er einen Felsblock und wälzte ihn vor den Erdspalt. Überdem glitt langsam der Vorhang zu, und regungslos in banger Erwartung saßen die Zuschauer und harrten auf den Fortgang des Spieles. Bei dem nächsten Aufzug zeigte sich dasselbe Bild. Aber als die Kinder es aufmerksam betrachteten, sahen sie, daß doch vieles verändert war. Denn die Höhle, die so wüst und dunkel gewesen war, zeigte sich nun von einem warmen schönen Licht erfüllt, während die vordem so liebliche Wiese von Nebelschleiern bezogen düster dalag. Das Licht in der Höhle schien aber nicht von einer Lampe auszugehen, vielmehr von den Personen, die sich dort aufhielten. Das waren wieder die schöne Frau und der Erdunhold, aber es war sogleich deutlich zu erkennen, daß die Geraubte ihrem Räuber jetzt ohne jede Angst begegnete, ja daß sie zu ihm mittlerweile eine große Liebe gefaßt hatte. Und obwohl der Unhold selbst in seinem Äußeren unverändert war, schien er doch durch eine lange Zeit der Liebe wie verschönt und seiner düsteren Wildheit entkleidet. Ruhig saß er auf dem Lager und lauschte einem sanften Lied, das die junge Frühlingskönigin leise, wie traumverloren vor sich hinsang.

In diesen holden Gesang mischten sich jedoch bald klagende Stimmen. Der Nebel, der den oberen Teil der Bühne verhüllt hatte, löste sich, doch war der Himmel nun winterlich grau, die Sonne war verschwunden, und die Blumen lagen wirr verstreut und wie tot überall herum. Über das öde Feld irrte eine in graue Schleier gehüllte klagende Frau, während weit im Hintergrunde ein langer Zug ungewisser Gestalten, die Hände ringend unaufhörlich dahinwanderte.

»Wo bleibst du«, rief die graue Frau, »du meine schöne Tochter, du meine holde Tochter, kehre zurück. Siehe, wir trauern um dich. Die Sonne hat sich verhüllt, und die Blumen und Bäume sterben. Du schöner Frühling, erbarme dich! Du holdes Leben, kehre wieder«.

Dieser klagende Gesang, der bald von der grauen Frau, bald, einem Echo gleich, von den Wandernden wiederholt wurde, versetzte die Bewohner der Höhle in große Bestürzung. Die schöne Frühlingsfee flüchtete an die Brust ihres Gatten und verbarg ihr Anlitz, und der Erdgeist betrachtete sie mit großer Trauer.

»Was sollen wir tun?«, fragte die junge Frau leise.

»Wir wollen die Erdmutter beschwören«, sagte der Unhold, und damit nahm er seinen Hammer und schlug dreimal an ein großes erzenes Becken, und als der letzte Ton verklungen war, öffnete sich die Erde, und langsam, langsam stieg eine in braune Schleier gehüllte Gestalt empor.

»Soll ich gehen? Soll ich bleiben?« fragte die junge Frau, indem sie sich mit einer tiefen Verneigung an die Herbeigerufene wandte. Da antwortete diese und sagte:

»Du sollst gehen und bleiben. Du sollst jetzt hinaufsteigen und sechs Monde lang auf der Erde weilen. Während dieser Zeit wird dort droben Sommer sein, die Blumen werden blühen und die Früchte reifen und die Menschen werden froh sein. Aber wenn die sechs Monde um sind, sollst du wiederkehren zu deinem Gemahl. Dann wird es auf der Erde so traurig und öde sein wie jetzt, und die Menschen werden trauern. Aber sie werden die Hoffnung kennenlernen und die Hoffnung lieben....«

Mit diesen Worten verschwand die braune Erdmutter, und sogleich löste sich die schöne Frau mit vielen Tränen von der Brust des Mannes. Langsam und wie träumend stieg sie an die Oberfläche der Erde, und es war, als nähme sie alles Licht mit sich. Droben aber auf der Wiese erwachte das Leben. Die Blumen hoben ihre Köpfchen, standen auf und wiegten sich in seligem Tanz. Die Sonne brach

durch das Grau, und alle die klagenden Gestalten zogen nun heiter und singend dahin.
Eine Weile noch stand die schöne Königin sinnend, hielt das Antlitz gesenkt und blickte zu Boden. Dann aber hob sie die Arme zur Sonne, und über ihre Züge glitt ein Lächeln reinster Freude. Sie schritt langsam hierhin und dorthin, und überall wo sie ging erblühten neue Blumen und reiften die Ähren des Korns. Die Menschen tanzten und umarmten sich, Schmetterlinge flogen und Bienen summten, und wie nun die Sonne in immer hellerem Glanz strahlte und eine freudige Musik immer lauter erscholl, schloß sich unversehens der Vorhang.
Lange standen die Kinder in einer seltsamen Verzauberung unbeweglich da. Sie bemerkten kaum, wie das Geistlein ihnen nochmals Dank bot, und ehe sie noch von ihm Abschied nehmen konnten, fanden sie sich in dem hohen Raume ganz allein.
»Wir müssen eilen«, sagte der Knabe endlich seufzend, und zum ersten Mal dachten die Kinder mit Bangigkeit an die vorüberfliehende Zeit. Sie nahmen sich fest vor, sich nicht mehr aufzuhalten auf ihrem Weg. Aber diesen Vorsatz vergaßen sie bald. Denn schon nach einigen Schritten begegneten sie wieder einem Tier und empfingen von ihm eine seltsame Kunde.
Das Tier, das sie auf ihrem Wege überholten, war ein fetter weißer Engerling. Für die verwandelten

Kinder war er sehr groß, aber doch nicht so furchterregend riesig wie die Mäuse, und da er überdies recht träge und gutmütig aussah, wagte das kleine Mädchen, das Wort an ihn zu richten.
»Wäre es möglich, daß du dich auf dem Wege zur Erdmutter befindest?«, fragte es schüchtern.
»Nein«, antwortete der Engerling, ohne auch nur einen Augenblick stehen zu bleiben. »So weit gehe ich nicht. Ich muß den Siebenpunkt suchen«.
»Wer ist der Siebenpunkt?«, fragten die Kinder neugierig.
»Als ich ihm zuletzt begegnete«, sagte der Engerling, »sah er nicht viel anders aus als ich. Aber inzwischen hat er den großen Schlaf getan. Inzwischen hat er die große Verwandlung erlebt. Wie ich gehört habe, ist heute der Tag seiner neuen Geburt. Wenn ihr mir helfen wollt, ihn zu suchen, könnt ihr sehen wie er zur Welt kommt. Und wenn ihr mir dann sagen wollt, wie er aussieht, so will ich Euch zur Belohnung den Weg zur Erdmutter beschreiben«.
Von alldem, was der Engerling gesagt hatte, hatten die Kinder kaum ein Wort verstanden. Doch folgten sie ihm bereitwillig und beobachteten mit großer Neugierde, wie er eine Weile lang ruhig weiterkroch und dann plötzlich innehielt und sich in der Art der Blinden tastend um sich selbst bewegte.
»Hier muß es sein«, sagte er. »Seht euch um und

leuchtet ein wenig mit eurer Laterne. Hier muß der Siebenpunkt wohnen«.
Die Kinder leuchteten gehorsam in alle Winkel einer kleinen Grotte.
»Ich sehe etwas«, sagte das kleine Mädchen endlich, »aber das kann nicht der Siebenpunkt sein. Es ist ein häßliches Bündel, das auf einer schleimigen Haut liegt und sich nicht rührt«.
»Das ist er«, sagte der Engerling erfreut. »Es ist der Siebenpunkt. Und nun wartet und schaut«.
Da blieben die Kinder stehen und warteten geduldig, obwohl sie sich nicht vorstellen konnten, was mit dem toten häßlichen Ding geschehen sollte. Nach und nach stellten sich auch hier noch andere Zuschauer ein, aber diesmal waren es nicht hübsche zarte Blumenelfen, die zierlich herbeischwebten, sondern dicke weiße Larven, die ebenso blind und schwerfällig daherkrochen wie der Engerling. Sie sprachen nicht, und weil den Kindern in solcher Stille recht bang zumute wurde, begannen sie sich schon verstohlen umzusehen, wie sie wohl unbemerkt diesen düsteren Ort verlassen könnten. Überdem aber begann ein leises Beben die Erde zu erschüttern, und eine sehr ferne, wie aus großer Tiefe dringende Stimme erhob sich und rief:
»Siebenpunkt, mach dich auf« und wiederholte diese Worte noch zweimal. Da richteten die Kinder ihre Blicke auf das häßliche starre Ding, das in

einer Ecke der Grotte lag und plötzlich sahen sie, wie es von einer leisen Bewegung durchzittert wurde. Ein Knistern ertönte in der atemlosen Stille und dann ein sanftes Pochen und Schieben. Und dann zerbrach an einer Stelle die graue Hülle und ein schwarzer glänzender Kopf kam zum Vorschein.

»Lebt er«, fragte der Engerling, »seht ihr ihn?« und nun drängten sich mit einemmal all die blinden Tiere um die Kinder herum und fragten »Seht ihr den Siebenpunkt? Ist er wirklich verwandelt?«

»Er lebt« sagte der Knabe. »Er arbeitet sich langsam aus einem Gespinst heraus. Er hat einen schwarzen Kopf mit zwei feinen Fühlhörnern und Augen, die nach allen Seiten sehen können. Er hat sechs zarte bewegliche Beine und einen runden Leib, über dem die roten Flügeldeckel sich wie ein Panzer zusammenschließen. Auf diesem roten Panzer sind sieben schwarze Punkte.....«

»Siebenpunkt, Siebenpunkt«, riefen alle die armen blinden Larven, »hörst du uns?«

»Ich höre euch«, sagte der Siebenpunkt, der noch ganz unsicher auf seinen zierlichen Beinchen stand, »und ich sehe euch auch. Mir ist, als ob ich euch einmal gekannt hätte, aber das ist lange her. Jetzt habe ich Flügel, jetzt kann ich in den Himmel fliegen«. Und mit diesen Worten kroch der schöne Käfer auf eine Erdspalte zu, durch welche ein Schimmer des Mondlichtes drang.

»Ach bleibe doch noch«, baten die Larven, »bleib noch einen Augenblick und sage uns, wie es dir in dem großen Schlaf ergangen ist. Sage uns, ob auch wir Flügel bekommen und in den Himmel fliegen werden«.

Da hob der Siebenpunkt ungeduldig schon die roten Flügeldecken auf, und etwas ganz Zartes, silbrig Verknittertes kam zum Vorschein.

»Ich habe von der Erde geträumt«, rief er, »ich habe von der Sonne geträumt. Ich habe davon geträumt, daß ich den Menschen Glück bringen werde«.

»Ja, aber wir«, murmelten die Larven traurig, »wann werden wir verwandelt werden?«.

»Über kurz oder lang«, sagte der Siebenpunkt, »über kurz oder lang«.

Und damit stieß er mit seinem harten schwarzen Kopf gegen die Decke der Grotte. Ein paar große Erdbrocken kollerten herunter, so daß die Kinder beiseite springen mußten, um nicht getroffen zu werden. Als sie wieder aufschauten, war in der Decke ein großes rundes Loch, über welchem der grüne Nachthimmel stand. Der Siebenpunkt aber war schon hinausgekrochen, saß am Rande, putzte sich und machte sich bereit.

»Ist er schon fort?«, fragten die Larven begierig, »fliegt er schon?«.

»Jetzt eben fliegt er fort«, sagte das kleine Mädchen. Denn nun hob sich der Siebenpunkt hinauf

in das helle Mondlicht, so frei und zart und schön wie ein Traum.
»Bring Glück, bring Glück«, riefen die Kinder, von unbeschreiblichem Heimweh erfüllt. Und sie winkten dem schönen Käfer nach so lange sie konnten.
»Auch wir werden eines Tages Flügel haben«, sagten die Larven und krochen davon, um zu fressen. Nur der Engerling blieb noch einen Augenblick bei den Kindern zurück.
»Geht nun geradeaus«, sagte er, »und dann nach rechts und dann nach links. Ihr werdet zu einer großen Treppe kommen. Diese Treppe führt hinab an den unterirdischen See. Das ist alles, was ich weiß und damit lebt wohl«.
»Gute Verwandlung!«, riefen die Kinder ihm nach.
Aber er hörte sie nicht mehr.

6.
KAPITEL
In welchem die Kinder die Gesteine singen hören, mit dem unterirdischen Feuer aufsteigen und endlich zur Mutter Erde gelangen.

Und nun ging es wirklich hinab in die Tiefe der Erde. So viele Stufen hatte die große Treppe, daß der Knabe des Zählens überdrüssig und das kleine Mädchen recht müde wurde.

»Siehst du noch immer kein Ende«, fragte es oft, und dann hob der Knabe das Laternchen und leuchtete hinab so tief er konnte.

»Nein, ich sehe kein Ende«, sagte er traurig.

Je tiefer hinab die Kinder kamen, desto stiller wurde es um sie herum. Weit und breit war kein Tier mehr zu sehen, und von all den Geräuschen, welche ihre Herzen mit Neugierde und Schrecken erfüllt hatten, war nicht eines mehr zu hören. Durch die tiefe Stille drang nur ein gleichmäßiges Rauschen wie von einem Strome, der ruhig dahinzieht.

»Es riecht nach Wasser«, meinte der Knabe.

Und gerade als er dieses gesagt hatte, erblickten die Kinder zu ihren Füßen das Ende der großen Treppe. Der Schein des Lichtes fiel auf ein dunkles Wasser, und als sie unten angelangt waren, traten

sie aus dem engen Treppenschacht in eine unermeßlich weite und hohe Höhle, durch welche ein unterirdischer Strom rauschend dahinzog.
Auch hier sahen die Kinder kein lebendes Wesen, und da der Weg ihnen bald durch das Wasser abgeschnitten war, glaubten sie schon aufs neue in die Irre gegangen zu sein. Da entdeckten sie plötzlich auf dem Strome einen gläsernen Kahn, der, von unsichtbarer Hand gesteuert, gerade auf sie zukam und sich zu ihren Füßen auf den Uferrand schob, als sollten sie auf diese Weise eingeladen werden, das schöne Fahrzeug zur Reise oder Überfahrt zu benützen. Und da nun auch das Laternchen, bald heller bald schwächer leuchtend, ihnen ein Zeichen zu geben schien, stiegen sie in den gläsernen Kahn, der sich sogleich vom Ufer löste und in die Mitte des Stromes zurückglitt.
Das war eine herrliche Reise. In beständigem Wechsel zogen steile Wände und tiefe Grotten, sanfte Hänge und zackige Klüfte an den Augen der Kinder vorüber. Von den Felswänden stürzten brausende Wasserfälle, und in den Spalten leuchteten wunderbare Steine. Oft war die Fahrt so schnell, daß die Kinder in einem Gefühl des Schwindels die Augen schlossen. Dann wieder glitten sie ganz gemächlich dahin, und nur langsam verwandelte sich das Bild.
Wie wunderbar ist die Welt der Gesteine, die in der Tiefe der Erde ruhen. Unbeweglich erscheinen sie,

unveränderlich und starr. Und doch ist auch hier Leben und Verwandlung. Denn vor vielen tausend Jahren, ehe die Gletscher anfingen zu wandern, stand der graue Granit zu mächtigen Felsen getürmt hoch und frei in der strahlenden Sonne, vor vielen tausend Jahren war der bunte Sandstein weißer lockerer Meeressand, der im Winde der Küste dahintrieb, und die schwarzen Kohlengebirge waren nichts anderes als rauschende grüne Wälder. In Jahrhunderten hat das tropfende Wasser die zierlichen Tropfsteine in den Höhlen geformt, und die Kristalle und Erze sind gewachsen wie die Pflanzen wachsen.

Aber all diese Veränderungen vollziehen sich so langsam, daß ein Menschenleben nicht hinreicht, um auch nur die geringste von ihnen wahrzunehmen. Tot und starr erscheinen all die Gesteine der Tiefe, und den Kindern, welche ihre Geschichte nicht kannten, legte sich die Einsamkeit und Stille des Erdinnern bald wie eine schwere Last aufs Herz. Sie vermochten nicht mehr, ruhig sitzen zu bleiben, sondern standen auf, legten ihre Hände an den Mund und riefen mit starker Stimme, wie man in den einsamen Gebirgen ruft, um ein Echo oder die Antwort eines unbekannten Wanderers hervorzulocken. Da hörten sie sogleich das Echo ihrer Stimme, das die hohen Wölbungen gewaltig verstärkt zurückgaben, und als das Tönen kein Ende nehmen wollte, war es ihnen, als sei es nicht das

Echo allein, das sie vernahmen. Denn wie sie sich atemlos lauschend vorbeugten, unterschieden sie die folgenden Worte:

Euch schlägt ein Puls, und Atem quillt
aus Eurer Brust. Ihr geht dahin
Und wandelt Euch nach einem Bild,
Das Euch bestimmt von Anbeginn.

Die aber, die hier unten wohnen,
Belebet nicht des Herzens Schlag.
Und es erscheinen Jahrmillionen
Nicht länger ihnen als ein Tag.

Von dem Vergangenen zu sprechen
Ist solchem Alter nicht vergönnt.
Doch dürfen wir das Schweigen brechen,
Wenn eines Menschen Ruf ertönt.

»Was bedeutet das?« flüsterten die Kinder ängstlich und blickten sich nach allen Seiten um. Sie konnten nicht sehen, wer zu ihnen gesprochen hatte, doch klang es nun weiter, klang wie ein unendliches Gespräch murmelnder Stimmen, das sich fortsetzte wohin sie kamen.

An einem granitenen Felsen vorbei trieb das Boot, und von dem granitnen Felsen tönte es:

Im ewgen Eise stand
Das graue Urgestein,
Hoch überm Bergesland

In Tag und Sternenschein.
Das Licht der Sonne brannte heiß,
Doch immer schwächer ward sein Strahl,
Es rührte sich das starre Eis
Und wanderte zu Tal, zu Tal.
Die grauen Felsen riß es mit
Und preßte sie und rieb sie wund –
O wunderlicher langer Ritt,
O tiefe Ruh im Erdengrund.

Als diese Worte verhallten, ging es weiter zu einer rötlichen Wand, die von vielen helleren und dunkleren Streifen durchzogen war und in deren weichen Stein wundersame Zeichnungen von Farnkräutern, Muscheln und Schnecken eingedrückt waren. Da wurde den Kindern von den murmelnden Stimmen eine neue seltsame Kunde:

Es lag ein Dünenland
Gebreitet nah dem Strand,
Lockerer rieselnder Sand,
Ewiger Wellengesang,
Fische und Muscheln im Tang,
Dünengras und Dorn,
Schnecke und Ammonshorn.
Doch in der Tiefe Schrein
Sank, was das Licht beschien,
Schloß das Lebendige ein.
Jahrtausende gingen dahin,
Sand wurde Stein.

Wieder wurde es still, und wieder glitt das Boot schnell hinweg. Es trug die Kinder in enge Schluchten, wo die Steine so schwarz wie Kohle waren, und gerade dort, wo die Wände am schwärzesten und finstersten aufragten, hörten sie wieder ein Raunen:

Wälder waren wir einst,
Rauschten Gesänge der Welt,
Wurden von Blitzen versehrt,
Vom Sturm gefällt.
Verwandelt ward des Erdballs Gestalt.
Sandstürme fegten,
Eiszungen leckten,
Und in die Tiefe sank der tote Wald.
So gingen die Jahrtausende dahin,
Aus neuer Erde keimte neues Grün....

»Was mag das alles bedeuten«, fragte das kleine Mädchen. Aber der Knabe legte den Finger an die Lippen. Denn noch tönte der Gesang fort, aber schwächer schon und endlich ganz verhallend:

Wir hören nicht mehr, wie es rauscht und stürmt,
Der Jahre Last ist über uns getürmt.
Und aus dem Kreis, da man sich rasch vollendet
Sind wir geschieden nun und abgewendet.

Diese letzten Worte und alle vorhergegangenen klangen den Kindern, die nun bald schneller und in völliger Stille dahinglitten, noch lange im Ohr.

Wunderlich genug erschienen sie ihnen und sie verstanden sie nicht. Aber es war doch ein neues Gefühl in ihre Herzen gedrungen, eine Ahnung von der Unermeßlichkeit der Zeit.

Aus solchem Träumen und Sinnen wurden die Geschwister bald durch allerlei seltsame Geräusche geweckt, die zuerst in großer Ferne, dann aber näher und näher laut wurden. In gewissen Abständen nämlich lief durch die unterirdischen Kammern ein dumpfes Rollen und Poltern, während die Erde unter heftigen Stößen erzitterte. Dabei wurde es immer heißer, so heiß, daß den Kindern der Schweiß von der Stirne lief und sie nur mühsam Atem holen konnten. Längst hatten sie den breiten rauschenden Strom, die weite Höhle verlassen und trieben unter niederer Wölbung auf einem seichten Wässerlein fort. Jetzt schob sich der Kahn von selbst auf den Strand einer kleinen Bucht, und zitternd vor Furcht sprangen die Kinder heraus. Da waren auch die Steine unter ihren Füßen glühend heiß, durch die Felsspalten fiel ein roter Schein ihnen entgegen, und wie sie ihm nachgehend durch ein schmales Felsentor traten, erblickten sie ein gewaltiges Feuer.
Dieses Feuer brannte in einem kreisrunden Raum, der einem Kamin von unermeßlicher Höhe glich. Riesige Flammen leckten zischend hoch an den Wänden hinauf, und wunderbar leuchtend stieg

der Rauch in die Höhe. An dem Feuer saß gebückt ein großer steinalter Mann. Er hielt einen langen Eisenstab in der Hand, mit welchem er von Zeit zu Zeit in die Glut stieß. Dann flackerte die Flamme noch wilder auf, und noch dichter stiegen die Rauchwolken empor.

Hier war die Hitze so groß, daß die Kinder sie fast nicht ertragen konnten. Ihre Füße schmerzten bei jedem Schritt auf den glühenden Steinen, und der Rauch trieb ihnen die Tränen in die Augen. Aber weil sie noch viel mehr als das Feuer die Einsamkeit fürchteten, kehrten sie sich nicht daran. Sie gingen auf den alten Mann zu, und als sie vor ihm standen, hob dieser den Kopf und sah sie lange mit großem Erstaunen an.

»Wie kommt ihr hierher?« fragte er endlich.

Während der Knabe berichtete, wandte der alte Mann den Blick nicht von ihm, und in seinem grauen, vom Alter durchfurchten Gesicht begannen die erloschenen Augen wie im Fieber zu glühen. Aber es schien, als höre er gar nicht auf das, was ihm der Knabe erzählte. Wie gebannt starrte er auf das Zauberlicht, das jenem an der Brust hing und plötzlich fiel er ihm ins Wort und sagte leise: »Ihr habt die Zauberlaterne«.

Da schwieg der Knabe verwirrt.

»Wenn ihr die Zauberlaterne besitzt«, fuhr der alte Mann fort, »kann euch das Feuer nichts anhaben. Ihr könnt mit den Flammen auf den Gipfel des

Berges fliegen und zurückkehren, ohne daß euch ein Haar gekrümmt wird«.

»Das mag wohl sein«, antwortete der Knabe verwundert, »aber jetzt müssen wir die Erdmutter suchen. Denn unser Weg ist noch weit, und wir haben schon viel Zeit verloren«.

Als der alte Mann diese Worte hörte, wurde er sehr traurig. Er stützte den Kopf in den Hand, und nun erschien er noch viel älter als vorher. Aber als einige Minuten vergangen waren, begann er wieder zu sprechen.

»Wißt ihr, warum ich hier sitze?« fragte er, und fuhr, ohne eine Antwort abzuwarten, fort, »ich muß das Feuer hüten, damit es nicht ausgeht. Ich muß es schüren, damit die Flammen aus dem Berge brechen und die glühende Lava herausgeschleudert wird und die Erde verwüstet«.

»Warum tust du das?« fragten die Kinder erschrocken.

»Es wird mir befohlen«, sagte der alte Mann geheimnisvoll, »und ich tue es seit unzähligen Jahren. Aber jetzt bin ich sehr müde, und ich möchte gern wissen, ob es bald an der Zeit ist, daß das Feuer ausgeht. Ich möchte wissen, ob alles Land ringsum verbrannt und alle Menschen gestorben sind. Ihr würdet mir einen sehr großen Gefallen tun, wenn ihr hinauffliegen und euch dort umsehen würdet«.

Als der alte Mann zu Ende gesprochen hatte, sah er

die Kinder von neuem bittend und mit solcher Dringlichkeit an, daß sie eine wunderliche Ergriffenheit spürten und ihre Furcht vergaßen.
»Wir wollen es tun«, sagten sie leise.
Da streckte der Riese seine Hand aus und nahm die Kinder und stellte sie auf sein großes Knie. Er legte ein wenig Rauch wie einen Schleier um sie und dann blies er sie mit einem einzigen mächtigen Atemstoß hinauf in die Flammen.
Huiii..., ging es dahin im Singen und Rauschen der Flammen, im Sprühen der Funken, in den schwarzen Rauchwolken. Aber die Funken verbrannten die Kinder nicht, der Rauch erstickte sie nicht und die glühenden Felsstücke, die aus der Tiefe heraufgeschleudert wurden, trafen sie nicht. Denn der Schleier des alten Mannes hüllte sie ein wie ein weiches Kissen. Er trug sie so rasch dahin, daß sie erst zur Besinnung kamen, als sie den finsteren Schlund des Berges verlassen hatten, und ein Schimmer des Mondlichtes sie traf. Da lüftete der Knabe den Schleier ein wenig. Er beugte sich vor und stieß einen Ruf der Überraschung aus.
In ihrem luftigen Schiffchen schwebten die Kinder hoch über einem feuerspeienden Berge. Zu ihren Füßen erblickten sie den glühenden Schlund und die glimmenden Lavaströme, die von dem finsteren Gipfel in die Tiefe glitten. Am Abhang des Berges aber lag ein wunderbares Land. Rebenhügel und Zitronengärten breiteten sich auf den sanf-

ten Hängen aus, und Pinien erhoben ihre stolzen Kronen in den Himmel. Ein silbernes Meer erglänzte weithin im Mondlicht, und gleich riesigen treibenden Schiffen hoben sich die Schatten großer Inseln aus der funkelnden Flut. Eine prächtige Stadt und viele Dörfer lagen an der Meeresbucht, und durch die Straßen der Dörfer zogen in diesem Augenblick lange Züge festlich bekränzter singender Menschen. Kinder streckten ihre Arme zum Monde und zu dem Gipfel des Berges empor, und von den bekränzten Booten warfen Jünglinge und Mädchen Blumen in die silberne Flut.

Als der Knabe und das Mädchen von ihrem luftigen Schifflein auf dieses wunderbare Land heruntersahen, breiteten sie vor Sehnsucht und Freude ihre Arme weit aus. Sie vergaßen den Hüter des Feuers und die Erdfrau, den alten Garten und die Stadt im Osten, die ihre Heimat war. Wenn wir doch hierbleiben könnten, seufzten sie und malten sich aus, wie sie mit den fröhlichen Kindern spielen und von den schönen Früchten essen würden. Indem aber sanken sie schon langsam tiefer hinab. Der Rauch umhüllte sie, die Flammen wogten, rascher, immer rascher glitten sie in die Tiefe zurück und ehe sie sichs versahen, standen sie wieder vor dem alten Mann.

»Nun, wie sieht es dort oben aus«, fragte dieser begierig, »ist das Land ringsum verwüstet? Sind die Menschen vertrieben?

Da rieb sich der Knabe die Augen und starrte den Alten verwundert an.
»Das Land ringsum«, sagte er, »ist schöner als irgendeines auf der Welt. Die Menschen wohnen noch immer auf den Abhängen des Berges. Auf der erstarrten Lava haben sie wunderbare Gärten gepflanzt und stolze Gebäude errichtet. Sie fürchten sich nicht, sie singen und lachen und feiern das Fest des Frühlings...«
Als der Knabe schwieg, bückte sich der alte Mann und begann wieder, mit seinem langen Stabe das Feuer zu schüren. Er sagte kein Wort, aber die Kinder konnten doch sehen, daß er sehr traurig war. Und da er nun ohne zu sprechen mit der Hand auf ein Felsentor deutete, wagten sie nicht, noch eine Frage an ihn zu richten. Schweigend gingen sie auf das Tor zu, das sich sogleich klingend wie durch Zauberhand auftat und hinter ihnen schloß.

Wieder waren die Kinder auf der Wanderschaft, und rasch und fröhlich schritten sie jetzt dahin, waren voller Hoffnung, geradewegs zu der alten Erdmutter zu kommen, die ganz sicherlich in einem prächtigen Schloß wohnte. Doch sahen sie weit und breit nichts von einem Schlosse, und der Ort, an dem sie sich befanden, war unwirtlicher und einsamer als je zuvor. Weder schöne Grotten noch mächtige schroffe Felsen, weder edle Gesteine noch brausende Wasserfälle waren zur Seite des schmalen Weges zu erblicken, und als die Kinder ihre Stimmen erhoben, tönte kein Echo zurück. Nur Erde war ringsum, schwarze schlammige Erde, welche jeden Ton erstickte, und deren feuchte Wärme den Kindern aufs neue den Schweiß von der Stirne rinnen ließ. Da faßten sie sich beklommen bei den Händen und begannen, von der Erdfrau zu sprechen, von der es hieß, daß sie in solcher Tiefe wohne.

»Sicher ist sie nichts anderes als eine alte böse Hexe«, sagte der Knabe, »sie hat dem Feuermann befohlen, die Erde zu verwüsten«.

»Aber sie war es auch, die den Siebenpunkt verwandelt hat«, sagte das kleine Mädchen, »sie hat ihn auf die Erde geschickt, damit er Glück bringe«.

»Sie gibt es zu, daß die häßlichen gierigen Mäuse so viele wehrlose Tiere fressen«, sagte der Knabe.

»Aber sie hat die Frühlingsfrau erlöst und läßt all die schönen Blumen wachsen«, sagte das kleine Mädchen.

»Das schöne Kind der Zwiebel muß sterben«, sagte der Knabe.

»Ja, das ist wahr«, murmelte das kleine Mädchen traurig, »vielleicht ist die Erdmutter wirklich nichts anderes als eine schlimme Hexe. Vielleicht sind wir nur deshalb so weit gekommen, um jetzt von ihr gefangen und getötet zu werden«.

Als das kleine Mädchen dies gesagt hatte, blieb es stehen und wollte nicht mehr weitergehen. Die

Tränen liefen ihm über die Wangen, und seine zarte kleine Gestalt bebte. Aber der Knabe legte ihm den Arm um die Schulter und sprach ihm Mut zu. »Komm«, bat er, »ein paar Schritte nur noch«. Denn nun bemerkte er, daß ganz am Ende des Weges, weit fort noch, ein schwacher Lichtschein sich ausbreitete.
Auf diesen hellen Schimmer gingen die Kinder zu. Sie gingen sehr langsam, denn bei jedem Schritt knickten ihre müden Füße ein, und auf ihre Augen senkte sich der Schlaf. Sie setzten ihren Weg fort, obwohl sie nun fast sicher waren, einer furchtbaren Hexe zu begegnen, die mit langen hageren Fingern nach ihnen greifen würde. Aber auf dieser wundersamen Reise gab es kein Zurück. Und so stolperten sie denn dahin, traurig, müde und halb blind, aber mit einem Rest jener unauslöschlichen Hoffnung der Menschen, es möge sich alles noch zum Guten wenden.
Und diese Hoffnung trog sie nicht. Denn eine Höhle war am Ende des Weges, eine tiefe feuchte, von dem Atem des Wachstums und dem starken Hauch der Erde erfüllte Höhle. In diesem runden, von einem tiefen Wasser halb erfüllten Raum saß eine riesige Frau. Ganz still und unbeweglich saß sie in der unergründlichen Einsamkeit und Stille der Tiefe. Ihre schönen trägen Glieder waren wie aus Erde gebildet, ihre langen Haare glichen den weißen Wurzeln, und ihre großen Augen hatten

den schwarzen Schimmer unermeßlich tiefer Seen. Als die Kinder langsam, blinzelnd, mit schweren Köpfen näher kamen, streckte sie ihre Arme aus und zog sie an ihre Brust.

In diesem Augenblick fühlten sich der Knabe und das Mädchen von aller Furcht befreit. Hand in Hand lagen sie nun und schmiegten sich an den warmen Leib der Erdfrau. Schlafen, dachten sie, und es war ihnen so wohl zumut wie daheim am Abend, wenn die Mutter sich über das Bett beugte und sie küßte. So hörten sie den starken ruhigen Herzschlag der Erdfrau und halb im Schlafe schon ihre tiefe mächtige Stimme. Und diese Stimme sang:

In mir beginnen alle Pfade
Und münden wieder in mich ein.
Ihr sollt am nächtlichen Gestade
Für eine Zeit wie schlafend sein.

Als die Kinder diesen Gesang hörten, wurde ihnen seltsam freudig zumute. Alle Trauer des Heimwehs, alle Müdigkeit des langen Weges fielen von ihnen ab, wie welkes Laub von einem Zweige, der schon junge Knospen trägt. Und nun sang die Erdfrau weiter, und ihre Worte erweckten in den Ruhenden ein sonderbares Gefühl des Wachsens und Treibens, gerade als seien sie es selbst, von denen in dem Liede die Rede war:

Dem Korn, das in der Erde ruhte
Entsteigt der Keim, des Stengels Schaft.
Ich nähre ihn mit meinem Blute,
Ich treibe ihn mit meiner Kraft.

So steigt er aus dem engen Kerne
Ins Weite drängend an den Tag.
Doch wie ein Klang aus großer Ferne
Bewegt ihn meines Herzens Schlag.

Die Blüte wächst, die Ähren wehen,
Der Same fällt, es bricht das Reis,
Und Wälder werden und vergehen
Auf mein Geheiß.

Was einst der Sonne zugewendet
Des Lebens hohes Glück genoß,
Was immer sich im Licht vollendet,
Es kehrt zurück in meinem Schoß.

Ganz deutlich hörten die Kinder die Worte dieses Liedes, aber sie waren zu müde, seinen Sinn zu verstehen. Sie schliefen ein und begannen sogleich zu träumen. Und weil sie so eng umschlungen an der Brust der Erdmutter ruhten, weil sie beide denselben Herzschlag spürten, und dieselbe Stimme vernahmen, hatten sie auch beide denselben wunderlichen Traum.

Nacht war um sie, tiefe schwarze Nacht und feuch-

te Wärme. Durch die Dunkelheit drang eine Stimme und die sagte ruhig und laut:
»Macht euch auf!«
Da begannen sie, um sich zu tasten und fanden sich von engen Wänden eingeschlossen und gefangen. Indem kam die Stimme wieder und sagte noch einmal:
»Macht euch auf«.
Da reckten sie sich so hoch sie konnten und stießen an die starre Decke ihres unterirdischen Gefängnisses und sanken entmutigt zurück. Nun aber erklang der Ruf zum dritten Mal und weckte in ihnen eine unendliche Sehnsucht. Sie fühlten, wie ihr Leib sich ausdehnte und nach Raum begehrte und drängten mit Kopf und Schultern hinauf und hinaus. Da spürten sie einen heftigen Schmerz, dem ein unsagbares Wohlgefühl folgte. Sie hatten die Erde durchbrochen, und wie eine zarte Liebkosung traf sie das Licht.
Droben auf der Erde standen die Kinder, der Schein der Sonne fiel auf sie, und der Wind umwehte sie, aber ihre Gestalt war verwandelt. Statt eines biegsamen Leibes hatte jedes von ihnen einen schlanken Stamm, der immer höher wuchs, immer fester erstarrte. Statt ihrer Füße, die so flüchtig über die Erde dahingelaufen waren, hatten sie breite Wurzeln, die immer tiefer in den Boden hinein drangen, und an Stelle ihrer Arme breiteten sich viele starke Äste und zarte Zweige aus.

Aber noch immer hörten sie den starken dumpfen Schlag des Herzens, das sie angetrieben hatte, die Erde zu durchbrechen. Deutlich vernahmen sie ihn, und bei jedem neuen Schlag reckten sie sich ein wenig höher, streckten ihre Äste ein wenig weiter aus und senkten ihre Wurzeln ein wenig tiefer in die Erde. So wuchsen sie immer mehr und wurden mächtige Bäume. Ihre Kronen durchschlangen sich und stützten sich, wenn der Sturmwind kam, und der Same ihrer Blüten vermischte sich und wurde zu neuer Frucht. Ihre Stämme wurden so fest wie mächtige Säulen und rührten sich nicht mehr, aber ihre Kronen rauschten in den Sternennächten wie die mächtigen Baumkronen in dem alten Garten der Heimat. Und obwohl sie nicht Augen hatten zu sehen und Ohren zu hören, wußten sie doch nun vieles, was ihnen vordem unverständlich gewesen war. Sie wußten von Quellen, die dort aufbrechen, wo ein unterirdisches Beben die Erde verwüstet hat, und von fruchtbarem Boden, der sich dort ausbreitet, wo die Ströme der Lava geflossen sind. Sie wußten, daß, wie die schöne rote Tulpe, alle Blumen dahinsterben, daß aber der Same lebt und neue Wurzeln schlägt. Und sie wußten auch, daß, wenn die gierigen Spitzmäuse nicht wären, zu viele Larven und Engerlinge an den Wurzeln und Keimen nagen und die zarten Pflanzen vernichten würden.

Und da sie alle diese Dinge und noch viel mehr erraten hatten, fühlten sie sich sehr weise und sehr alt. Sie hörten noch immer den Herzschlag der Erdmutter, aber nun wuchsen sie nicht mehr höher in den Himmel, nicht mehr tiefer in die Erde. Sie standen nur da, und waren darauf bedacht, daß ihre Knospen sich öffneten und ihre Früchte reiften. Unzählige Male verspürten die das ungestüm ausdehnende Drängen des Frühlings, die Stille des Sommers, das langsame Zusammenziehen des Herbstes und die Erstarrung des Winters, und unzählige Jahre gingen ihnen im Augenblick dahin. Aber nach und nach fühlten sie dies alles nicht mehr so stark wie ehedem. Denn uralt waren sie nun, und ihre Stämme waren zerklüftet wie die Felsen der Erde. Wir müssen uns fest halten, dachten sie, und wenn die Stürme kamen, umklammerten ihre Wurzeln die alte Erde, und ihre Kronen durchflochten einander immer fester und inniger. Aber dies alles nützte ihnen nichts. Denn nun kam ein furchtbarer Orkan. Ihre Kronen rauschten schöner denn je, aber es war ihr Sterbegesang, den sie ertönen ließen. Ihre Stämme waren ja schon alt und morsch, und ihre Wurzeln konnte sie nicht mehr halten.

»Ich falle«, rief das kleine Mädchen im Traum und hatte das Gefühl, einen langen, langen Sturz zu tun. Und der Knabe empfand gerade dasselbe wie seine kleine Schwester.

Da lagen sie nun am Boden und fühlten, wie ihre

Glieder langsam erstarrten und wie es dunkel um sie wurde. Immer dunkler wurde es, sie sanken in die Erde zurück, und die Erde schloß sich über ihnen. Wärme, feuchte tiefe Wärme war um sie, der Herzschlag der Erdmutter tönte ganz laut, und nun vernahmen sie wieder ihre Stimme und die letzte Strophe ihres Liedes:

Ewig steigt und pocht mein Blut,
Auch was schlimm erscheint, ist gut.
Alle die in mir beginnen
Werden einst das Licht gewinnen,
Steigen, Sinken, Auf und Nieder,
Alle, alle kommen wieder....

Als die letzten Worte verklungen waren und die Kinder vorsichtig ihre Augen öffneten, sahen sie, wie das Wasser der Tiefe sich wogend erhob und die Knie der Erdfrau umspülte. Eine neue Welle kam und eine dritte, und diese dritte Welle überflutete die Kniee der Erdmutter und riß die Kinder von dannen.

7. KAPITEL

Die Kinder treten ihre Reise zum Meervater an. Sie erhalten Schwimmgewänder, hören im Unkenteich ein wunderliches Zwiegespräch und geraten in die Gewalt des Wassermanns.

Das Regenwasser, welches in die Erde eingedrungen ist, sammelt sich hier und dort in weiten unterirdischen Mulden. Immer mehr schwillt es dort an, immer höher hebt sich sein Spiegel und, nach allen Seiten drängend, sucht es einen Ausweg aus der unterirdischen Kammer. An irgendeiner Stelle ist das Gestein durchlässig, und an diese Stelle drängt das Wasser, bricht aus dem Berg, ein kleines Rinnsal, eine Quelle. Im tiefen Talgrund tritt sie ans Licht, Wälder neigen sich über sie, und ein sanftes schmales Wiesental verleitet sie, hinabzugleiten und zu wandern. Am Ufer des Bächleins, das bald das Tal durcheilt, gehen die Menschen bergauf, finden die Quelle und fügen ihr aus rauhen Felsblöcken ein Becken. Bald wächst über die Steine dunkles Moos, aber das Wasser, das immer neu aus der Tiefe dringt, bleibt kristallklar und schmeckt so frisch und kräftig, besser als der edelste Wein. Die Wanderer, die talaufwärts ziehen, um sich in

gaßen aufs neue, daß die Zeit ihrer Wanderschaft begrenzt war, und sie sich eilen mußten, zum Meervater zu gelangen. Leise und wie verzückt wiegten sie sich in den Wellen, auf denen das Mondlicht wie Diamanten funkelte. Aber diese Freude währte nicht lange. Denn nun schien die Quellfrau plötzlich zu erschrecken.
»Ich höre Menschenstimmen«, flüsterte sie, »Menschenschritte«.
Damit zog sie die Kinder in die Tiefe zurück, bis das flutende Wasser sie verbarg.
Indem kamen die Schritte immer näher, und nun vernahmen die Lauschenden eine helle Mädchenstimme, welche sagte:
»Ich will mir das Gesicht waschen. Denn wer sich bei Vollmondschein das Gesicht im Wasser einer Quelle wäscht, der bleibt immer schön«.
Das Wasser bewegte sich heftig, und als es wieder zur Ruhe kam, sahen die Kinder die Gesichter zweier Mädchen, die sich über das Becken beugten. Das eine von ihnen war sehr schön, aber das andere war häßlich und sah sehr traurig aus.
»Ich will meinen Tauftaler ins Wasser werfen«, sagte das häßliche Mädchen, »damit der, den ich lieb habe, am Sonntag mit mir zum Tanz geht. Ich will mein liebstes Schmuckstück opfern, damit er mich lieb gewinnt und zur Frau haben will«.
Mit diesen Worten nahm das Mädchen einen großen blinkenden Taler, den es an einer Kette auf

der Brust trug und warf ihn in das Becken der Quelle, und golden wie eine kleine Sonne sank er an den Kindern vorbei in die Tiefe.

»Was bedeutet das?«, fragte das kleine Mädchen neugierig.

»Das werdet ihr bald erfahren«, gab die Quellfrau lächelnd zur Antwort, und wie nun die Mädchen verschwunden waren und sie mit den Kindern durch das Wasser dahinglitt, zog sie den blinkenden Taler wie einen goldenen Anker hinter sich her.

Wie hübsch war es in dem Schlosse der Quellfrau! Gleich schwellenden Kissen breiteten sich überall die saftigen Moosbänke aus, in dem dichten Gewirr der Farne steckten niedlich gedrehte Schneckenhäuschen, und blanke Kiesel lagen am Grund der Flut. Aus einer Nische, die sich tief in das graue Gestein wölbte, brach ein heller Glanz, und dort wandte sich die Quellfrau um und sagte mit seltsam funkelnden Augen:

»Jetzt sollt ihr meine Schätze sehen«.

Da beugten sich die Kinder vor so weit sie konnten. Und als sie das Innere der Höhle erblickten, stießen sie einen Ruf der Überraschung aus.

In der dunklen Felsengrotte lag ein großer Haufen von glitzernden funkelnden Dingen. Münzen von Gold und Silber waren da und dicke silberne Taler, Halsketten aus hellen leuchtenden Steinen und goldene Herzchen, Ohrgehänge aus Perlen und

und vor dem Schwebenden, das um Mitternacht aufsteigt, um euch hinabzuziehen in die Tiefe«.
»Wir werden schon achtgeben«, riefen die Kinder, und faßten sich fest bei den Händen. Aber die Wellen hörten nicht auf, sie zu warnen.
»Jetzt kommen wir bald in einen großen Teich«, sagten sie, »seht zu, daß ihr ihn vor Mitternacht noch durchschwommen habt. Seht zu, daß ihr nicht zurückbleibt und in die Gewalt des Schwebenden geratet«.
Diesen seltsamen Namen hörten die Kinder nun schon zum zweiten Mal und hätten gern erfahren, was er bedeutete. Aber schon kamen sie wirklich in den großen Teich, und als die engen Bachufer auseinandertraten, begannen sich die kleinen Wellen zu zerstreuen.
»Kommt mit, kommt weiter«, riefen die muntersten und kühnsten unter ihnen und trachteten so schnell wie möglich, das Ende des Teiches zu erreichen. Die Kinder bemühten sich, ihnen zu folgen, doch gerieten sie sogleich in einen Wirbel und wurden so schnell herumgerissen, daß ihnen Hören und Sehen verging. Als sie wieder zu sich kamen, waren sie vom Strome des fließenden Wassers schon abgetrieben. Die Flut, die sie umgab, war trüb und still, über den Wasserspiegel ragte hohes Schilf, riesige flache Blätter breiteten sich aus, und an langen weichen Stielen schaukelten sich weiße Blüten auf einem nächtlichen Teich.

Das war ein stiller freundlicher Ort, und die Kinder waren zufrieden, einen Augenblick zu rasten. Aber noch ehe sie sich an dem schönen Bilde so recht satt gesehen hatten, wurde ihre Aufmerksamkeit auf etwas höchst Sonderbares gelenkt, das sich zu ihren Füßen im Wasser bewegte.
Das Sonderbare war eine zähe durchsichtige und weiche Masse. Dicht unter dem Wasserspiegel trieb sie dahin und bildete schwammige Hügel und Kuppen, und wie die Kinder sich tiefer hinabbeugten, konnten sie erkennen, daß diese durchsichtigen Hügel aus zahllosen runden Bläschen bestanden, und daß sich in jeder dieser Blasen etwas befand, das einem schwarzen Fischlein oder Würmchen glich. Und alle diese ungezählten schwarzen Lebewesen waren nicht still, sondern rührten sich zuckend und schlugen mit ihren Leibern an die Wände ihrer runden Kammern wie Gefangene, die sehnsüchtig die Freiheit begehren.
Noch waren der Knabe und das Mädchen atemlos in den Anblick dieser seltsamen Wesen versunken, da hörten sie über sich ein Rascheln im Schilf. Sie erschraken und vernahmen gleich darauf ganz in ihrer Nähe das helle fröhliche Quaken eines Frosches, in welches sich der langgezogene und klagende Ruf einer Unke mischte. Wie Rede und Gegenrede klangen die nächtlichen Stimmen, und als die Kinder ihnen eine Weile lang gelauscht hatten, verstanden sie, daß in diesem Zwiegespräch von

den gefangenen schwarzen Fischlein die Rede war.
»Heute werden unsere Kinderlein aus dem Ei schlüpfen«, sagte der Frosch, und eine herzliche Freude klang aus seinen Worten. »Heute werden sie ihre durchsichtigen Kammern durchbrechen und ins freie Wasser hinausschwimmen, um sich ihre Nahrung zu suchen«.
»Das wird ihnen wohl nicht gelingen«, gab die Unke traurig zur Antwort, »denn ehe sie gelernt haben, sich etwas zu essen zu verschaffen, werden sie schon verhungert sein«.
Aber der Frosch hörte nicht auf die Worte der Unke.
»Sie werden bald stark werden«, rief er fröhlich. »In sieben Nächten werden sie schon einen hohen Rücken und einen langen Schwanz haben«.
»So weit wird es wohl nicht kommen«, sagte die Unke klagend, »denn lange vorher werden sie die Fische fressen«.
»Nach zweimal sieben Nächten«, rief der Frosch in seiner lauten unbekümmerten Art, »werden ihnen niedliche kleine Beine gewachsen sein. Sie werden noch immer wie Fische herumschwimmen, aber doch schon manchmal ihren kleinen Kopf aus dem Wasser herausstrecken«.
»Die Enten und Blesshühner werden nur darauf warten, und sie verschlingen«, sagte die Unke düster.
»Heute in drei mal sieben Nächten«, sagte der

Frosch, »werden sie ausgewachsen sein. Sie werden einen schönen dicken Kopf, einen weißen zitternden Bauch und goldene Augen haben. Sie werden ihren Schwanz abstoßen und aufs Land hüpfen, um unter den Blättern zu schlafen«.

»Dort wird sie die Schlange erwischen«, murmelte die Unke.

»Sie werden groß und stark werden«, fuhr der Frosch fort, »und uralt. Im Frühling werden sie ihre Eier ablegen, und in den Sommernächten werden sie ihre Stimme erschallen lassen, bis der Morgen kommt...«

»...und der Storch sie frißt«, setzte die Unke hinzu, und damit hatte sie das letzte Wort. Denn nun blieb der Frosch still, und wie die Kinder nun ihre Blicke wieder auf die durchsichtigen Hügel richteten, sahen sie, wie hier und dort schon eine der gläsernen Kammern aufgeplatzt war. Beständig taten sich jetzt neue auf und schwammen kleine Froschlarven unruhig zuckend davon. Beweglich und schnell waren sie und doch von einer schrecklichen Hilflosigkeit. Den dickmäuligen Gründlingen und prallen Barschen schwammen sie geradewegs ins Maul hinein, und sobald sie einmal einer Gefahr entgangen waren, trieben sie schon auf die nächste zu. Aber so viele auch umkamen, so waren doch immer neue da, welche am Leben blieben, um goldene Augen, einen weißen zitternden Bauch und eine mächtige Stimme zu erhalten. In dreimal sieben Nächten, hatte der Frosch geweissagt, und als die Kinder an diese Worte dachten, besannen sie sich darauf, daß auch ihre Zeit dahinging.

War es nicht schon spät in der Nacht, und hatten die Wellen sie nicht davor gewarnt, in diesem Teiche zu verweilen? Ertönten da nicht fern, weit hinter den Wäldern, die Schläge einer Turmuhr? Die Kinder erschraken und schwammen eilig weiter, um die Stelle zu suchen, wo der Bach den Teich verließ. Aber als sie kaum ein paar Stöße gemacht hatten, flog eine schöne Libelle mit tiefem Surren auf, der Mond trat hinter die Wolken, und ein kalter Schauer ging durch die Luft. Mitternacht, rauschte das hohe Schilf, und die Rohrdommel im Gebüsch ließ ihren klagenden Ruf ertönen. Mitternacht, murmelte das schwarze Wasser, das sich leise zu rühren begann. Und nun stieg es empor...

»Hütet euch vor dem Hakemann«, hatten die kleinen Bachwellen gesagt. »Hütet euch vor dem Schwebenden, das um Mitternacht aufsteigt«, und die Kinder hatten fest vorgehabt, sich zu beeilen. Aber jetzt sahen sie wohl, daß sie die Zeit dennoch versäumt hatten. Denn ein Lebendiges von geheimnisvoller Gestalt näherte sich langsam der Oberfläche des Wassers. Zur Rechten und zur Linken, vor und hinter den Kindern stieg es empor,

und als sie in ihrer Angst versuchten, untertauchend den magischen Kreis zu durchbrechen, sahen sie sich auch dort von allen Seiten umringt.
Was für wunderliche kleine Wesen waren es, die mit einemmal die stille Flut belebten! Da war eines, dessen farblos gläserner Leib die Form einer Spindel hatte und das mit einem einzigen langen Haar das Wasser peitschte. Ein zweites glich einem Bund zierlicher Glockenblumen und seltsam war es anzusehen, wie seine zarten Stiele sich beständig, wie von einer heftigen Berührung getroffen, zusammenzogen und wieder ausdehnten. Einen bauchigen Leib und einen riesigen spitzrüsseligen Kopf hatte ein drittes und trug einen kieselharten Panzer, seine Arme waren mächtig wie Krebsscheren und verzweigt wie Hirschgeweihe, und sein einziges Auge war riesengroß, pechschwarz und von großer Lebendigkeit. Ein anderes folgte, rund und blutrot, und kroch näher mit haarigen Spinnenarmen. Als eine leuchtend grüne Kugel zog ein neues langsam herauf, und unter einer schwebenden Glockenschale ruderten weiche wurzelgleiche Füßchen eilig ihres Weges dahin.
Die Kinder hatten ihre Arme um den weichen Stiel einer Wasserrose geschlungen, und wagten nicht, sich zu rühren. Denn immer mehr dieser sonderbaren Tiere kamen dem Wasserspiegel nahe und sanken dann lautlos in die Tiefe zurück. Sie glitten an den Geschwistern vorüber, und ihre seltsamen

Augen, ihre schwingenden Arme und zitternden Wimperhaare übten eine so verwirrende Betäubung und Verlockung aus, daß der Knabe und das kleine Mädchen bald wie von Schlaf befangen ihre Köpfe sinken ließen. Ihre Hände, die den Stengel der Wasserrose umklammert hatten, lösten sich, und lautlos und traumhaft wie die schwebenden Wesen glitten sie in das dunkle Wasser hinab. Umgeben von Glocken und Sternen, von leuchtenden Kugeln und wundersamen Fabeltieren sanken sie in die Tiefe.
Vergessen war die Reise, vergessen das strömende Wasser, das zum Meer eilte. Den Kindern war es, als hätten sie nie etwas anderes geschaut als diese stille Flut, in der das Leben so mannigfach und lautlos sich auf und nieder bewegte. Sie bemerkten kaum, wie es immer dunkler um sie wurde und schraken erst auf, als ihre Füße den schlammigen Grund berührten. Da war Finsternis um sie und feuchte modernde Wärme. Und das einzige, was sie mit großer Deutlichkeit sahen, waren zwei riesige grüne Augen, welche sich ihnen langsam näherten.

Diese grünen Augen, die nicht nur im Dunkeln sehen konnten, sondern auch selbst ein starkes Licht verbreiteten, gehörten dem Wassermann, der in der schlammigen Tiefe wohnte. Er kam immer näher, und als die Kinder sein Gesicht

sahen, das froschähnlich und von abschreckender Häßlichkeit war, schrieen sie vor Entsetzen.
Aber der Wassermann berührte nur das kleine Mädchen ganz leicht mit seinen weißen Fingern. Er erhob seine Stimme, und wie er sprach, klang es wie ein Gurgeln im Sumpf.
»Bist du es? Bist du wiedergekommen?« fragte der Wassermann.
»Wen meinst du? fragte das kleine Mädchen ängstlich.
»Meine Tochter«, murmelte der Wassermann sehnsüchtig, »meine Tochter, die vor vielen Jahren hinaufgestiegen ist, als der Vollmond wie heute schien. Meine Tochter, die ihren Vater und ihre Heimat verlassen hat, um die Frau eines Menschen zu werden«.
»Ich bin deine Tochter nicht«, sagte das kleine Mädchen.
Da seufzte der Wassermann tief, wie in unermeßlicher Enttäuschung, und schwieg. Aber nach einer Weile begann er wieder zu sprechen und sagte mit großer Bitterkeit:
»Ich hätte es mir denken können, daß sie zu stolz ist, um zurückzukehren in ihre Heimat. Ich hätte mir denken können, daß sie sich lieber die Augen aus dem Kopfe weint, als sich bei ihrem Vater zu beklagen«.
»Warum ist deine Tochter so unglücklich?« fragten die Kinder beklommen.

»Sie ist unglücklich«, sagte der Wassermann, »weil die harten Schuhe der Menschen ihre zarten Füße zerpressen, und die starren Kleider der Menschen ihren zarten Leib einengen und drücken. Sie weint, weil die sanfteste Umarmung ihres Geliebten nicht so süß ist wie die Liebkosung des Windes in den Mondnächten, und das holdeste Wort ihrer Kinder nicht so zart wie das Rauschen des Schilfes in der Morgenfrühe. Am Ufer des Baches steht sie in den Nächten, und ihre Tränen rinnen mit dem Wasser in meinen Teich. Aber sie selbst kommt nicht zurück«.

Bei diesen Worten veränderte sich die häßliche Fratze des Wassermannes und wurde so traurig, daß sie dem Antlitz eines einsamen und alten Menschen glich. Er seufzte wieder und schwieg, aber er hörte nicht auf, das kleine Mädchen zu betrachten und es mit vorsichtigen Fingern liebkosend zu berühren. Und ehe die Kinder sich noch von ihrem Staunen erholt hatten, beugte er sich über sie und sagte mit hastig drängender Stimme:

»Wenn du auch nicht meine Tochter bist, so sollst du doch bei mir bleiben. Du sollst ihre schönen Gewänder tragen und dich mit ihren funkelnden Kleinodien schmücken, in ihrem weichen Schlammbett schlafen und aus ihrer goldenen Schale trinken. Du sollst bei mir sitzen und mit die Lieder singen, die sie mir gesungen hat, und im Schilfe mit den Nebelfrauen tanzen. Aber zuerst will ich dich verwandeln, damit du keine Sehnsucht mehr fühlst und dein Herz einschläft unter dem stillen Wasser....«

Obwohl die Kinder sich schon seit geraumer Zeit nicht mehr fürchteten, sondern großes Mitleid mit dem Wassermann empfanden, erschraken sie doch sehr, als sie ihn so sprechen hörten. Sie dachten an den alten Garten und das große Haus, an die Mutter, die schon von ihrer Reise zurückgekehrt sein mochte und sie vergebens suchte, und, wie man aus einem bösen Traum zu erwachen strebt, drängten sie nun fort, der Heimkehr entgegen.

»Wir können nicht bei dir bleiben«, rief das kleine Mädchen ängstlich, »wir müssen zum Meervater reisen«, und legte seine Hände bittend zusammen. Aber der Wassermann achtete auf diese Worte nicht.

»Silbergesponnen«, rief er, und in großer Eile schwebte an einem glänzenden Faden eine große silberne Spinne herab, die, während die Kinder noch jammerten und flehten, schon begann aus zarten Fäden eine Glocke über ihren Häuptern zu wölben. Immer größer wurde diese Glocke, immer dichter umhüllte die Kinder das silberne Gespinnst.

»Was wird mit uns geschehen?«, fragten sie mit großer Bangigkeit.

»Euer Herz wird aufhören, die Freuden und Schmerzen der Menschen zu empfinden, und euer

Blut wird so kühl werden wie das Wasser selbst«, sagte der Wassermann und entfernte sich langsam. Da wurde es wiederum dunkel vor den Augen der Kinder, und wie sie sich ängstlich aneinander schmiegten, hörten sie nichts anderes mehr als den Schlag ihrer Herzen, und auch den immer leiser und schwächer.

Ach, nun waren die Kinder wirklich in die Gewalt des Wassermanns geraten, und es fehlte nicht viel, so wären sie für immer in der stillen Tiefe des Teiches geblieben. Aber jetzt geschah etwas, was sie mit einem Schlage ihrer dumpfen Gefangenschaft entriß.

»Hörst du«, fragte der Knabe schlaftrunken und mit leiser Stimme.

»Ich höre etwas«, sagte das kleine Mädchen, »und es klingt wie Trommeln«.

Das Geräusch, das von der Wasseroberfläche her zu den Kindern herabdrang, glich wirklich einem fernen verhaltenen Trommelwirbel. Es dauerte fort und wurde stärker und stärker, und nun entstand in dem stillen Teich eine sonderbare Unruhe. Als strebe jedes Lebewesen danach, seinen Ort zu verändern, schwammen Fische und Frösche eilig hinaus und hinab, und das Schwebende trieb rascher als zuvor dahin.

»Was geschieht dort oben?« fragten die Kinder, die aus ihrer Betäubung erwacht waren, und da sie weder von der Spinne noch von all den hastenden Bewohnern der Tiefe eine Antwort erhielten, versuchten sie mit neuem Mut, die Freiheit zu erlangen. Sie rührten sich so ungestüm, daß die silberne Glocke zerriß, und da nun die Spinne rasch davontrieb, und auch der Wassermann nicht mehr zu erblicken war, stiegen sie Hand in Hand schnell aus der Tiefe empor und steckten die Köpfe aus dem Wasser. Da sahen sie, daß es regnete.

Verschwunden war der grüne Nachthimmel, verschwunden der Mond, der so friedlich dahingezogen war, und aus einer undurchdringlichen Finsternis stürzte ein Wolkenbruch nieder. Die harten sausenden Tropfen trafen die Kinder wie Keulenschläge, sodaß sie aufschrieen vor Schmerz und sich beeilten, unter einem der großen Seerosenblätter ein wenig Schutz zu finden. Da rauschte es über ihren Köpfen, das Wasser sprühte und wogte wie im Sturm, und die Tropfen stürzten prasselnd nieder. Aber alle Geräusche klangen in den Ohren der Kinder wie ein Gesang der Freiheit, ein wildes herrliches Wanderlied.

»Nimm uns mit, nimm uns mit«, riefen sie dem Wasser zu, und sobald der Regen sanfter wurde, verließen sie das schützende Dach und glitten zurück in die schwarze wogende Flut.

Da fühlten sie sich gleich fortgerissen und trieben in der Finsterris eilends hin, und als endlich der Mond wieder aus den Wolken trat, und sein sanftes Licht verbreitete, fanden sie sich schon fern von dem stickigen Teich, dem Hakemann und den wunderlichen Wesen der Tiefe. Wieder erhoben sich zu beiden Seiten die Wiesenufer des Baches, wieder sprangen und hüpften die kleinen Wellen. »Kommt mit, kommt mit«, sangen sie. Und so ging es dem Meere zu.

8. KAPITEL

Welches von Fluß und Strom, von den wandernden Fischen und von der Tochter des Meervaters handelt.

Das war ein anderes Wandern als das mühselige Tasten und Kriechen in der dunklen Erde! Dort war es still und dunkel gewesen, hier aber war alles voll von Bewegung und Licht. Eine brausende Fröhlichkeit, eine unbändige Sehnsucht nach dem unbekannten Ziel schien von dem strömenden Wasser auszugehen und alles zu erfüllen, was mit ihm in Berührung kam. Rasch, allzu rasch fast, glitten die schönen Ufer an den Augen der Kinder vorüber, ein Dorf lag zur Seite des Baches, weiße Wäsche wehte an langen Leinen im Mondlicht, und, da nun zwischen blühenden Obstbäumen auch ein alter runder Turm schwarz und mächtig hervorschaute, breiteten die Kinder sehnsüchtig ihre Arme aus, weil es sie lockte, zu verweilen. Aber die Wellen des Baches sangen »vorbei, vorbei«, und schon war alles wieder versunken, unwiederbringlich dahin. Der Bach wurde breiter und breiter, ein Flüßchen schon konnte man ihn nennen, er floß durch eine Stadt, Lichter glänzten aus vielen Fenstern, und schwarze Lastkähne lagen wie schlafend an den hohen Ufermauern.

Jenseits der Stadt begann das Wasser, in einem breiten Bette träger zu fließen. Ein kleiner Dampfer zog rauschend flußabwärts, und wie die Kinder ihm nachblickten, sahen sie viele Menschen, die sich über die Reeling beugten. Sie winkten, und wie zur Antwort ertönte von dem davonziehenden Schiffe ein sommerlichsehnsüchtiges Lied. Da war den beiden aufs neue recht traurig zumute und sie sehnten sich von Herzen danach, wieder Menschenkinder und zuhause zu sein. Aber sie kamen nicht dazu, sich solcher Betrübtheit hinzugeben. Denn jetzt wurden sie von der Bugwelle des Dampfers erfaßt, die sich rauschend zum Ufer stürzte und die Wiesenränder schäumend überflutete. Und als diese verebbt und das Schiff verschwunden war, machten die Kinder plötzlich eine sonderbare Entdeckung.

Unter ihnen im Wasser nämlich lag etwas, das wie ein breites schwarzes Band aussah und das von einer beständigen Bewegung durchflossen schien. Aber als sie näher hinschauten, sahen sie, daß es kein Band war, sondern ein Zug von winzig kleinen Fischen, die sich rasch stromabwärts bewegten. Sie schwammen zu Hunderten nebeneinander her und hielten sich dabei immer in einer bestimmten Entfernung vom Ufer des Flusses. Und so viele waren ihrer, daß der Zug kein Ende nehmen wollte.

»Wo kommt ihr her?« rief der Knabe zu den Wandernden hinab, »wo zieht ihr hin, wer zeigt euch den Weg und wer treibt euch zu so großer Eile an?«.

Auf diese Worte hielt der Zug nicht inne, ja es war, als versuchten die kleinen Fische, nun noch eiliger vorwärts zu kommen. Aber während sie so stumm dahinglitten, begannen die Wellen sich aufs neue murmelnd zu rühren, und was sie sagten, klang dem Knaben wie eine Antwort auf seine Fragen. Denn die Wellen sangen:

Wo hohe Berge sich erheben,
Bedeckt mit ewgem Eis und Schnee,
Sind sie erst jüngst erwacht zum Leben
In einem kühlen dunklen See.

Erinnerung lenkte ihre Pfade
An Dinge, die sie nie geschaut.
Und Bachesrand und Flußgestade
Sind ihnen wundersam vertraut.

Die Sehnsucht riß sie aus dem Traume,
Die Sehnsucht treibt sie mächtig hin,
Im unbegrenzten Meeresraume
Gleich ihren Vätern hinzuziehn.

Es will das Leben still beginnen
Im engen Tal, beim dunklen Wald.
Doch Freiheit will es sich gewinnen
Und in der Freiheit die Gestalt.

Als die Wellen aufhörten, auf diese Weise von den kleinen Fischen zu erzählen, waren die Kinder nicht viel klüger als vorher. Es war ja das erste Mal, daß sie etwas von diesen seltsamen Wanderern hörten, deren Väter einst in die Bergseen hinaufgezogen waren um zu laichen, und die sich nun allein ihren Weg ins Meer suchten. Bald sollten sie noch mehr von diesen Dingen erfahren. Jetzt aber sangen die Wellen nicht weiter.

»Haltet euch fest bei den Händen«, riefen sie, »denn jetzt geht es kopfüber!« und damit begannen sie zu jauchzen und zu lachen, als ginge es einem wunderbaren Ereignis entgegen. Sie hüpften und sprangen und trugen die Kinder so schnell dahin, daß diesen fast der Atem ausging.

»Jetzt kommen die Stromschnellen«, rauschten die Bäume am Ufer.

»Jetzt kommt der große Wasserfall«, riefen die Gräser und Büsche. Aber die Wellen hörten nicht auf zu jubeln.

»Fürchtet euch nicht«, sangen sie. Und dann....

Es ist nicht sehr angenehm, unfreiwillig zehn Purzelbäume hintereinander zu machen, mit Wasser übergossen und auf einen Felsen geworfen zu werden. Gerade dies aber war es, was den Kindern jetzt geschah. Denn jetzt ging es wirklich den hohen Wasserfall hinunter. Die Wellen taten ihr möglichstes, um die Kinder recht sanft über die großen Felsblöcke zu heben, die am Fuß des Was-

serfalles lagen, aber es gelang ihnen nicht. Krach, schlugen der Knabe und das kleine Mädchen auf den harten Stein auf, und wenn sie die Zaubergewänder nicht angehabt hätten, so wären sie wohl kaum mit dem Leben davongekommen. So saßen sie nur eine Weile wie betäubt da und rieben sich seufzend ihre schmerzenden Glieder. Aber jede Lust an der Weiterreise war ihnen vergangen.
»Wenn wir nur ans Ufer gelangen könnten«, sagte der Knabe und blickte sich nach allen Seiten um. Da bemerkte er, daß sie auf dem grauen nassen Felsen nicht allein waren. Denn in einiger Entfernung von ihnen, dort wo das Wasser den flachen Stein überflutete, stand ein großer Lachs.
Mit seinem purpurroten Bauch, seinen rötlichgoldenen Flossen und seinem mondblauen, von dunkelroten Zickzacklinien gezeichneten Kopf war dieser Fisch von so stolzer wunderbarer Schönheit, daß die Kinder lange Zeit ihn nicht anzusprechen wagten. Endlich aber wurde ihre Neugierde zu groß. Sie standen auf und glitten vorsichtig über den glatten nassen Stein zu dem schönen Fische hin.
»Was hast du für ein prächtiges Kleid«, sagte das kleine Mädchen mit scheuer Bewunderung.
Bei diesen Worten machte der Lachs eine Bewegung, so daß er die Kinder mit einem seiner großen runden Augen ansehen konnte. Aber es war ein gleichgültiger und kalter Blick, mit welchem er sie

maß. Ohne sie weiter zu beachten, ließ er sich ein wenig zurückgleiten und fuhr dann mit dem Wasser, das den Felsen umbrandete, aufs neue empor. Er stützte sich auf seine große Schwanzflosse, und ehe die Kinder noch recht begriffen, was er vorhatte, sprang er schon. Ja, er sprang, er schnellte sich mit aller Kraft in die Höhe, in die weiße sprühende Gischt, den Wasserfall hinauf, und hoch oben sahen die Kinder einen Augenblick lang das goldene Leuchten seiner Flossen. Aber dann geschah etwas Furchtbares. Der Lachs hatte sein Ziel nicht erreicht, er fiel, er stürzte mit seinem schweren Körper zurück auf den Felsen. Ganz nahe von den Kindern lag er nun, und das niederfallende Wasser peitschte seinen Leib.

»Vielleicht ist er noch nicht tot«, flüsterte das kleine Mädchen. Und sobald die Kinder sich ein wenig von ihrem Schrecken erholt hatten, gingen sie hin und versuchten mit aller Kraft, den schweren Fisch ein wenig beiseite zu schieben, damit ihn der stürzende Strahl nicht mehr träfe. Da sahen sie, daß er lebte.

Der schöne Lachs lebte und bewegte sich. Aber wie die Kinder ihn nun ängstlich fragten, warum er nicht hatte hier bleiben wollen, gab er ihnen keine Antwort, sondern schlug so ungeduldig mit den Flossen, als wollte er sagen, haltet mich nicht auf. Und nun wiederholte sich das wunderlich grausame Schaupiel. Der stolze alte Lachs setzte zum

Sprunge an. Er sprang und fiel zurück, und als er kaum zu sich gekommen war, glitt er wieder ins Wasser, um es noch einmal zu versuchen.
Sechsmal sprang der schöne Lachs den Wasserfall hinauf und sechsmal fiel er zurück. Er stürzte auf die scharfen Kanten der Felsen und blutete. Er fiel auf rissiges Moos und rieb sich die Kiemen wund. Jedesmal, wenn er wieder unten lag, eilten die Kinder zu ihm hin, schoben ihn ins Wasser zurück, wuschen ihm das Blut ab und strichen ihm mit den Händen über den glänzenden Rücken. Denn mit jedemmal gewannen sie den alten Fisch lieber, der wie ein prächtiger Ritter aussah und einen so hoffnungslosen Kampf kämpfte. Sie liebten ihn, obwohl er ihre Bemühungen so gut wie garnicht beachtete. Er lag auf dem Felsen, peitschte den Stein mit seinen Flossen und starrte sie mit einem seiner runden Augen kalt und streng an. Haltet mich nicht zurück, hieß das, ich muß springen. Damit richtete er sich wieder auf...
Als er zum siebenten Sprung ansetzte, konnten die Kinder wohl sehen, daß dieser der letzte sein würde. Denn nun lief das Blut überall aus dem schönen Schuppenpanzer des Fisches herab. Er hatte fast keine Kraft mehr, sich abzustoßen, und seine Augen waren trübe und blind. Aber er nahm doch noch einmal all seine Kraft zusammen, schnellte empor und verschwand in der Gischt. Jetzt fällt er, dachten die Kinder, und blickten angstvoll in die

Höhe. Da sahen sie wieder die goldenen Flossen blitzen und das Wasser sprühen, aber stürzen sahen sie den Fisch nicht mehr. Denn jetzt zog er dahin in seinem prächtigen Hochzeitskleid, jetzt war er verschwunden, um flußaufwärts weiterzuziehen, müde, zerfetzt, aus vielen Wunden blutend, aber so kühn und stolz wie zuvor.

»Er hat es erreicht«, sagte der Knabe, und dem kleinen Mädchen traten die Tränen in die Augen, weil der schöne Fisch fort war und sie ihn nie wieder sehen sollte. Da aber hörten sie die Wellen wieder murmeln und singen: kommt mit, und weil sie des Fisches gedachten, der so tapfer gegen das stürzende Wasser angesprungen war, schämten sie sich ihrer Verzagtheit und Furcht. Auch wir werden unser Ziel erreichen, dachten sie. Wir werden den Meervater finden, die Winde, und die Sonne und den Turm der Winde. Wir werden in den Garten zurückkehren und wieder Menschenkinder werden. Und damit warfen sie sich in die flutenden Wogen. Aber jetzt ließen sie sich nicht länger treiben, sondern rührten von selbst ihre Glieder, und in ihren Zaubergewändern schwammen sie schneller als der schnellste Fisch.

An der Oberfläche des Wassers schwammen die Kinder und sahen, wie die Sonne auf und wieder unterging, wie der Fluß immer breiter und zu einem mächtigen Strome wurde, wie er durch ein breites flaches Land floß und große Städte ihm zur

Seite lagen. Dann wieder glitten sie tief unter das Wasser und erblickten dort hunderte von Lebewesen, die auf der großen Straße ihres Weges zogen, hinauf und hinab, und die von derselben geheimnisvollen Sehnsucht angetrieben wurden wie die jungen Aale und der alte Lachs. Sie sahen Fische, die ihre Reise antraten und andere, die schon angekommen waren und ihre Eierschnüre wie Girlanden in das Schilf hängten, schwarze Flundern, die im Sande vergraben mit einem einzigen Auge nach Beute spähten, und Krebse, die sich langsam rückwärts bewegten. Alle diese Dinge verlockten zum Bleiben und Schauen, aber die Wellen trieben zur Eile an.

»Das Meer ist nahe«, sangen sie. Und plötzlich, da der Knabe sich mit der Zunge über die Lippen fuhr, schmeckte er das Salz des Meeres. Da tauchten die Kinder wieder auf, und es war wiederum Nacht. Der Strom teilte sich in sieben Arme, davon flossen drei nach rechts und drei nach links, und auf dem mittelsten trieben die Kinder geradewegs ins Meer hinein. Wiederum sahen sie den Mond zwischen zerrissenen Wolken, und wie in Fetzen gerissen war auch das Land zwischen den Strömen. Schon blieb es zurück, eine einsame flache Küste in dem bleichen Schimmer der Mondnacht.

»Lebt wohl, lebt wohl«, riefen die Wellen, welche mit den Kindern die große Reise gemacht hatten und verloren sich rauschend in das unendliche Meer.

An der Küste waren die Kinder nun, und was sie dort erblickten, erstaunte sie nicht allzusehr. Denn auch in der Nähe ihrer Heimatstadt war ja die See gewesen, und ein langer mit Muscheln und braunem Tang bedeckter Strand. Etwas anderes aber erfüllte sie bald mit großer Verwunderung.
Obwohl sie schon lang von der Flußmündung abgetrieben waren, wurden sie doch beständig immer weiter ins Meer hinausgezogen. Alles Wasser schien dort hinauszuströmen, sodaß der Strand immer breiter wurde, und wenn auch die Wellen der Brandung noch immer dem Lande zuliefen, um sich dort schäumend zu überstürzen, so war es doch, als täten sie dies mit einer gewissen Trägheit und Unlust. Es war kein Zweifel: langsam aber beständig wich das Meer immer weiter zurück.
»Wohin geht die Reise noch?« fragte der Knabe die Meereswellen, »sind wir denn noch nicht angekommen?«
Da erhob es sich im Brausen und Flüstern der Wellen wie ein großes Erstaunen.
»Wer seid ihr denn», fragten die Meereswellen, »daß ihr von der Klage der Mondbraut nichts wißt? Wer seid ihr, daß ihr die große Sehnsucht nicht spürt?«
»Wer ist die Mondbraut?« sagte das kleine Mädchen neugierig.
»Kommt mit uns und ihr werdet es erfahren« san-

gen die Wellen, »kommt mit, und ihr werdet sie sehen. Auf dem fernen schmalen Pfade zwischen Wasser und Himmel zieht sie dahin und streckt ihre Arme zum Monde empor. Sie singt und weint vor Sehnsucht nach ihrem Liebsten, den sie nicht ereichen kann«.

»Wir wollen sie sehen«, sagten die Kinder, und da sie nun schon weit draußen waren, hoben sie sich auf den Schultern jeder neuen Welle, so hoch sie konnten. Nach garnicht langer Zeit gewahrten sie in weiter Ferne, dort wo eine kaum sichtbare feine Linie Meer und Himmel voneinander trennte, eine junge Frau, die langsam dahinwandelte. Und so groß auch die Entfernung war, so sahen sie doch, daß das Antlitz dieser schönen jungen Frau von Tränen bedeckt war, und hörten, wie sie jammerte und klagte.

Die schöne Tochter des Meeres klagte und hob ihre Hände zum Monde auf, und in dieser Gebärde lag so viel Hilflosigkeit, so viel Liebe und Schmerz, daß die Kinder verstanden, warum alle Wellen des Meeres so weit gewandert waren und warum sie nun aufrauschten in Mitleiden und Qual. Denn jetzt versuchte die Tochter des Meeres, obwohl sie keine Flügel hatte, sich in die Luft zu erheben. Sie reckte sich ganz hoch auf ihren schönen Füßen und breitete ihre Arme weit aus, und mit ihr erhoben sich alle Wellen des Meeres zitternd dem Monde zu. Da erschien in dem weißen Gestirn der Kopf und der Oberleib eines schönen Jünglings, und auch dieser Jüngling streckte nun seine Arme aus, wie um die Geliebte zu sich hinaufzuziehen. Aber trotzalledem gelang es der Tochter des Meeres nicht, sich über die Wellen zu erheben und zu fliegen. Mit einem Klagelaut von unbeschreiblich sanfter Trauer sank sie zurück, sank immer tiefer. Endlich war nichts anderes mehr von ihr zu sehen als ihr weißes Anlitz und ihr Haar, das auf den Wellen lag wie glitzerndes Silbergespinst. Dann verschwand auch dieses.

Da sanken auch die Wellen des Meeres traurig zurück und wanderten dem Strande wieder zu. Langsam, langsam bedeckte sich der graue Sand wieder mit Wasser, und dann stieg die Flut höher und höher und umbrandete endlich auch die verlassenen Felsen am Strand. Aber noch lange rauschte und sang sie von dem traurigen Schicksal der schönen Mondesbraut, von dem alten Geheimnis von Ebbe und Flut.

9. KAPITEL

Die Kinder finden einen wunderlichen Begleiter. Sie geraten durch ihre Neugierde in große Bedrängnis und erfahren die heilende Macht der Musik.

So sehr auch die Klage der Meerestochter den beiden Kindern zu Herzen gegangen war, so vergaßen sie ihre Trauer doch bald. Wie schön war das grenzenlose Meer, wie schnell trugen die Zaubergewänder sie dahin und wie lockte sie alles, weiter zu schweifen! Jetzt konnten sie verstehen, warum die kleinen Fische ihren stillen Bergsee verlassen hatten, um so lange zu wandern, bis sie das Meer erreichten. Hier war die Freiheit und Weite, nach welcher der Knaben Sinn verlangt, aber auch die Märchenwelt, welche die Herzen der kleinen Mädchen höher schlagen läßt vor Freude. Denn draußen flogen die Wolken und der Mond dahin, sauste der Wind und überstürzten sich sprühend die Wellen, und in der Ferne zog mit vielen Lichtern manch großes Schiff einem unbekannten Ziele zu. Unter dem Wasserspiegel aber lagen wunderbare Landschaften, Berge und Täler, dunkle Algenwälder und Korallenriffe, und dazwischen der weiße glänzende Meeressand, und all dieses ruhte im Abglanz des Mondlichts still und wie verzaubert in der Tiefe. So tauchten die Kinder denn bald auf und bald wieder unter, zogen bald in einem Rausch der Freude immer weiter hinaus ins freie Meer und wiegten sich dann wieder still, den Blick in die Tiefe gerichtet, auf den nächtlichen Wogen. Über solchem Schweifen und Schauen aber ging der Mond unter und die Dämmerung nahte. Da kam den Kindern zum Bewußtsein, daß ihre Zeit begrenzt war, und sie eilen mußten, den Meervater zu finden, und eine Sekunde lang legte sich die Unermeßlichkeit des Meeres ihnen wie ein Alp auf die Brust. In diesem Augenblick jedoch zeigte sich vor ihnen ein höchst seltsames und zierliches Wesen. Es hatte de Kopf eines edlen Pferdes und einen gebogenen Leib und trieb aufrecht, mit stolzem Blick durch die Wellen hin, und wie seine zierliche Gestalt sich nickend bewegte, schien es die Kinder aufzufordern, ihm zu folgen. Es entfernte sich stumm in die Tiefe, und ohne zu zögern, vertrauten sich die Geschwister seiner Führung an.

Könnt ihr euch Wälder vorstellen, welche aus lauter dunkelroten Korallenbäumen bestehen? Kennt ihr die silbernen fiedrigen Seemoose, die feinen Nadelbäumen gleichen, den blutrotem Ampfer, die duftige Seenelke und die schlanke Witwenrose? Alle diese Pflanzen und noch unzählige andere wachsen auf dem Grunde des Meeres.

Viele von ihnen haben Wurzeln, die sie in den Meeresboden senken, wie die Pflanzen der Erde, während ihre Zweige sich in den Wellen wiegen, rote an milchweißen Stilen und behaartes Gesträuch. Auf dem Felsen hat die Seerose ihren weichen Leib angesaugt und dort bewegt sie ihre rotweißen Fühler wie spitze Dahlienblütenblätter im Wasser hin und her. Der Einsiedlerkrebs hat seinen weichen Hinterleib in das leere Schneckenhaus gezwängt, und auf treibenden Holzstückchen wächst wie ein weicher Pelz silbernes Moos. Wurzellos schweifend bewegen sich andere seltsame Wesen in der unendlichen Flut. Quallen sind es, golden und regenbogenfarben, Strandigel mit wirren Stacheln und spitzarmige Sonnensterne. Kleine Fische schwimmen sanft, von buntfarbigen Schleiern umwallt, über die Mooswälder, riesige Tintenfische stülpen ihre weichen Arme bedrohlich aus und vernebeln die klare Flut mit braunen Wolken, und aus den Felslöchern schießen die Schwertfische beutegierig hervor.

All diese wunderlichen Dinge sahen die Kinder, als sie, dem Seepferdchen folgend, in die Tiefe glitten. Sie schwammen durch Wälder von Moos und Algen, in tiefer grüner Dämmerung und dunkelgoldenem Licht, über rote Felsen und weißen, von den Wellen wie von tausend zarten Vogelschwingen gezeichneten Sand. Luftblasen stiegen wie silberne Perlen im grünen Wasser auf, und ruhig zogen die Schatten großer Fische zu ihren Füßen hin, und dies alles war von so tiefer geheimnisvoller Schönheit, daß die Kinder sich nicht satt sehen konnten. Da das Seepferdchen immer weiter, wie ein stummer treuer Führer vor ihnen herglitt, zweifelten sie nicht daran, bald in die Nähe des Meervaters zu gelangen. Doch waren sie weiter von ihrem Ziel entfernt als sie glaubten, und noch ehe sie den schönen Meeresgarten verlassen hatten, gerieten sie wiederum in eine Bedrängnis und große Gefahr.

Warum mußte auch gerade in dem Augenblick, als die Kinder vorüberschwammen, ein schwarzes Muschelhaus sich öffnen und einen so wunderbar zarten perlmutterfarbenen Glanz sichtbar werden lassen? Warum mußten die Wellen gerade jetzt so verwirrend klingen und rauschen? Einem Liede gleich tönte ihr Gesang in den Ohren der Kinder und sie unterschieden die folgenden Worte:

Die Meereswellen brausten,
Der Sturmwind kam zum Strand,
Da sprach zu ihm und klagte
Ein Körnchen aus dem Sand.

Es sprach: Die Lilien blühen,
Es grünt der junge Wald,
Die Wasser kommen und ziehen
In wechselnder Gestalt.

Ich muß am Strande liegen,
So unscheinbar und tot,
Und wollte doch wandern und fliegen
Ins schöne Abendrot.

Und wenn ich wiederkehrte,
Wollt ich verwandelt sein,
Viel schöner als die Lilie
Und jeder Baum im Hain.

Viel schöner als die Wellen,
Die goldne Frucht im Laub,
Es sollten die Menschen sich neigen
Vor einem Körnchen Staub.

Der Sturmwind trieb das Sandkorn
Weit übers Meer hinaus,
Da sank es in die Tiefe
Und in der Muschel Haus.

Es wissen manch Geheimnis
Die Muscheln tief im Tang,
Sie singen und rauschen ewig
Den alten Meeresgesang.

In sieben Schleier hüllen
Den fremden Gast sie ein,
Die glänzen schön in Farben
Wie Regenbogenschein.

Wie rote Nebelsonnen
Und goldner Blütenstaub,
Zitronengelbe Falter,
Smaragdnes Maienlaub,

Azurne Vogelschwinge,
Stahlblaue Meeresflut
Und purpurtiefes Dunkel,
Darin im Schlaf man ruht.

Es sangen die Meereswellen,
Es glänzte der Mondenschein.
Das Sandkorn ward zur Perle
Im engen Muschelschrein.

Ward schöner als die Lilie,
Die goldne Frucht im Laub,
Es werden die Menschen sich neigen
Vor einem Körnchen Staub....

Als die leise und fernher klingenden Stimmen der Wellen dieses Lied zuende gesungen hatten, begannen sie es gleich von neuem. Indessen tat die Muschel ihre schwarzen Schalen immer weiter auf, und immer stärker und reiner drang der Perlmutterschein aus ihrem Innern. Da war das Seepferdchen schon weit, hielt inne und entfernte sich von neuem, wie um die Kinder zu locken. Die aber klammerten sich an die rauhe Felswand und starr-

ten in den Glanz, von unruhigen Gedanken bewegt, und plötzlich machte sich das kleine Mädchen auf und schwamm zu dem Muschelhaus hin. »Laß mich die schöne Perle sehen«, bat es.
Die Muschel antwortete nicht, und es schien sogar, als wolle sie erschrocken ihre Schalen ganz schließen. Aber das kleine Mädchen ließ sich nicht entmutigen.
»Sollen wir denn das Meer verlassen, ohne das Schönste gesehen zu haben?« fragte es, »wir werden dir kein Leid zufügen. Öffne uns nur einen Augenblick lang deine Türen, damit wir einen Blick auf die Perle werfen können, die einmal ein ganz gewöhnliches Sandkorn war«.
Aber soviel das kleine Mädchen auch bat und bettelte, sein Wunsch wurde nicht erfüllt. Der Spalt zwischen den Schalen der Muschel wurde immer schmaler, und der Regenbogenglanz erlosch immer mehr. Nur ein ganz schwacher Schimmer noch drang aus dem Innern des wunderlichen Hauses...
Als die Kinder sahen, daß die Muschel im Begriff war, sich zu schließen, drängten sie sich schnell so nahe wie möglich an den schmalen Eingang, um doch wenigstens noch etwas zu erspähen von dem wunderbaren siebenfarbigen Licht. Von so ungestüm heftiger Sehnsucht waren sie erfüllt, daß sie nicht bemerkten, wie ihre zarten Schleiergewänder an den scharfen Rändern der Muschel

hängenblieben, und die Schalen sich gleich einer schrecklichen Zange über ihnen zu schließen drohten. Sie gewahrten noch einen Schimmer von dem süßen Glanz und dann wichen sie jähe zurück, und als der Spalt sich nun völlig schloß, war es ihnen zumute wie einsamen Wanderern, vor deren Augen die Sonne untergegangen ist. Sie verließen die Muschel und wandten sich fort, um weiterzuschwimmen. Da sahen sie, daß das Seepferdchen verschwunden war. Zugleich aber machten sie eine andere, weit schrecklichere Entdeckung. Ihre Zaubergewänder nämlich hingen zerrissen, in traurigen Fetzen an ihnen herab, und darum vermochten sie nicht mehr schnell zu schwimmen, sondern bewegten sich mühsam und schwerfällig durch das Meer hin. Und mit dem zauberhaften Schutz, den ihnen die Gewänder bisher gewährt hatten, war es vorbei.

Nicht nur frei und ungebunden ist das Leben im Meer, sondern auch wild und voller Gefahren, und nicht Sehnsucht und Wanderlust allein treiben die Tiere des Meeres so ruhelos hin und her, sondern auch Begierde und Furcht. Hoch hinaus über den Wasserspiegel springen die silbernen Fische, wenn der Schrecken des Meeres, der rundmäulige Hai, sich naht. Hastig streben die Schwertfischlein davon, wo ein Barsch auftaucht, und es gibt noch kleinere Fische, die sich vor dem Schwertfischlein fürchten, und zahllose winzige Wesen, die sich vor diesen kleinsten zu verstecken suchen... Die Fische haben keine Stimme, die Quallen und Seesterne sind stumm. Aber in solcher Lautlosigkeit ist die Todesangst noch fürchterlicher als in der Erde. Denn dort gibt es wenigstens Gänge und Höhlen, sich zu verstecken. Hier aber ist nichts anderes als die freie unbegrenzte Flut.

Die wandernden Kinder hatten das Meer in all seiner brausenden Fröhlichkeit kennengelernt, – jetzt fanden sie es auf das beängstigendste verwandelt. Blickten nicht all die kleinen, schönen Fische sie mit ihren runden Augen tückisch und boshaft an? Zuckten die Blumenkelche, die sich auf ihren milchweißen Stielen flutend bewegten, nicht wie in mitleidigem Schluchzen?

»Jetzt geht es euch schlecht, ihr armen Kinder«, raunten die Meereswellen, die einzigen, welche hier eine Stimme hatten. In diesem Augenblick näherte sich den vor Angst zitternden Kindern ein großes furchtbares Tier.

In eine braune Flüssigkeit, die soeben aus seinem Körper gedrungen war, wie in eine Wolke gehüllt, bewegte sich dieses Tier langsam durch das Wasser und sank immer tiefer herab. Es schwamm mit dem Kopf nach unten und ruderte mit vielen Armen, die ihm wie Wurzeln aus dem Kopfe wuchsen. Diese bewegten sich beständig, doch versteckten sie nicht ganz den schrecklichen Papageienschnabel des Ungeheuers, und durch

den braunen Nebel hindurch konnten die Kinder sehen, wie es seine unheimlichen Stilaugen auf sie richtete. Plötzlich streckte es einen seiner schleimigen Arme nach ihnen aus....
Die ganze Zeit über hatten sich die Kinder im Schutz ihrer Zaubergewänder frei und sicher gefühlt. Jetzt aber spürten sie alle Angst der gehetzten Kreatur. Sie flohen und hielten erschöpft inne, und flohen aufs neue, von Entsetzen erfüllt. Oft glaubten sie schon, der Gefahr entronnen zu sein und atmeten auf. Dann aber wallte und wogte es wieder heran, weiß und schleimig, der Papageienschnabel stieß auf sie herab, die weichen Arme berührten sie, und die braune Flüssigkeit brannte auf ihrer Haut. Verschwunden waren die roten Korallenwälder und die zierlichen Blumen der Tiefe, und auch das Geräusch der Wellen war verstummt. Es schien, als seien die Kinder in der grünen Tiefe ganz allein mit dem Ungeheuer, das nicht aufhörte, sie zu verfolgen. Ihre Kräfte ließen immer mehr nach, und schon waren sie nahe daran, alle Hoffnung aufzugeben. Da aber drang durch die lautlose Stille ein ferner Ton.

Schon einmal hatte ein entferntes Geräusch die Wanderer aus großer Gefahr gerettet. Der Regen war es gewesen, der auf den stillen Teich wie auf das Fell einer großen Trommel schlug. Was aber in diesem Augenblick das Ohr der Kinder erreichte, war ein leiser Gesang, ein unbeschreiblich süßer Gesang, der das Herz mit Sehnsucht und Fröhlichkeit erfüllte. Sie lauschten ihm atemlos, und plötzlich bemerkten sie, wie auch das Ungeheuer stille hielt und lauschte und sich dann in der Richtung der Töne hin fortbewegte. Da waren die Kinder gerettet und frei. Doch weil auch sie von dem Gesang wundersam angezogen wurden, dachten sie nicht daran, das Weite zu suchen, sondern strebten der Oberfläche des Wassers zu. Durch die Wellen gewahrten sie schon von fern ein großes herrliches Licht, und wie sie auftauchten, fanden sie sich mitten auf dem dunkelblauen Meer. Die Sonne schien, eine riesige strahlende Sonne. Auf den Wellen schaukelte sich eine große flache Muschel, und in dieser stand ein Mann, der über das Wasser hinblickte und sang.

Ach, wie herrlich war es für die Kinder, so mit einemmal aller Angst und Not entronnen zu sein! Wie heiß glühte die Sonne, wie freudig rauschten die Wellen, wie lustig flatterte der weiße Mantel des wunderbaren Sängers im Wind! Der sang immer weiter, sang in einer unbekannten Sprache ein endloses Lied, und je länger seine Stimme ertönte, desto mehr belebte sich um ihn die Flut. Zahllose Fische streckten ihre Köpfe aus dem Wasser, und, wie um dem Gesange zu lauschen, wiegten sich Quallen und Seesterne auf den Wellen. Der Himmel verdunkelte sich von großen

Scharen weißer Meervögel, die über dem Kahn schwebten, und plötzlich stürzte ein schwarzer Schwan aus großer Höhe herab und lag mit ausgebreiteten Schwingen unbeweglich auf dem dunklen Meer. Das Rauschen der Wellen verstummte....
Nun verstummte auch der Gesang, und der schöne Jüngling bückte sich und hob eine gebogene, mit sieben Saiten bespannte Leier empor. In der tiefen Stille der Mittagsglut ließ er die stärkste Saite erklingen und dann alle anderen Saiten, von denen jede neue immer ein wenig dünner war und einen etwas höheren Ton ergab:
Wie der Weckruf einer dumpfen Trommel klang die erste und die zweite wie Sturm,
die dritte war wie das Rauschen der Wälder im Herbst und die vierte wie ein Schlag auf tönendes Erz,
an das Wogen der Ährenfelder gemahnte die fünfte und die sechste an Kinderstimmen auf einer Märzwiese,
die siebente Saite aber klang so hell wie der Gesang von Engeln oder tanzenden Sternen.
All diese starken und freudigen Klänge hörten der Knabe und das kleine Mädchen, und bei jedem fühlten sie sich selbst fröhlicher und stärker. Eine neue Kraft, ein unsagbarer Jubel erfüllte ihre irrenden verängstigten Herzen. Schon bei dem Klang der dumpfen Trommel waren sie aus dem Wasser aufgetaucht, jetzt erhoben sie ihre Arme und streckten sie mit unendlicher Sehnsucht nach dem

Meermenschen aus. Wie von selbst schlossen sich da die zerissenen Zaubergewänder wieder um ihre Glieder und glänzten so buntschillernd und unversehrt wie zuvor, und mit der alten zauberhaften Leichtigkeit glitten die Kinder dahin und auf die schwimmende Muschel zu. Sie sahen den Jüngling nahe vor sich und sahen, daß er sehr schön war, und da er sich nun, während der letzte Ton unendlich ausschwang, zum Wasser niederbeugte, war es ihnen, als blicke er sie mit einem Lächeln der Freude an.

»Laß uns mit dir ziehen«, riefen sie, »laß und bei dir bleiben« und versuchten, sich an der Muschel festzuhalten.

Aber der schöne Jüngling hörte sie nicht. Er ließ die Leier sinken, und sogleich begann die Muschel sich zu entfernen, langsam zuerst und dann mit immer größerer Schnelligkeit trieb sie über das Meer dahin und verschwand. Da erhoben sich die Vögel wieder in den Himmel, und die Fische verschwanden in der Flut. Die Wellen begannen aufs neue zu rauschen und ihre weißen Schaumkronen zu erheben.

»Wandern müßt ihr, wandern« sangen sie dem Knaben und seiner Schwester zu, und als die Kinder sich seufzend die Augen rieben, trieb das Seepferdchen aufs neue tanzend und nickend vor ihnen hin. Kommt mit, kommt mit, schien es zu sagen, und die Kinder machten sich alsbald wieder auf den Weg, den Meervater zu suchen.

10.
KAPITEL

Die Kinder kommen zu dem versunkenen Schiff und in die nachtschwarze Tiefe. Sie werden vom Sturm auf die Klippen geworfen und hören, wie der Meervater zu seinen Kindern spricht.

Das Schiff, zu welchem das Seepferdchen die Kinder geleitete, war vor vielen, vielen Jahren auf einen Felsen gelaufen und gesunken. Damals war es ein sehr hübsches und neues Schiff gewesen. Jetzt aber lag es schon so lange auf dem Meeresgrund, daß es seine Gestalt völlig verändert hatte. Seine schlanken Masten, seine weißen Segel und schwarzen Rahen waren verfault, und was übrig geblieben war, war nur der Rumpf, und dieser hatte sich wie ein dunkles Riesentier in den Sand eingewühlt. Von seiner weißen Farbe, seinen goldenen Buchstaben und blitzenden Messingstangen aber war nichts mehr zu erblicken. Wie ein zottiger grüner Pelz hingen die Algen an der verrosteten Schiffswand, schwarze Bohrmuscheln bedeckten zu tausenden den schmalen Kiel, und durch die morschen Balken des Verdecks hatten die Bohrwürmer sich ihre Wege gebahnt.

Das erste, was die Kinder an dem alten Schiffe zu sehen bekamen, war die alte verwitterte Galionsfigur. Ein Weiblein war es mit einem Fischschwanz, das mit beiden Händen einen Sternenkranz auf seinen Haaren festhielt und das mit seinen blitzenden Bernsteinaugen und seinen holzgeschnitzten flatternden Locken so wild und lebendig aussah, daß der Knabe es fröhlich anrief. Doch rührte es sich nicht und blieb ganz stumm. Ein anderes Geräusch aber erhob sich bald fernher und klang wie ein leises Stöhnen und Ächzen, und als die Kinder sich umwandten, trieb etwas an ihnen vorbei....

»Was ist das?« flüsterte das kleine Mädchen erschrocken.

Was es erblickte, war die Gestalt eines Mannes, der aufrecht, mit geschlossenen Augen durch das Wasser dahinglitt. Er trug einen Dreimaster, Kniehosen und Schnallenschuhe, die Kleidung einer längst vergangenen Zeit, und neigte sich bald nach dieser, bald nach jener Seite, wie ein Körper, der willenlos dahintreibt. Dennoch war er nicht tot, wie es den Anschein haben mochte, denn aus seinem Munde klangen die klagenden Laute, welche die Kinder soeben vernommen hatten. Einen Augenblick lang klangen sie ganz laut und schaurig in ihre Ohren. Dann hatte das sonderbare Gespenst den Bug umkreist. Es glitt an der von Pflanzen überwucherten Schiffswand entlang und verschwand, und die Töne wurden schwächer. Bald aber erklangen sie von neuem, nun auf der andern Seite des Schiffes. Es war kein Zweifel, daß das Gespenst um das Schiff herumschwamm und sich von neuem näherte.

Bei dieser Aussicht waren die Kinder ganz außer sich vor Schrecken. Weder der Hakemann noch die bösen Mäuse hatten ihnen solche Furcht eingeflößt wie dieser Mensch, der auf dem Meeresgrunde ein gespenstisches Leben führte. Am liebsten wären sie geflohen, aber noch ehe sie ihre schreckgelähmten Glieder zu rühren vermochten, tauchte der Ertrunkene von neuem auf.

Diesmal standen seine Augen weit offen. Sein Blick traf die Kinder und blieb auf ihnen haften, und sein weißes Antlitz nahm einen Ausdruck der Verwunderung an. Obwohl er kein Glied rührte, hielt er sich nun ohne Mühe und nur leise schwankend am selben Ort. Ganz deutlich konnten die Kinder seinen blauen, mit gelben Aufschlägen verzierten Rock, seine engen schwarzen Hosen und seine weißen Strümpfe sehen. Und ihr Entsetzen wuchs, als sie bemerkten, daß nicht allein die Kleider, sondern der ganze Körper des Mannes durchsichtig waren wie Glas.

Als der Ertrunkene die Kinder eine Weile lang schweigend betrachtet hatte, streckte er seine bleichen Hände nach ihnen aus.

»Kommt mit mir«, murmelte er, und wie er nun,

langsam weiterschwebend, den Blick nicht von ihnen ließ, fühlten die Geschwister sich gegen ihren Willen angetrieben, ihm zu folgen. Hinauf ging es und über das zerfallene Verdeck, wo der Stumpf des Mastes aufragte und eine zertrümmerte Treppe in schaurig dunkle Räume führte. Dort ließ sich der Ertrunkene auf eine von Moos bewachsene Stufe sinken und stützte das Haupt in die Hand. Die Kinder aber blieben an den Maststumpf gelehnt zitternd stehen. So vergingen einige Minuten, welche den beiden wie eine Ewigkeit erschienen. Dann begann der bleiche Mann zu sprechen.

»Kennt ihr den Vogel Albatros?« fragte er.

Jetzt ging es den Kindern wie in dem Unkenteich, als der Wassermann begonnen hatte, von seinem eigenen Schicksal zu sprechen. Sie hörten auf zu zittern, ihre Furcht war wie fortgeblasen, und nichts anderes als eine brennende Neugierde blieb zurück. Sie schüttelten den Kopf auf die Frage des Ertrunkenen, aber dieser sah nicht auf und fuhr, ohne eine Antwort abzuwarten, fort:

»Der Vogel Albatros«, sagte der, »ist den Schiffern heilig. Wer ihn tötet, der muß im Meere umkommen. Wer ihn tötet, der ist verdammt, lange Zeit keine Ruhe zu finden«.

»Hast du den Vogel Albatros getötet?« fragte der Knabe nach einer Weile beklommen. Da nickte der Ertrunkene und rang schmerzlich die Hände. Und dann begann er zu erzählen.

»Es war ein schöner heißer Sommertag«, sagte er, »und das Meer war so glatt und still wie ein Teich. Wir feierten den Geburtstag des jungen Schiffes und zugleich meinen eigenen, das war ein wunderlicher Zufall. Ich fuhr damals zum ersten Mal als Kapitän, und weil ich noch sehr jung und übermütig war, konnte es mir an diesem Tage gar nicht hoch genug hergehen. Ich ließ viel Wein ausschenken und hielt den Matrosen eine Rede, die voller Witz gewesen sein muß, denn sie lachten aus vollem Halse. Als wir auf das Schiff angestoßen hatten, tranken sie mir zu und feierten mich. Wir tranken Becher um Becher, sangen und trieben immer tollere Späße.
Aber mir war das alles noch nicht schön und festlich genug. Es fehlte mir etwas,und ich wußte nicht, was es war. Vielleicht dachte ich daran, wie schön es sein müßte, wenn die Mädchen meiner Heimatstadt, einige oder doch eine von ihnen, jetzt hier sein und mich sehen könnte. Vielleicht auch war mir einfach die Sonne zu heiß und die Luft zu still. Ich hatte das Gefühl, es müsse noch etwas geschehen, etwas Herrliches und Außergewöhnliches, und wie mein Blick auf die Männer fiel, die jetzt herumstanden und müde auf das Wasser stierten, überkam mich ein tödlicher Unmut. In diesem Augenblick schaute ich auf und erblickte den Albatros.
Der Albatros ist ein Vogel, ein riesiger weißer Vo-

gel, der oft lange mit ausgebreitetem Fittichen über den Schiffen schwebt. Auch dieser zog ganz still dahin. Aber er versetzte mich in eine unsagbar freudige Erregung. Ich riß meine Pistole aus dem Gürtel, streckte den Arm aus und zielte.
Die Matrosen sahen meine Bewegung und waren plötzlich gar nicht mehr schläfrig. Sie umdrängten mich, schrien und machten beschwörende Gebärden. Ich aber warf den Kopf in den Nacken und lachte voll von Stolz und Verachtung. Ich drückte ab und hörte den scharfen Knall, dem ein wunderliches Sausen und Rauschen folgte. Dann stürzte der große Vogel mit ausgebreiteten Flügeln gerade zu meinen Füßen auf das Verdeck nieder.
Noch ehe eine Stunde vergangen war, hatten wir Nebel. Der war schlimmer als Sturm und Unwetter, und weil er in dieser Jahreszeit und Meeresgegend etwas ganz und gar Ungewöhnliches ist, waren die Schiffsleute von Anfang an wie verstört. Ich wußte, daß sie miteinander flüsterten und mir die Schuld an einem drohenden Unheil gaben, aber ich tat, als hörte ich es nicht. Der Nebel war so dick, daß man nicht einen halben Meter weit sehen konnte, aber das kümmerte micht nicht. Ich war immer trotzig gewesen, jetzt gefiel es mir, gegen das Schicksal zu kämpfen. Ich stand auf der Brücke, hielt das Steuer fest und sang....
Plötzlich liefen wir auf einen Felsen auf. Dieser Felsen ist hier im Wasser nicht zu sehen; vielleicht

war es eine schwimmende Insel, die unsern Weg kreuzte. Genug, es gab eine heftige Erschütterung, und dann legte sich das Schiff auf die Seite und begann zu sinken. Da drängten sich die Matrosen um das Boot, das sie ins Wasser hinabließen, um sich zu flüchten. Mich forderten sie nicht auf, mitzufahren, und ich dachte auch nicht daran, mein Leben zu retten. Ich stand aufrecht, einen Arm um den Mast geschlungen, und sah mit finsteren Blicken auf die graue Nebelwand. Jetzt wußte ich, daß ich besiegt war, aber ich wollte es noch immer nicht wahr haben. Die Wellen bedeckten das Verdeck, sie umspülten meine Füße, stiegen an meinem Leib empor und reichten mir bis zum Hals. Ich rührte mich nicht....«
Als der Ertrunkene seine Erzählung beendet hatte, seufzte er wieder und rang seine bleichen Hände. Von jenem Stolz und jener Todesverachtung war nicht mehr das geringste in seinen Zügen zu lesen, und die Kinder blickten ihn voller Mitleid an.
»Mußt du nun für immer auf dem Grund des Meeres bleiben?« fragte der Knabe, und das kleine Mädchen fragte traurig:
»Wirst du niemals erlöst werden?«
Da hob der Ertrunkene das Antlitz auf und sagte:
»Erst wenn mein schönes Schiff zu Staub verfallen ist, bin ich erlöst. Erst wenn mein schönes Schiff in alle Winde verstreut ist, finde ich Frieden«.
Mit diesen Worten stand er auf, ging über das Ver-

deck und umkreiste dann langsam wie vordem das Schiff. Die Kinder aber erhoben sich verwundert und traurig aufs neue in die Wellen, und da sie unwillkürlich danach trachteten, die Oberfläche des Wassers, die helle Sonne und die frische Luft wieder zu erreichen, erblickten sie nur noch einmal und schon aus großer Ferne den Ertrunkenen. Der wandte ihnen sein bleiches Antlitz zu und sah ihnen traurig nach.

In der Verwirrung und Bestürzung, in welche die Kinder das traurige Schicksal des Verdammten versetzt hatte, trieben sie lange ziellos dahin, bis sich wiederum und nun schon zum dritten Mal das Seepferdchen zu ihnen gesellte. Freundlich war es und treu, aber stumm wie alle Tiere der Meerestiefe, und auch jetzt antwortete es nicht auf die Fragen der Kinder, sondern glitt nur tanzend und nickend vor ihnen her. Dieses Mal dauerte die Reise sehr lange. Zu den Füßen der schwimmenden Wanderer lag die wechselnde Landschaft des Meeresbodens, Täler und Gebirge, Wälder und Schluchten. Doch hörte der üppigbunte Pflanzenwuchs bald auf, und mit ihm verschwanden all die bunten und vielgestaltigen Lebewesen, welche in den schönen Meeresgärten wohnen. Und der Boden senkte sich immer mehr und war bald so weit von der Wasseroberfläche entfernt, daß die Sonnenstrahlen ihn kaum noch erreichten und statt des grüngoldenen Lichtes eine trübe Dämmerung herrschte.

Die Wanderer schwammen über eine weite, von Kieseln bestreute Halde und dann über eine große Ebene, auf welcher zahllose verwitterte und von Muscheln besetzte Baumstümpfe den Sand überragten, und als sie auch diesen alten, vor vielen tausend Jahren versunkenen Wald hinter sich gelassen hatten, wurde es noch dunkler um sie. Obwohl sie nun ganz dicht über dem Boden hinglitten, konnten sie doch kaum noch die feine Zeichnung erkennen, welche die Wellen in den Sand graben. Der Meeresgrund wurde immer weicher und schlammiger, seltsam gestaltete Tiere trieben vorüber, und ehe die Kinder es sich versahen, war aus der Dämmerung tiefe undurchdringliche Finsternis geworden.
Da faßten sich die Geschwister erschrocken bei der Hand und ließen sich auf den schlammigen Meeresgrund sinken. Wie einsam waren sie doch, wie hilflos in der schaurigen Tiefe des Wassers! Und doch sollte ihnen gerade hier ein schönes Erlebnis zuteil werden. Schon trieb etwas heran.... Ein Lichtlein war es, das sich den Kindern nahte, und während sie ihm noch neugierig entgegen schauten, tauchte schon ein zweites auf, ein drittes schwebte herab und ein viertes löste sich aus dem dunklen Grund, und so ging es fort, bis die dunkle Flut von ungezählten leuchtenden Wesen erfüllt war. Da diese von verschiedenartigster Gestalt waren, und das Licht, das sie verbreiteten in allen

Farben strahlte, und da sie zudem nicht still standen, sondern sich beständig auf die anmutigste Weise bewegten, glich das Schauspiel, welches sich den Blicken der Kinder bot, einem Feuerwerk wie sie es so prächtig nie im Leben geschaut hatten. Zwar fehlte das Zischen und Prasseln und die lauten Knalle, welche zu einem von Menschen angezündeten Feuerwerk gehören. Dafür aber erloschen auch die schönen farbigen Erscheinungen nicht, kaum daß sie aufgetaucht waren. Die veränderten sich nur, indem sie ihren Ort wechselten und bald einzeln, bald in Gruppen dahinschwebten. In solchem Gleiten und Schweben kamen sie den Kindern immer näher und umringten sie endlich, daß diese sie ganz aus der Nähe betrachten konnten. Da war ihres Staunens und ihrer Verwunderung kein Ende.

Obwohl man doch annehmen müßte, daß nur die allergröbsten und ungeschlachtesten Tiere und Pflanzen imstande sein könnten, die Dunkelheit und Einsamkeit der Meerestiefe zu ertragen und der Last so ungeheuerer Wassermassen standzuhalten, sind doch die Wesen, welche dort unten wohnen, die zartesten und gebrechlichsten der Welt. Viele von ihnen gleichen feinen, aus hauchdünnem Glas geblasenen Schmuckstücken und haben die Gestalt fein verzahnter Räder, zierlicher Sonnen, spitzstrahliger Sterne und durchsichtiger Kugeln. Andere scheinen aus dünnem Frauenhaar geflochten, und auch diese bilden Sterne oder zarte Schwämme. Anmutigen Blüten gleichen einige, während wieder andere als leuchtend grüne, von einem hellen Kern erfüllte Kugeln dahinschweben. Wie die Seesterne der oberen Wasserschichten, aber unendlich zarter und feingliedriger, tasten sich Sterne mit roten Strahlen auf dem Grund entlang, leuchtende Fischlein schießen schnell vorbei, und die Felsen sind von strahlenden, überaus feingegliederten Moosen bedeckt. Bei dem Anblick dieser zauberhaften Lebewesen wurde den Kindern wundersam feierlich zumute. Zum ersten Mal kam es ihnen in den Sinn, daß es Welten gab, welche kein Menschenauge je erblickte, und daß auch in diesen unbekannten Welten zahllose Wesen nach einem bestimmten Gesetz geboren wurden, lebten und starben. Sie waren feiner und sinnvoller gebildet als alles, was ein Mensch sich je ausdenken kann, und obwohl sie in so schauerlicher Meerestiefe wohnten, glichen sie zarten Spielzeugen, für die Hände von Elfenkindern erdacht. Süß und freundlich leuchtend glitten sie dahin....

In solchem Staunen dachten die Kinder auch an ihre ferne Heimat und an ihre Eltern, die sie vor schier endloser Zeit verlassen hatten. Doch fühlten sie nun weder Heimweh noch Schmerz. Sie stellten sich vielmehr in aller Lebendigkeit vor, wie sie von all dem Wunderbaren erzählen und es beschreiben würden. Und nur weil sie dazu so große Lust verspürten, hoben sie sich endlich wieder in die Flut und schwammen, umgeben von dem ganzen schönen Lichtzauber, weiter, um dem Meeresvater zu begegnen. Und diesmal waren sie ihm näher als sie glaubten.

Die ganze Zeit über war das Meer so ruhig gewesen wie ein stiller See, und die Kinder hatten sich so frei und mühelos bewegt wie Menschen, die an einem klaren und windstillen Tag über eine Wiese wandern. Was war es, daß sie nun plötzlich bald mühsam gegen das Wasser ankämpfen mußten, bald gegen ihren Willen von ihm fortgerissen wurden? Zwar gelangten sie jetzt unvermutet in höhere hellere Bezirke, die Leuchttiere verschwanden, und die Wasseroberfläche schien nicht fern. Aber es konnte gar keine Rede davon sein, ein bestimmtes Ziel zu erreichen. Wie zwei Blätter, die der Wind ins Meer geworfen hat, trieben sie ohnmächtig dahin und hatten die größte Mühe, beieinander zu bleiben. Die Wellen rauschten viel lauter als vorher, und in diesen Klang mischte sich ein donnerähnliches Getöse, das immer bedenklicher anzuschwellen schien. Es war der Hall der Brandung, die an die felsige Küste schlug; dorthin rissen die Wogen die kleinen hilflosen Menschenkinder und warfen sie endlich auf den steinigen Strand einer kleinen Bucht. Das war nicht weniger schmerzhaft als jener lang vergessene Sturz im Wasserfall des kleinen Baches. Erschöpft, mit zerschlagenen Gliedern, krochen die Kinder endlich auf einen flachen Stein, der so hoch war, daß ihn die Wellen nicht erreichten. Und als sie ein wenig zur Ruhe gekommen waren, blickten sie sich ängstlich um.

Was sie sahen, war nicht dazu angetan, ihre kleinen heftig schlagenden Herzen zu beruhigen. Wie hell und strahlend hatte die Sonne geschienen, als der wunderbare Leierspieler auf seiner Muschel davongezogen war, und sie dem Seepferdchen folgend in die Tiefe tauchten. Jetzt aber war wiederum Nacht, tiefe sternenlose Nacht, und der Himmel war von schweren, unruhig treibenden Wolken bedeckt. Aber diese Unruhe in den Lüften war nichts gegen den Aufruhr, der das Meer bewegte. Wild und riesig, von mächtigen Schaumhelmen bedeckt, wälzten sich die Wogen zum Strand, und donnernd warf sich die Brandung an der steilen Küste empor. Die kleine Bucht, in welcher die Kinder Zuflucht gefunden hatten, war ringsum von schwarzen starren Felsen umgeben, und auf ihrem schmalen Strand lagen nur dunkle Steine, welche von den Wellen beständig hin und hergerissen wurden. Das war ein unheimlicher und trauriger Anblick. Aber das Schlimmste war, daß das Wasser mit immer größerer Heftigkeit heranbrauste. Es konnte nicht lange dauern, bis es den flachen Stein erreichte und die Kinder aufs neue fortriß, um ihre zarten Körper an den Felsen zu zerschmettern.

Auf solche Weise von dem zornigen Element bedroht, hätten der Knabe und das kleine Mädchen alle Ursache gehabt, sich der Furcht und Verzweiflung hinzugeben. Aber sie dachten in diesem Augenblick gar nicht an all das Schreckliche, das ihnen zustoßen konnte. Ihre Blicke waren auf eine felsige Klippe gefallen, die in einiger Entfernung vom Strand die Wellen überragte. Und obwohl der Himmel von Wolken bedeckt war, verbreitete doch der Mond eine gewisse Helligkeit und zeigte den Kindern eine riesenhafte und geheimnisvolle Gestalt, welche auf jener Klippe stand und die Arme über die Wellen ausstreckte.

Kaum daß der Knabe und das Mädchen diese Gestalt ins Auge gefaßt hatten, wußten sie schon, daß es kein anderer sein konnte als der Meervater, der dort aufgetaucht war, um in der stürmischen Nacht zu den Wassern zu sprechen. Denn der mächtige Riese auf der Klippe war ein sehr alter Mann. Seine Haare waren grün und wirr wie die Algenwälder, und sein langer wallender Bart war von zahllosen Muscheln durchsetzt. Seine Gewänder schienen aus rötlichen wasserklaren Netzen gewebt, und in seinen Händen hielt er einen dreigezackten Speer. Er wandte sich langsam um, und wie er nun seine Blicke über die tobenden Wasser hingleiten ließ, konnten die Kinder in seine Augen sehen, welche die schreckliche strahlende Bläue der südlichen Meere hatten. Plötzlich erhob er seine Stimme und diese war so laut, daß sie den Donner der Brandung übertönte. Und er sprach:

Beim Funkeln der Sterne, im nächtlichen Wehn
Ihr kamt aus der Ferne, den Vater zu sehn,
Nun eilet und dränget euch nahe heran
Und sagt, was ihr alle die Zeiten getan.

Als der Meervater diese Worte gesprochen hatte, bewegte er seine Hände wie ziehend und lockend über das Wasser, und nun rauschten sogleich die Wellen so mächtig an der Klippe empor, daß sie ihn fast verdeckten. Wie heimkehrende Kinder sich an die Brust des Vaters werfen, strebten sie immer höher hinauf, und bedeckten den Felsen mit sprühender Gischt. Immer neue drängten heran, und wie sie tosend zerbrachen, klang es in den Ohren der Kinder wie ein unendliches Lied:

Es trieb uns der Brandung gewaltige Macht
Zur felsigen Küste bei Tag und bei Nacht.
Wir nagten und bohrten am uralten Stein,
Es stürzten die Felsen, die Mauer brach ein.

An starrender Klippe zerschnellte manch Schiff,
Wir packten den Schwimmer mit würgendem Griff.

Es zuckten die Glieder, es flehte der Mund –
Wir rissen den Leib und die Seele zum Grund....

So sangen die ersten, und als sie schwiegen, erhoben sich die zweiten und sangen:

Es wallte und wogte meerüber ein Glanz,
Uns zogen und lockten die Strahlen zum Tanz.
O goldene Wolke, wir flogen dahin,
verwandelt, verdichtet zu neuem Beginn.
Zu Füßen die Wälder, den schimmernden Teich,
Wie ferne, wie ferne des Meervaters Reich....

Und dann klang es von den dritten:

Wie sausten die Winde so schaurig im Tann,
Es schlug uns die Kälte in grimmigen Bann.
Zu Eise erstarrend im flockigen Fall
Wir sanken zur Erde, Kristall bei Kristall.
So weiß ward der Acker, so stille der Pfad,
Wir deckten und schützten die schlummernde Saat.

Und die vierten sangen:

O Beben, Zerrinnen im wärmenden Schein,
Es zog uns die Erde, die gierige, ein.
Wir rauschten, wir rannen aus nächtlichem Grund,
Es drängte zur Quelle manch dürstender Mund.
Im holzigen Stamme, im schwankenden Schaft,
Es pochte und wirkte lebendige Kraft.

Wir stillten den Hunger, wir löschten die Glut,
Verwandelt in kreisend lebendiges Blut.

Und dann erhob sich ein Rauschen, so laut, so mächtig, als sängen alle Wellen des unendlichen Meeres:

Verschlungene Wege, verworren Geschick,
Es locket uns alle zum Ursprung zurück.
Im weitesten Kreise o sichre Gewähr,
Am Ende der Reise empfängt uns das Meer.
Es wartet der Vater am felsigen Stein,
Wir singen ihm Lieder vom ewigen Sein.

Alle diese wilden und brausenden Gesänge hatte der Meervater schweigend angehört, den Arm auf den Dreizack gestützt und die meerblauen Augen in die Ferne gerichtet. Nun aber hob er die Hand, und wie sein Speer über das Wasser hinzuckte, wurde es ruhiger zu seinen Füßen. Und er sprach:

O singet und rauschet und tönet im Wind,
Wir waren der Anfang, das Ende wir sind.
Es treibet die Wolke, es kreiset das Blut,
Es wandern die Ströme zur meertiefen Flut.

Wir brechen die Dämme, wir nähren das Brot,
Der trinket sich Leben, und jener den Tod.
Zerstören, behüten, vernichten, erneun,
So war es schon immer, wird immer so sein.

Als der Meervater schwieg, rauschten zwar die Wellen noch weiter, aber die Kinder konnten sie nicht mehr verstehen. Sie konnten auch das Antlitz des alten Mannes nicht mehr sehen, der nun seine Netzgewänder raffte und riesig und aufrecht über das Wasser dahinwandelte, um dann, wie er dem Horizonte nahe kam, langsam, langsam zu versinken. Sie blickten ihm nach und fühlten es fast wie einen Schmerz, daß ihre Meeresreise zuende war und die feuchten Zauberkleider, vom Winde getrocknet, nun wie zerschlissene Seidenhäute raschelnd an ihrem Körper zerfielen. Aber der Wind rauschte Tröstung, die sanfter gewordenen Wellen murmelten Schlaf. Und eine sanfte Röte im Osten kündete neues holderes Erleben schon an.

11.
KAPITEL
Das von dem Erwachen der Kinder auf der Sonneninsel, von blühenden Blumen, Schmetterlingsflügeln und allerlei neuen Begegnungen handelt.

Den Kindern waren die Augen zugefallen. Sie schliefen und träumten, aber diesmal hatten sie nicht beide denselben Traum. Der Knabe träumte von einem Mann, welcher auf der Klippe stand und damit beschäftigt war, ein paar große Pferde an einen Wagen zu schirren. Die Pferde waren ganz und gar aus Gold, und auch der Wagen war aus Gold. Die Pferde wieherten laut und warfen so ungestüm drängend die Köpfe zurück, daß ihre goldenen Mähnen flogen. Nimm mich mit, nimm mich mit, rief der Knabe im Traum. Da lachte der Rosselenker und streckte die Hand aus, um dem Knaben auf den Wagen zu helfen. Aber noch ehe dieser das feurige Gespann erreichen konnte, stürmten die Rosse davon. Über den Strand brausten sie und über die Wellen und stiegen dann hoch hinauf in die Luft. In dem funkelnden Wagen aber stand der Mann, die goldenen Zügel straff in der Hand und den Blick in die Ferne gerichtet. Schon zog der Wagen groß und leuchtend am

Himmel dahin, und seine glitzernden Strahlen erhellten den dunklen Strand.
Von alledem sah das kleine Mädchen nichts. Auch sie gewahrte im Traum eine Gestalt, aber nicht nah, sondern in großer Entfernung. Es war ein junges Mädchen, das am Rande des Horizontes soeben aus den Wellen zu steigen schien. Von rosigen Schleiern umhüllt, wuchs es immer höher auf, und wie es inmitten von kleinen rosenfarbenen Wölkchen sich erhob, glich es einer schönen jungen Hirtin, die ihre Lämmer auf die Weide führt. Obwohl sie so weit enfernt war, glaubte das kleine Mädchen doch zu bemerken, wie die Hirtin ihr zulächelte und zuwinkte und auf die Flut zu ihren Füßen deutete, aus der ein immer hellerer Schimmer jetzt hervorbrach. Ein Wort, sanft wie ein Hauch, erfüllte die Luft, Gedulden hieß es, und wie es leise verklang, öffnete die schöne Hirtin ihre Hand, und etwas Hauchdünnes und Zartfarbenes schwebte durch die Luft immer näher und legte sich auf die Schultern des kleinen Mädchens wie ein zartes Gewand. Es erwachte und sah einen Schleier, dessen Enden auf seiner Brust verschlungen waren. Aber die schöne Hirtin war verschwunden, und noch dämmerte es kaum.
Fröstelnd aneinandergeschmiegt saßen die Kinder in der grauen Morgenfrühe und erzählten sich von ihren Träumen. Während sie noch redeten, bemerkten sie, daß sie sich nicht mehr an demselben

Orte befanden, an dem sie eingeschlafen waren. Statt auf harten Steinen saßen sie nun auf dichtem weichen Moos, und zu ihren Häupten wogten blühende Gräser. Wo vordem schwarze Felsen sich erhoben hatten, breiteten hohe Bäume ihre mächtigen Kronen aus. Wundersam fremdartige Blüten schwebten wie schlafend an schattenhaft dunklen Stengeln, von den Zweigen eines Strauches hingen die Blättchen paarweis gefaltet schlaff herab, und mit zusammengelegten Flügeln saßen schöne Schmetterlinge schlummernd im Gras. Verschwunden war die ruhelose Meeresflut, und nur ein leises Rauschen zeigte an, daß der Strand nicht weit entfernt war. Ringsumher herrschte die tiefste Stille. Aber während sich die Kinder noch verwundert umschauten, begann in der Ferne ein Hahn zu krähen, und bald darauf gab es eine wundersame Veränderung am Himmel. Hinter den Bäumen nämlich zeigte sich ein Schein, rötlich wie der Schleier, den die Traumhirtin dem kleinen Mädchen zugeworfen hatte, und wuchs und überstrahlte die kleinen Wölkchen am Himmel, so daß sie riesenroten Lämmchen glichen. Er überstrahlte auch eine große, vom Wind bewegte Wolke, und diese war anzusehen wie eine Frau in wallenden Schleiern. Sie schwebte über den Himmel hin und deutete mit der Hand auf die Hügel zu ihren Füßen. Ein noch viel strahlenderer Glanz stieg dort empor....

Nur wenige Minuten dauerte dieses holde Schauspiel. Aber in dieser kurzen Zeit verwandelte sich alles auf der Erde in der lieblichsten Weise. Es ging durch die Blumen und Gräser ein leises Rauschen, und dieses Rauschen glich dem Murmeln der Stimmen, welche die Kinder in dem alten Garten gehört hatten. Gerade wie damals sahen sie jetzt zwischen den Blättern kleine Gesichter, die sich emporhoben und dem Lichte zuwandten.

»Ist schon die Nacht vorbei?« fragten sie, »ist schon der Morgen da?« und bald war es kein Wispern und Flüstern mehr, was die Kinder hörten, sondern ein tiefes Brausen. Es war ein jubelnder Chor zahlloser Stimmen, und obwohl jede von diesen auf eine andere Weise den Morgen begrüßte, klangen sie doch zusammen in dem Namen des aufgehenden Gestirns.

»Sonne«, riefen sie alle, und es klang wie eine herrliche Musik. Und als der Knabe und das kleine Mädchen sich umschauten, sahen sie, daß alle Blätter und alle Blüten sich auf ihren zarten Stengeln so gewendet hatten, daß sie nach Osten blickten.

Dort waren indes die roten Lämmer schon verschwunden. Auch die Hirtin war immer höher schwebend verschwunden und hatte nur ihre Hüllen zurückgelassen, welche wie ein zartes Gespinst den Himmel bedeckten. Der färbte sich nun immer stärker rot und leuchtete endlich wie Feuergarben, während der Horizont in hellstem Gold erstrahlte. »Sonne«, sangen die jubelnden Stimmen des südlichen Gartens. Und plötzlich war die Sonne da. Wie eine große feuerrote Blume hing sie über den Spitzen der Gräser, so prächtig und strahlend, daß ihr Anblick die Kinder seltsam verwirrte. Sie vergaßen, daß man ihnen einst erzählt hatte, die Sonne sei ein Himmelskörper, nicht anders als die Erde und die Sterne. In dem rötlich strahlenden Licht, im Brausen des morgendlichen Windes glich das sommerliche Land einer Zauberwelt, deren Bewohner sich vor der Sonne wie vor ihrer Königin verneigten. Schon leuchtete ihr goldenes Kleid durch die Büsche, schon glaubten die Kinder zu sehen, wie sie näher kam, eine herrliche strahlende Gestalt....

Zu ungeduldig um noch länger still zu sitzen, sprangen sie auf und faßten sich bei der Hand, um der Sonne entgegenzulaufen. Aber schon nach den ersten Schritten blieben sie verwundert stehen. Es war jetzt ganz hell im Garten, und darum sahen sie deutlich, daß sie aufs neue verwandelt waren und schöne zartfarbene Schmetterlingsflügel ihnen an einem schleierartigen Gewande von den Schultern hingen.

Wie oft hatten sich die Kinder schon gewünscht, fliegen zu können! Nicht im brummenden Flugzeug oder im starren, riesigen Luftschiff, sondern wie die Vögel aus eigener Kraft, lautlos und gerade dorthin, wohin man wollte. Sie versuchten sogleich, sich vom Boden zu lösen, und, wenn es ihnen auch nicht ohne weiteres gelang, und sie zuerst die komischsten Sprünge machten, so vermochten sie doch bald ein wenig zu flattern und sich über den Graswald zu erheben. Bei diesen Versuchen brachen sie mehr als einmal in ein helles Gelächter aus, und wie lauter Lachen und Fröhlichkeit klang ihnen das Flüstern der Gräser, das Zirpen der Grillen und der Gesang der Vögel zurück. Über alledem vergaßen sie die Sonne, und als sie endlich atemlos und mit glühenden Wangen einen schwankenden Ast erreichten, und sich umschauten, da stand diese schon frei am Himmel und war keine strahlende Prinzessin, die auf der Erde hinwandelte, sondern eine Alle-Tage-Sonne, hell und fern. Aber die Kinder waren so glücklich, daß sie bei diesem Anblick keine Enttäuschung empfanden.

Welch strahlende Lebensfreude, welch stürmisches Drängen atmet ein früher Sommermorgen! Noch funkeln die Tautropfen in allen Regenbogenfarben im Gras, noch strahlen die Mauern die Kühle der Nacht aus, schon erheben sich die Falter und taumeln von Blüte zu Blüte, schon summen die Bienen und zwitschern die Vögel im Laub. Immer heißer scheint die Sonne, und die Blumen und Blätter trinken ihr Licht wie einen köstlichen

Trank, der sich in ihnen verwandelt in Lebensfeuer und Kraft. Auch auf die noch geschlossenen Blüten strahlt die Sonne immer heißer herab, und es ist, als wolle sie sie auffordern, nicht länger zu warten mit dem Blühen. Da zögern diese noch eine Weile, weil es so schön dämmrig ist in ihrem Haus und so still, und weil man nicht wissen kann was geschieht in der wilden lärmenden Welt. Aber bald werden auch sie von großer Unruhe erfaßt. Ihre Kelchblätter bedrängen und drücken sie, ihre Blütenblätter wollen sich ausbreiten und ihre Staubgefäße sich aufrichten. Immer größer wird ihre Unruhe, immer glühender der Tanz der goldenen Strahlen. Da weichen plötzlich die Kelchblätter zur Seite, und die Blütenblätter breiten sich aus und bilden einen leuchtenden Kelch. Von Goldstaub bedeckt, richten sich die Staubgefäße auf und umringen den schlanken Stempel, der den Fruchtknoten trägt. Jetzt steht die Blüte offen, der heiße Sommerwind umweht sie und über ihr ist der tiefblaue Himmel und die Sonne wie ein goldenes Schild.
Einen Augenblick lang bleibt die Blume ganz still. Dann aber ist es für immer vorbei mit ihrer Ruhe. Denn jetzt kommen die geflügelten Tiere zu ihr, die einst wie sie selbst in der dunklen Erde waren und nun verwandelt sind in Geschöpfe des Lichts. Die schwarzen Hummeln kommen, die goldenen Bienen und die strahlenden Falter, und, von einem

dunklen Mal angelockt, finden sie den Honigsee in der Tiefe der Blüte.

Während aber die bunten Falter über sie hinwegschweben und mit ihrem langen Rüssel nur ein wenig von dem Honig naschen, lassen sich die Bienen und Hummeln auf ihr nieder, so wild und heftig, daß ihr Stiel zu schwanken beginnt und ihre Blätter erbeben. Sie dringen in die Tiefe des Kelches, und von ihrem Summen ertönt die Blüte wie eine dumpfe Trommel. Von ihren Staubfäden fällt der Goldstaub, und sie zittert wie ein Halm im Sturm. Vielleicht ist dies alles sehr erschreckend für die schöne junge Blume, und vielleicht hat sie einen Augenblick lang das Gefühl, als möchte sie ihre Blüte schließen und zurückkehren in die Dunkelheit und Stille. Aber das tut sie nicht. Denn wenn auch ihre Wurzeln und ihr Stengel der dunklen Erde angehören, so ist doch ihre Blüte ein Teil des strahlenden Lichts, gerade wie die bunten Falter und die goldenen Bienen. Solange die Sonne am Himmel steht, wird sie sich immer weiter auftun und niemals glücklicher und schöner sein als zu dieser Zeit. Sie wird ihre wilden Gäste mit ihrem Blütenstaub überschütten, und diese werden ihr den Staub anderer ferner Blüten bringen, dessen sie bedarf um ihre Frucht zu bilden.

Einen solchen schimmernden Blütenkelch sahen die Kinder sich auftun zu ihren Füßen, und weil sie so klein und den Schmetterlingen ähnlich waren, schwebten sie herab und krochen in die schöne Blume hinein, und diese erschien ihnen wie ein reizender Pavillon in einem Zaubergarten. Denn ihre Blütenblätter glichen Wänden aus Lapislazuli, wie eine schlanke Säule ragte der Stempel in ihrer Mitte auf, ihre Staubgefäße waren schimmernden Blütenbäumchen ähnlich, und wie ein goldener Quell glänzte der Honigsee in der Tiefe ihrer Kammer. Nachdem die Kinder dies alles recht von nahem betrachtet hatten, flogen sie ein Stückchen weiter, um eine andere Blume zu besuchen, und es schien ihnen, als hätten sie auf ihrer ganzen Reise nichts so Schönes und Liebliches erlebt wie dieses flüchtige Schweifen durch eine sommerliche Welt. Nach einer Weile jedoch entdeckten sie, daß die Sonne schon hoch zu ihren Häupten stand, und wie sie sich zu ihr aufschwingen wollten, zeigte es sich, daß ihre zarten Flügel sie zwar über die Wiese hintragen konnten, aber niemals so hoch in den Himmel hinauf.

»Wie sollen wir die Sonne je erreichen?«, fragte das kleine Mädchen, und, von jäher Mutlosigkeit erfaßt, ließ es sich auf ein Blatt sinken und stützte den Kopf traurig in die Hand. Da wußte auch der Knabe lange keinen Ausweg. Endlich aber erinnerte er sich daran, daß ihnen in der Erde und im Wasser von den Tieren manche Belehrung zuteil geworden war, und er schlug vor, die Tiere um Rat zu fragen.

Im nächsten Augenblick schon ließ sich eine dicke Hummel neben den Kindern nieder. Die war so riesig und fürchterlich anzusehen und ihr Summen klang so zornig und bedrohlich, daß die kleinen Wanderer erschrocken zurückwichen. Aber die Hummel beachtete sie nicht.

»Warte nur«, sagte sie mit ihrer tiefen zornigen Stimme, »ich werde ihn schon bekommen. Warte nur, ich werde ihn schon bekommen«.

Als der Knabe das hörte, wurde er so neugierig, daß er seine Furcht vergaß.

»Wovon sprichst du?« fragte er.

»Ich spreche mit dem blauen Eisenhut« sagte die Hummel und war so sehr mit sich beschäftigt, daß sie sich gar nicht darum kümmerte, wer neben ihr stand. »Mit dem blauen Eisenhut, der seinen Honig so tief verbirgt, daß ich ihn mit meinem Rüssel nicht erreichen kann. Mit dem Eisenhut, der so stolz und so vornehm ist und sich doch nicht wehren wird«.

»Was wirst du mit dem Eisenhut tun?« fragte das kleine Mädchen erschrocken.

Aber darauf bekam es keine Antwort. Schon hatte sich die Hummel brummend in die Luft erhoben, nun flog sie zu einer Blume hin, deren Blüten von stahlblauer Farbe und so stolz und kühn wie Ritterhelme geformt waren. Sie setzte sich auf eine der Blüten und versuchte, mit ihrem Rüssel in den Kelch zu dringen. Aber dies schien ihr nicht zu ge-

lingen. Denn nun drehte sie sich um, klammerte sich an den Stengel und näherte ihren dicken Kopf dem zarten dunkelblauen Sporn.
In diesem Augenblick vernahmen die Kinder die Stimme der blauen Blume.
»Das darfst du nicht tun«, sagte die Stimme in höchster Erregung, »wenn du das tust, kommen die Bienen nicht mehr zu mir in meinen Kelch und können mir keinen Blütenstaub mehr bringen«.
»Das ist mir ganz gleichgültig« sagte die Hummel, und ihre scharfen Kauwerkzeuge näherten sich dem durchsichtig zarten Blütensporn.
»Wenn du das tust«, sagte die Blume wieder, und in noch größerer Erregung, »dann muß ich verwelken, ehe noch die Sonne hoch am Himmel steht«.
Aber auch darum kümmerte sich die Hummel nicht.
»Ich will deinen Honig« sagte sie ruhig.
Da hob die Blume zum dritten Mal ihre Stimme, und es klang, als sei sie von einer schrecklichen Verzweiflung gepackt.
»Wenn du das tust«, sagte sie, »dann habe ich ganz umsonst geblüht«.
Doch auch diese traurigen Worte konnten die Hummel nicht von ihrem Vorhaben abbringen. Schon begann sie mit ihren schrecklichen Kiefern die zarte Hülle zu durchbeißen. Und nun sahen die Kinder ganz deutlich, wie zuerst ein Tröpfchen

Honig aus der Wunde drang und dann mehr und mehr hervorquoll. Zitternd vor Mitleid warteten sie auf die Schmerzensschreie und Klagen der verletzten Blume....

Aber der blaue Eisenhut schwieg. Obwohl er unter dem bohrenden Zugriff des Räubers bis ins Mark erzitterte, schwieg er doch ganz still, während dieser Blüte um Blüte auf dieselbe Weise zerstörte. Wie ein wehrloser Ritter den Tod erduldet, litt er es, daß all seine Kraft und Mühe umsonst gewesen war. Die Hummel sog und sog, und als sie endlich satt war, flog sie fort, flog mit ihrem tiefen gleichmütigen Summen über die Wiese hin. Als sie fort war, kamen die Bienen, aber nun krochen auch sie nicht mehr in die Kelche der Blüte hinein, sondern naschten an den offenen Wunden, und der Blütenstaub, den sie mitbrachten, fiel zur Erde oder verwehte im Wind. Als endlich der letzte Tropfen Honig ausgesaugt war, stand die stolze Blume noch immer aufrecht, aber ihre leuchtenden Blüten verblaßten. In all dem strahlenden Glanz der Sonne, in dem heißen Wehen der Sommerluft sanken sie müde in sich zusammen und hingen bald welk und unansehnlich herab.

Nachdenklich und traurig blickten die Kinder auf die stolze blaue Blume, der niemand zu Hilfe gekommen war, nicht einmal die Sonne, deren Strahlen so funkelnd und lustig über die Wiese tanzten. Zu ihr schauten sie nun wie anklagend auf und sahen, daß sie schon sehr hoch am Himmel stand. Da bedachten sie ihre Reise und machten sich aufs neue auf den Weg, um sich Rat zu holen. Doch flogen sie jetzt nicht, sondern ließen sich auf die Erde herab und wanderten in dem Graswalde dahin. Und schon nach einigen Schritten begegneten sie wieder einem Tier.

Dieses Tier, welches zur Seite des Pfades an einem Grashalm angeklammert saß, war eine Heuschrecke. Sie war nicht größer als andere Heuschrecken auch, aber den Kindern erschien sie riesenhaft. Ihre Hinterbeine ragten spitz und hoch auf, und ihr langer Kopf sah zum Fürchten sonderbar aus. Da sie aber kein Zeichen der Erregung oder Feindseligkeit von sich gab sondern den Kindern freundlich erstaunt entgegenblickte, faßte der Knabe sich ein Herz und begann seine Geschichte zu erzählen.

Die große Heuschrecke blickte ihn mit ihren riesigen Augen so neugierig an, daß es schien, als lausche sie mit der größten Anteilnahme seinen Worten. Aber plötzlich, und noch ehe der Knabe dazu gekommen war, ihren Rat zu erbitten, wurde sie unruhig. Und man konnte ihr anmerken, daß ihre Aufmerksamkeit durch etwas anderes in Anspruch genommen wurde.

Ein grüner Grashüpfer hatte sich in geringer Entfernung von ihr auf einem Blatt niedergelassen und begonnen, mit seinen langen Sprungbeinen über den Rand seiner Flügel zu streichen. Die Melodie, welche auf diese Weise zustande kam, war nicht besonders einfallsreich, da sie nur aus einem einzigen, immer wiederkehrenden Ton bestand. Aber gerade in dieser Eintönigkeit lag etwas überaus Dringliches und Rührendes. Es war, als ob eine Stimme die Worte »Liebe mich« unablässig wiederhole, und wie die Kinder sich, erwartungsvoll lauschend, vorneigten, blieb auch die Heuschrecke nicht unberührt. Sie fuhr fort, sich zu putzen und bewegte freundlich ihre Fühler, und auf dieses Zeichen hin machte der grüne Grashüpfer einen kleinen Sprung, wodurch er ihr ein Stückchen näher kam. Aber gerade in diesem Augenblick geschah etwas Unerwartetes.

Plumps, machte es, und ein starker Grashalm duckte sich bis zum Boden und schnellte wieder empor. Als er zur Ruhe kam, hing an ihm ein zweiter, moosbrauner Grashüpfer. Und obwohl dieser geradewegs vom Himmel gefallen zu sein schien, wußte er doch offenbar recht gut, wo er sich befand. Denn nun machte er noch einen Satz, und dieser führte ihn ganz dicht neben die grüne Heuschrecke. Da saß er nun im hellsten Sonnenlicht und gerade so, daß jedermann sehen konnte, was für ein starker prächtiger Grashüpfer er war.

Indessen hatte der Grüne nicht aufgehört zu geigen, und nun klang sein Lied noch dringlicher und sehnsüchtiger als zuvor. Doch dauerte es nicht lange, da begann auch der Neuangekommene Musik zu machen. Er tat es auf dieselbe Weise, aber was er hervorbrachte, klang ganz anders als jene zarte und scheue Liebeswerbung. Es war ein lautes und grelles Geräusch, eine zugleich stürmische und unbekümmerte Aufforderung zum Tanz.

»Komm mit, komm mit« schien er der Heuschrecke unaufhörlich zuzurufen. Und dabei wippte er leichtsinnig an seinem Grashalm auf und ab und schaute sie nicht einmal an.

Was für ein aufdringlicher Störenfried, dachten die Kinder, und hätten sich nicht gewundert, wenn die grüne Heuschrecke sich zornig auf den Moosbraunen gestürzt hätte. Aber bald sahen sie, daß mit dieser eine sonderbare Verwandlung vor sich gegangen war. Hatte sie dem Grünen mit Aufmerksamkeit gelauscht, so schien sie das Lied des Neuen in bebender Erregung anzuhören. Sie hatte sich nach ihm umgedreht und starrte ihn mit ihren riesigen Augen ohne jede Empörung, ja mit Entzücken an, und nach kurzer Zeit war es, als habe sie über ihrem neuen Besuch ihren alten Anbeter völlig vergessen.

Vielleicht hätte sie diesen überhaupt nicht mehr beachtet, wenn er nicht plötzlich aufgehört hätte zu geigen und einen Sprung in die Luft gemacht hätte. Es war ein schöner Sprung, hoch über alle Blumen hinaus, und die Heuschrecke zollte ihm

Bewunderung. Aber kaum daß der Geiger wieder an seinen alten Ort zurückgekehrt war, begann auch der Neue auf seinen riesigen Hinterbeinen zu federn und sprang, und dieser Sprung war noch besser als der erste und führte den Moosbraunen noch höher über die Blumen hinaus. Da wandte die Heuschrecke blitzschnell ihren großen Kopf von dem einen zum anderen und zirpte leise vor Vergnügen. Und damit begann ein äußerst spannender Wettstreit, den die Kinder mit Entzücken verfolgten.

Die beiden Grashüpfer sprangen und sprangen, höher und höher, so hübsch und elegant, daß man sich nicht satt daran sehen konnte. Es war deutlich zu bemerken, daß sie es nur taten, um der grünen Heuschrecke zu gefallen. Aber es war ein ungleicher Kampf. Denn wenn es auch dem Grünen einige Male gelang, den Moosbraunen zu übertreffen, so kostete es ihn doch eine schreckliche Anstrengung. Wenn er zurückkam, saß er am ganzen Leibe zitternd da, und in seinen großen unsteten Augen konnte man lesen, wie sehr er sich davor fürchtete, zu unterliegen. Der andere aber tat, als kümmere er sich nicht im geringsten um den Ausgang dieses Wettstreits. Surr, fort war er, surr, da saß er wieder, stark und prächtig und nicht im mindesten abgehetzt. Und bei alledem fand er noch Zeit, seinen lustigen, siegessicheren Lockruf zu wiederholen. Im Anfang hatten die Kinder gegen den Neuen

Partei ergriffen. Aber nach einer Weile begannen sie doch zu glauben, daß dieser und nicht der andere es sein müßte, der die Heuschrecke zur Frau bekam. So fröhlich war er, so übermütig und lustig, man konnte ihm nicht widerstehen. Und während der Grüne jetzt ganz müde und alt aussah, schien der Moosbraune mit jedem Augenblick jünger und frischer zu werden. »Komm mit«, rief er wieder, so grell und lustig, als handle es sich um nichts als um einen kleinen Ausflug ins Blaue. Dann aber fing er plötzlich an, die Fühler der Heuschrecke mit seinen Fühlern zu berühren, und das bedeutete soviel wie ein Heiratsantrag. Und die grüne Heuschrecke war ganz außer sich vor Entzücken.
Surr, fort flogen die beiden und sausten durch die Luft, zwei dunkle Punkte im strahlenden Sonnenlicht, ein Hochzeitspaar, das auf die Reise geht, um allein und ungestört zu sein. Die Kinder riefen und winkten ihnen nach, und weil sie nun so große Lust bekommen hatten, auch hinaufzusteigen ins Sonnenlicht, rührten sie ihre Flügel, um wieder zu fliegen. Zuvor aber schauten sie sich noch nach dem Grünen um, der so kläglich unterlegen war. Der aber war verschwunden und sein Lied war verstummt.

Das dritte Tier, dem die Kinder auf ihrem Wege begegneten, war eine Biene. Es war eine ganz gewöhnliche Biene, eine jener tausenden, welche über die Sommerwiese dahinflogen, und doch schien es mit ihr eine besondere Bewandtnis zu haben. Denn während all die anderen Bienen unablässig damit beschäftigt waren, von Blüte zu Blüte zu fliegen und Honig zu sammeln, saß diese ganz still und unbeweglich im Gras.

Als die Kinder ihr näher kamen, konnten sie sehen, daß sie sehr alt war und wohl nicht mehr die Kraft hatte, sich in die Luft zu erheben. Ihre Flügel waren welk und müde, ihre Beine zitterten, und ihr schönes fuchsrotes Pelzkleid hatte allen Glanz verloren. Obwohl sie die Geschwister mit ihren wunderlichen Augen betrachtete, schien sie sie doch nicht zu sehen, denn sie rührte sich nicht und bewegte nur zitternd ein wenig die Flügel. Das gab einen feinen brüchigen Ton, der wie der letzte Hauch einer zersprungenen Saite klang.

»Warum seufzt du so?« fragten die Kinder, und weil die alte Biene so still und in sich versunken in der Sonne saß wie eine alte Frau, die den Tod erwartet, machten sie sich nicht viel Hoffnung darauf, eine Antwort zu bekommen. Aber die Biene begann sofort, ihre Flügel schneller zu bewegen.

»Es ist sehr traurig, alt zu sein«, sagte sie.

Als das kleine Mädchen das hörte, empfand es großes Mitleid. Es konnte sich ganz gut vorstellen, wie unangenehm es sein mußte, wenn man alt und gebrechlich war und sich nicht mehr rühren konnte. Darum streckte es jetzt seine Hand aus und be-

rührte die welken zitternden Flügel der Biene. »Kannst du denn gar nicht mehr fliegen?« fragte es. »Kannst du die Blumen nicht mehr besuchen und dir Honig zum Essen holen?«
»Nein«, sagte die Biene, »dazu habe ich nicht mehr die Kraft. Ich sitze schon seit vielen Stunden hier, meine Flügel sind schwach und meine Augen sind so matt geworden, daß ich die Blumen nicht mehr recht erkennen kann«.
»So ist es also ganz dunkel und einsam um dich?« fragte das kleine Mädchen betrübt.
»Ach nein«, antwortete die Biene, »dunkel nicht und auch nicht einsam. Denn wenn ich auch gewisse Dinge nicht mehr erkennen kann, so sehe ich doch andere um so klarer«.
Bei diesen Worten begann die Biene, ihre Flügel immer rascher zu bewegen, so daß es fast aussah, als kehre ihre alte Kraft zurück. Sie richtete sich auf ihren zarten Beinen auf und sprach mit triumphierender Stimme.
»Ich sehe unser Haus«, sagte sie, »unser großes schönes Haus mit allen seinen Gängen und Kammern, seinen Vorratsräumen und Brutstätten und seinem großen prächtigen Tor. Vor meinen Augen ist das unaufhörliche Kommen und Gehen meiner Schwestern, die Freude der Heimgekehrten und die eifrige Hast der Fortziehenden. In meinen Ohren klingt das fröhliche Lied der Arbeiterinnen und die helle singende Stimme der Königin, die

grellen Rufe der Wächter am Tor und das leise Piepen der eben ausgeschlüpften Brut. Dies alles ist mir so nah, als wäre ich noch in meiner Heimat. Aber ich weiß wohl, daß ich sie nicht mehr wiedersehen werde. Ich weiß wohl, daß mir nichts anderes übrig bleibt, als hier zu sitzen und mir Gedanken zu machen...«

»Woran denkst du?« fragte das kleine Mädchen zaghaft, als die alte Biene schwieg.

»Ich denke daran, ob wohl die jungen Maden heute ihr richtiges Futter bekommen haben«, sagte die alte Biene nachdenklich, »ich frage mich, ob die Zellen für die neue Brut so sauber hergerichtet sind, daß die Königin nichts an ihnen auszusetzen findet. Wenn mir die neuen Waben in den Sinn kommen, so zweifle ich daran, daß die jungen Bienen genug Sorgfalt darauf verwenden, das Wachs mit ihrem Speichel zu mischen, und daß sie die Kammern so schön rechteckig bauen, wie es zu meiner Zeit geschah....«

Die alte Biene verstummte und blickte mit trüben Augen vor sich hin. Aber nach einer Weile begann sie wieder zu summen.

»Ich frage mich«, sagte sie, »ob die Wachen am Tor so aufmerksam und mutig sind, wie zu der Zeit, als ich in ihren Reihen stand. Manchmal höre ich eine Biene hier vorüberfliegen, und dann scheint es mir, als kehre sie träger und langsamer mit ihrem Honig nach Hause zurück, als es zu meiner Zeit geschah«.

Als die alte Biene dies gesagt hatte, wurde sie sehr traurig.
»Wenn ich nur nicht so schwach wäre«, meinte sie plötzlich, »wenn ich nur noch einmal in unser Haus gelangen könnte, um zu sehen, was aus unserer Königin geworden ist. Denn vielleicht wird sie nicht mehr so sanft gestreichelt und so sorgsam gefüttert wie zu meiner Zeit. Es mag sein, daß die junge Königin schon ihre Zelle aufgebrochen hat und herausgekommen ist, um sie zu verjagen. Und vielleicht werden sie nicht allzuviele sein, die sich um sie scharen und sie schützen...«
Während die alte Biene so sprach, erhob sich ein sonderbares Geräusch. Es kam von den hohen Bäumen her, welche die Sommerwiese einschlossen, und es glich dem Brausen eines Sturms. Schließlich wurde es so laut, daß auch die alte Biene es zu vernehmen schien. Denn nun schwieg sie plötzlich still und begann vor Erregung am ganzen Leibe zu zittern.
»Sie sind es«, sagte sie, »es ist mein Volk. Es ist meine alte Königin, die auszieht, um sich eine neue Heimat zu suchen«.
In diesem Augenblick sahen die Kinder einen seltsamen braungoldenen Sack, der sich schnell durch die Luft bewegte. Er kam immer näher, und sie erkannten, daß er aus lauter Bienen bestand, die fest aneinandergeklammert ihre Flügel bewegten. Eine Sekunde lang stand der Schwarm über ihnen

in der Luft und dann bewegte er sich nach der andern Seite der Wiese hin, wo noch einige hohe und zerklüftete Bäume standen.
Darüber vergingen mehrere Minuten, und während dieser ganzen Zeit war die alte Biene fast wahnsinnig vor Erregung. Sie hatte sich aufgerichtet, hielt sich zitternd auf ihrem letzten Paar Beine und ließ ihre Flügel schwirren.
»Nehmt mich mit« rief sie so laut sie konnte. Und plötzlich erhob sie sich vom Gras und flog.
Die Kinder schauten ihr mit großer Sorge nach, weil sie nicht glaubten, daß sie die Kraft haben würde, den Schwarm zu erreichen. Aber die alte tapfere Biene wurde von ihrer Sehnsucht getragen und von ihrem Heimweh gestützt. Sie stieg höher und höher und war nur noch ein goldener Punkt und dann war sie bei dem Schwarm angekommen und ging in ihn ein, unkenntlich schon und von hunderten eine. Aber noch immer glaubten die Kinder aus dem tiefen Brausen ihre Stimme zu hören, welche lauter und jubelnder klang als alle andern.

12.
KAPITEL

Die Kinder hören bei dem verfallenen Tempel eine wundersame Geschichte. Sie erleiden Durst und große Hitze und lernen das böse Zwergenvolk kennen.

»Ich glaube nicht, daß wir von den geflügelten Tieren etwas über die Sonne erfahren werden«, sagte der Knabe, als der Bienenschwarm zwischen den Bäumen verschwunden war, »der Sommer ist bald vorbei, und wahrscheinlich haben sie keine Zeit, an etwas anderes zu denken als an ihr eigenes kurzes Leben«.

Mit diesen Worten nahm er seine kleine Schwester bei der Hand und flog mit ihr über das Land hin, das zu ihren Füßen langsam anstieg. Lange erblickten die Kinder nichts anderes als das üppige Strauchwerk eines einsamen und weglosen Dickichts, auf welchem das Licht der Mittagssonne glühend lag. Dann aber entdeckten die scharfen Augen des Knaben inmitten dieser blühenden Wildnis ein altes Gemäuer. Obwohl er wußte, daß die Zeit drängte, konnte er doch dem Wunsche nicht widerstehen, ein wenig innezuhalten und zu schauen. Und weil der einsame Ort die Kinder so schön und friedlich anmutete, ließen sie

ihre Flügel ruhen und sanken langsam zur Erde hinab.
Die steinernen Trümmer standen auf dem Gipfel eines Hügels, von welchem der Blick weit über das Land und bis zur Meeresküste schweifen konnte. Es waren graue verwitterte Säulen, von denen einige noch aufrecht ragten und ein Stück schön verzierten Gebälkes trugen, und andere, in große Stücke zerbrochen, verstreut dalagen, von Schlingpflanzen überwachsen. Über die glühenden Stufen einer verfallenen Treppe huschten Eidechsen, und aus den immergrünen Büschen stieg ein starker bittersüßer Duft.
Zwischen diese Trümmer setzten sich die Kinder und blickten mit Staunen bald auf die Säulen, die so hoch in den dunkelblauen Himmel ragten, bald auf all die wunderlichen Gewächse des Dickichts, von denen manche ganz und gar aus silbernen Dornen bestanden und andere starre, wie mit glänzendem Wachs überzogene Blätter besaßen. Der heiße Duft verwirrte ihre Sinne, und es war ihnen so feierlich wie in einer Kirche zumute. Gern hätten sie lange Zeit so still dagesessen, ohne etwas anderes zu tun als über das schöne Land hinzuschauen und auf das Rauschen des Windes zu horchen, der zu ihren Häupten in den Kiefern sang. Aber schon nach wenigen Augenblicken wurden sie gestört und erschreckt. Ein Schatten fiel auf den Stein und glitt immer näher, und

etwas wie eine große braune Menschenhand breitete sich über ihnen aus und hielt sie fest.

Eine ganze Weile lang waren die Kinder wie gelähmt vor Entsetzen. Als jedoch immer mehr Zeit verging, ohne daß ihnen ein Leid zugefügt wurde, wagten sie, sich ein wenig zu rühren und ihren Feind ins Auge zu fassen. Da sahen sie, daß es wirklich ein Mensch war, der sie gefangen hielt.

Dieser Mensch lag im Gras, den Kopf auf die freie Hand gestützt. Er war mit einer kurzen Hose und einem weiten offenen Hemd bekleidet, und seine Haut war dunkelbraun verbrannt und glänzte wie polierter Stein. Auf seinen braunen wirren Haaren lag ein Schimmer wie von goldenem Staub, und wenn er lachte, leuchteten seine weißen Zähne. Vielleicht hatte er bis zu diesem Augenblick in der Sonne gelegen und geschlafen, vielleicht meinte er auch jetzt noch zu träumen. Denn wie im Traume starrte er auf die wunderlichen kleinen Wesen, die seine Finger umschlossen.

»Was seid ihr denn für sonderbare Geschöpfe?« fragte er endlich erstaunt.

Bei diesen Worten vergaßen die Kinder vollkommen, in welcher Gefahr sie sich befanden. Nachdem sie so lange Zeit nur Tiere und Pflanzengeister, sonderbare Ungeheuer und märchenhafte Zauberwesen gesehen hatten, erfüllte sie der Anblick eines Menschen mit Entzücken, und der Klang einer menschlichen Stimme erschien ihnen herrlicher als die schönste Musik. Darum begannen sie nun ohne alle Scheu zu erzählen, wie sie auf die Insel gelangt waren und ihre Flügel bekommen hatten, und wie sie über das Land hingeflogen und von dem alten Tempel angezogen worden waren. Und während dieser ganzen langen und ein wenig verworrenen Erzählung stützte der braune Riese den Kopf auf seine Hand und hörte aufmerksam zu. So erstaunlich ihn diese Begebenheiten hätten anmuten müssen, so schien er doch nicht allzusehr verwundert, sondern lächelte wie einer, der eine lang vergessene Geschichte aufs neue erfährt. Seine braunen Finger öffneten sich immer weiter, und als die Kinder ihre Erzählung beendet hatten, waren sie frei und saßen auf dem grauen Marmorstein wie vorher.

Aber sie dachten nicht daran, fortzufliegen und sich ihrer Freiheit zu versichern.

»Willst du uns nicht sagen, wo wir sind?« fragte der Knabe, »willst du uns nicht von diesen alten Säulen und zerbrochenen Bildern erzählen?«

»Das will ich gern tun«, antwortete der braune Knabe und streckte sich aufs neue im Gras aus. Jetzt lag er auf dem Bauch und stützte den Kopf in seine beiden Hände, und die Kinder schauten gerade in seine strahlenden braungoldenen Augen. Die Sonne glühte, und aus dem wilden Dickicht duftete es noch berauschender als zuvor. Und der Knabe erzählte.

»Ihr müßt euch nicht vorstellen«, sagte er, »daß diese Insel immer so schön war wie sie jetzt ist. Es gab eine Zeit, da war sie nichts anderes als Fels und Sumpf. An ihren öden Küsten wohnten nur ein paar arme Fischer mit ihren Familien, und nur ganz selten kam es vor, daß eine Barke ihren Weg über das Meer dorthin suchte. Aber eines Nachts, da es sehr stürmisch war, und die Männer zum Hafen gegangen waren, um ihre Boote höher auf den Strand hinauf zu ziehen, sahen sie doch einen Nachen, der sich dem Strande näherte. Und als eine Weile vergangen und der Nachen nahe herangekommen war, bemerkten sie, daß er nicht durch Ruderschlag, sondern allein durch den mächtigen Nordwind angetrieben wurde, und daß niemand darin war als eine Frau. Diese Frau saß ganz in sich zusammengesunken da, und wie sie endlich den armseligen Hafen erreicht hatte, brach sie vor Erschöpfung zusammen. Kaum daß sie noch ihren Namen genannt und um Obdach gebeten hatte für sich und das Kind, das sie zur Welt bringen sollte, da sank sie schon hin und schlief ein. Und in all dem Sausen und Brausen des Windes und der Wellen, die ganze schreckliche Sturmnacht hindurch, schlief sie so sanft wie ein Kind.

Die Männer der Insel aber gingen nicht heim in ihre Hütten und schliefen nicht. Von dem Augenblick an, in dem die Fremde ihren Fuß auf die Insel gesetzt hatte, waren die Herzen von Schrecken erfüllt. Sie saßen beieinander und berieten sich, ob sie die fremde Frau bei sich behalten sollten oder nicht. Und obwohl es hierzulande eine furchtbare Schmach bedeutet, einem Menschen die Gastfreundschaft zu verweigern, waren sie von Anfang an entschlossen, diese Schmach auf sich zu nehmen.

Aber sie versuchten doch die ganze Nacht über, gegen die düsteren Vorahnungen anzukämpfen, die sie bewegten. Es konnte ja sein, daß die Fremde nichts anderes war als eine arme Schiffbrüchige, und das Kind, dem sie das Leben geben sollte nichts anderes als ein gewöhnliches Kind. Aber jedesmal, wenn einer der Männer diesen Gedanken äußerte, fielen ihm die anderen ins Wort und erinnerten ihn an die alten Geschichten, in denen ein Kind unbekannter Herkunft zur Welt gekommen und herangewachsen war, anders als alle Menschen, schrecklich und gefährlich, herrschsüchtig und kühn. Dann schwieg, der so versöhnlich geendet hatte, ganz still. Denn er wußte wohl, wie hart und schwer das Leben auf der Insel war, und daß man froh sein mußte, wenn nichts Außergewöhnliches geschah.

Als der Morgen kam und die Fremde die Augen aufschlug, traten die Fischer zu ihr und verwiesen sie des Landes. Darauf erhob sich die Frau sogleich und ging, ohne ein Wort zu sagen, zum Strande hinunter, wo ihr Nachen lag. Aber weil sie so schwach war, ging sie sehr langsam, Schritt um Schritt. Und als sie an einem alten Ölbaum vorüber kam, dem einzigen, der auf der Insel wuchs, blieb sie noch einen Augenblick stehen und stützte ihre Hand gegen den zerklüfteten Stamm.

Jetzt konnten die Fischer wohl sehen, daß keine Zeit mehr zu verlieren war. Denn daß der Ölbaum nun rauschend seine Zweige bewegte, konnte nur davon rühren, daß die Frau von den Wehen der Geburt gepeinigt, an seinem Stamme rüttelte. Auch war der Himmel, den seit undenklichen Zeiten graue Wolken bedeckten, heute noch schwärzer und unheimlicher anzusehen als sonst. Aus dem Meere sprangen die Wellen wie gierige Tiere empor, und noch stärker als in der Nacht fühlten die Männer, daß ein Verhängnis drohte. Aber jetzt war es schon so spät, daß sie die Frau mit Stockhieben hätten zur Eile antreiben müssen. Und das taten sie nicht.

Es war sehr seltsam, daß der alte Ölbaum, den sie so heilig hielten, seine Krone immer tiefer beugte, als wolle er sich vor der armseligen heimatlosen Fremden verneigen, und sie mit seinen Zweigen umhüllte, als müsse er sie vor den Blicken der Fischer schützen. Es war wirklich, als wolle der alte Ölbaum ihr die Heimat und Ruhestatt bereiten, die die Fischer ihr verweigert hatten. Darum rührten diese sich nicht und warteten geduldig, was nun geschehen würde.

Aber dieses Warten dauerte viel länger als sie geglaubt hatten. Es vergingen Tage und Nächte, Tage und Nächte, und während dieser ganzen Zeit blieb die Fremde unter dem Ölbaum und die Fischer in ihrer Nähe. Sie wagten nicht sich zu entfernen, um ihrer Arbeit nachzugehen oder zu schlafen, weil der Himmel an jedem Tag dunkler und das Meer in jeder Nacht stürmischer wurde. Und so hoch auch die Wellen sich hoben, so herrschte doch eine völlige Windstille, und in der unbewegten Luft waren nur die Zweige des alten Ölbaums in beständiger Bewegung. Aber als sieben Tage und sieben Nächte vergangen waren, geschah etwas sehr Wunderbares.

Es kamen nämlich am Morgen die Frauen der Fischer gelaufen und berichteten, daß sie von ihren hochgelegenen Hütten sieben weiße Schwäne erblickt hätten, welche im Begriff waren, die Insel zu umkreisen. Um dieses wundersame Zeichen zu sehen, verließen die Männer zum erstenmal ihren Wachposten und stiegen den Berg hinauf. Da gewahrten sie in der Ferne noch die sieben riesigen weißen Schwäne, die ganz ruhig auf dem Meere dahinzogen. Wie sie aber dann, von Unruhe gepackt, wieder zurückeilten, schien es ihnen, als erglänze unter dem alten Ölbaum ein Licht, viel heller als die trübe Dämmerung, und als sie näher kamen, sahen sie einen kleinen Knaben, der unter den Zweigen hervortrat und seine Hände gen

Osten ausstreckte, dorthin, wo sich die Sonne hinter den Wolken verbarg. Da zerriß die Wolkenwand, und ein Strahl brach aus dem Dunkel, so hell und herrlich, daß die karge dunkle Erde der Insel erglänzte wie Gold. Die Wolken traten immer weiter auseinander und enthüllten einen lichtblauen reinen Himmel, und die Wellen des Meeres rauschten tiefblau und ruhig dem Ufer zu, Wind und Wellen sangen ein sanftes Lied der Freude, und die Stimmen nie gehörter Vögel erhoben sich, um ohne Ende zu jauchzen und zu jubilieren. Indem schritt der kleine Knabe langsam weiter, und mit jedem Schritt wurde er größer und schöner. Er ging über das goldene sonnenstrahlende Land, und wohin er kam, sproß das grüne Gras und erblühten die bunten Blumen. So entschwand er den Blicken der Männer und Frauen der Insel. Diese aber hatten ihn wohl erkannt als ein übermenschliches Wesen, das die Sonne herbeirufen und das Leben erwecken konnte für immer. Und wenn sie auch den Knaben nie mehr von Angesicht sahen, so bauten sie ihm doch ein Haus mit Säulen, Giebel und Dach....«

Bei diesen Worten deutete der braune Knabe auf die grauen Säulen und die zerfallenen Marmorbilder, und dann ließ er sich wieder ins Gras sinken und schwieg, und auch die Kinder saßen schweigend auf ihrem sonnenheißen Stein. Die Sonne stand nahezu senkrecht über ihren Häupten, und

nun erhob sich der Knabe, reckte die Arme und gähnte.
»Es ist bald Mittag«, sagte er, und ehe noch die Geschwister dazu kamen, ihn zu fragen, wie sie es anfangen sollten, zur Sonne zu gelangen, winkte er ihnen schon freundlich zu und schritt davon.
»Er kommt zurück«, sagte der Knabe, aber das kleine Mädchen schüttelte sinnend den Kopf. Die Kinder sahen dem Wandernden nach, und es wurde ihnen ganz seltsam zumute, weil er im Fortschreiten nicht kleiner wurde, sondern immer höher zu wachsen schien. Und es fehlte nicht viel, so hätten sie geglaubt, der Wunderbare selbst habe vor ihnen gelegen und seine Geschichte erzählt.

Wie heiß brannte die Sonne, wie still war es geworden, seit die Stimme des braunen Knaben verklungen und seine schöne Gestalt verschwunden war. Nur die Eidechsen huschten noch über die Tempelstufen, und im sanften Mittagswind rührten sich die dunklen Blätter.
»Fliegt weiter, fliegt weiter« klang es in den Ohren der Kinder, und taumelnd, wie berauscht von dem herben und süßen Duft der wilden Kräuter erhoben sie sich in die Luft. In der Ferne sahen sie die kahlen Kuppen der Berge vor dem tiefblauen Himmel, und diesen strebten sie zu, um der Sonne näher zu kommen. Da waren die leuchtenden Kiefernkronen, die dunklen Büsche und die blühen-

den Sträucher bald verschwunden. Eine kahle Hochebene breitete sich zu den Füßen der Wanderer aus, und zwischen weißen Steinen und grauem Geröll wuchsen große seltsame Pflanzen, deren Blätter so hart und starr wie Metall und mit spitzigen Zähnen besetzt waren. Es gab keinen Baum, der mit seiner Krone ein wenig Schatten hätte spenden können, und in der heißen stillen Luft strahlte die Sonne in mörderischer Glut.
Auf diesem Fluge hielten sich die Kinder ganz dicht über dem Erdboden, weil sie sehr müde und durstig waren und hofften, ein wenig Wasser zu finden. Doch je weiter sie kamen, desto trockener und dürrer wurde es um sie her. Aus dem vergilbten harten Gras erhoben sich nur noch einzelne Sträucher, welche lange Dornen trugen, und Kakteen, die so rund und stachlig wie zusammengerollte Igel waren. Außer einem großen grauen Adler, der hoch im Himmel seine majestätischen Kreise zog, war nicht ein einziges Lebewesen zu erblicken, und nur die Gerippe verdursteter Tiere ragten mit ihren bleichen Knochen aus dem Sand. Wie beschwerlich war das Fliegen bei solcher Hitze, wie quälend der Durst! Bald ließen sich die Kinder auf die Erde hinabsinken, und weil das Licht der Sonne ihren Augen wehtat, wagten sie gar nicht mehr zu ihr aufzuschauen, sondern richteten ihre Blicke auf die dornigen Sträucher und die grauen Felsen, in der Hoffnung einen Tropfen

Wasser zu finden. Und bei solchem Umherspähen machten sie bald eine sonderbare Entdeckung. Es war ihnen nämlich, als sähen sie bald hier bald dort zwischen den Steinen kleine Menschengesichter auftauchen und wieder verschwinden. Auch trippelnde Schritte nahten und entfernten sich, und es war bald von dieser, bald von jener Seite ein leises Wispern und Kichern zu hören. Indem gelangten sie an ein hohes, in eine mächtige Felswand gefügtes Tor, welches den Blick in eine weite schattige Höhle freigab und über dem in wunderlichen Buchstaben zu lesen stand:

EINGANG ZUR ZWERGENSTADT

Diese Inschrift reizte die Neugier der Kinder, und die Kühle und Dunkelheit des Gewölbes erschien ihnen überaus begehrenswert. Zwar entdeckten sie nun noch eine zweite Inschrift, welche verkündete, daß der Eintritt allen geflügelten Wesen aufs strengste untersagt sei. Aber sie dachten in diesem Augenblick nicht daran, daß sie etwas anderes waren als arme müde Menschenkinder, und voller Zuversicht näherten sie sich der schattigen Zuflucht.

Doch ehe sie noch die Höhle erreicht hatten, trat ein kleines Männchen auf sie zu und streckte abwehrend seine dürren Arme aus. Es war mit einem ganz schwarzen Mantel bekleidet und trug in der

Hand einen dornigen Stock. Mit dem bedrohte es die Kinder und sah sie mit zornigen Blicken an. »Könnt ihr denn nicht lesen?« fragte es streng. »Wißt ihr nicht, daß noch niemals ein geflügeltes Wesen unsere Stadt betreten hat, ohne von uns getötet zu werden?«
Während die Kinder das Zwergenmännlein noch erschrocken anstarrten, drängten sich aus der Höhle neugierig viele andere Zwerge, Männlein und Weiblein, hervor. Die waren nicht eben häßlich anzusehen in ihrer winzig menschlichen Gestalt, und in ihren runzligen Gesichtern lag keine Bosheit, sondern etwas fast treuherziges. Doch machten auch sie abwehrende Bewegungen und flüsterten mit feinen Stimmen:

»Wer Flügel trägt, ist uns verhaßt,
Wir bieten ihm nicht Trunk noch Rast«.

Das war eine schlimme Begrüßung, und der Knabe wollte sich schon fortwenden. Aber das kleine Mädchen blieb stehen und schaute sehnsüchtig in die kühle Dämmerung der Höhle.
»Unsere Flügel« sagte es, »sind uns nicht angeboren. Wir sind Menschenkinder, die mit einem Zauberlicht durch die Erde und mit Fischgewändern durch das Wasser gewandert sind. Jetzt haben wir diese Kleider geliehen bekommen, um mit ihnen zur Sonne zu reisen. Sollen wir um ihretwillen verdursten? Sollen wir um ihretwillen vor Hitze umkommen?«

Damit trat das Kind auf den Türhüter zu und hob bittend die Hände zu ihm auf. Der hatte ihm verwundert zugehört und mit großer Neugierde sein zauberhaftes Flügelkleid betrachtet. Jetzt aber hob er nur gleichmütig die Schultern.
»Das müßt ihr wohl« sagte er ruhig. »Aber ihr könnt auch eure Flügel ablegen, und wenn ihr das tut, werden wir euch zu trinken geben und euch ausruhen lassen. Wir werden euch in unsere Stadt aufnehmen und euch alles lehren, was wir zu tun verstehn, spinnen und weben, bauen und jagen«.
Bei diesen Worten winkte der Zwerg und hieß die Näherdrängenden beiseite treten, und nun erblickten die Kinder im Hintergrund der Höhle allerlei zierliches Gerät, Tische, die mit Speisen bedeckt waren, und weiche Lagerstätten, die zum Ausruhen einluden. Von den Tischen hoben die Zwerge Schalen und Näpfchen, die mit Wasser gefüllt waren, und hielten sie wie lockend den Kindern entgegen, indem sie aufs neue zu wispern begannen.

»Wir lassen euch mit Freuden ein
Bequemt ihr euch uns gleich zu sein«

flüsterten sie freundlich, und das kleine Mädchen streckte sogleich begierig seine Händchen nach dem Wasser aus. Der Knabe aber stand noch immer abgewendet da.

»Warum seid ihr den Geflügelten so gram?« fragte er trotzig.
»Das ist eine wunderliche Frage« sagte der Zwerg, »für einen, der um die ganze Welt gewandert ist. Denn auf der ganzen Welt muß es so sein, daß der Blinde den Sehenden, der Taube den Hörenden und der Kriechende den Fliegenden haßt«.
»Das ist nicht wahr« sagte der Knabe, obwohl er nicht wußte, woher ihm solche Gewißheit kam und auch kein Beispiel zu nennen vermochte. Während er aber noch grübelte und sann, zupfte ihn seine kleine Schwester am Ärmel und sagte leise: »Wenn ich nicht einen Tropfen Wasser bekomme, muß ich sterben. Warum sollen wir nicht trinken und schlafen, da wir doch die Sonne niemals erreichen werden«.
Er wandte sich nach ihr um und sah, daß sie wirklich zum Sterben matt war. Indessen hatte der Zwerg mit seinem Stock den Sand aufgewühlt und ein weißes Menschengerippe freigelegt, und während er diese Knochen hin und herbewegte, daß sie häßlich klapperten, erhob sich in der Höhle wieder der wispernde Chor.

Das Fleisch verdorrt, der Knochen bleicht
Nicht einer hat das Ziel erreicht.

murmelten die Zwerge, und als das kleine Mädchen diesen schauerlichen Gesang hörte, schlang es seine Arme um den Hals des Bruders und flüsterte wirre fiebertrunkene Worte. Da konnte auch der Knabe nicht mehr widerstehen und begann mit zitternden Fingern den Schleier zu lösen, der ihm auf der Brust verknotet war. Sobald die Zwerge dies sahen, bemächtigte sich ihrer eine ungeheuere Erregung. Sie begannen zu tanzen und zu springen, und auf ihre gleichmütig freundlichen Gesichter trat der Ausdruck triumphierender Freude. Jetzt wisperten sie nicht mehr sondern kreischten mit grellen Stimmen, und, aus der Höhle hervorströmend, umringten sie die Kinder und sangen so laut sie konnten:

Der Traum zerrinnt, der Flügel fällt
Zwei Zwerge mehr auf dieser Welt...

und dabei streckten sie schon die Hände aus, um die Flügelkleider der Kinder zu packen und in tausend Fetzen zu zerreißen.
In diesem Augenblick ging in dem Knaben eine wundersame Veränderung vor. Es war, als ob etwas in ihm erwache, ein Rest jenes alten Menschenstolzes, ein Funken jener Beharrlichkeit und Größe, der die Menschen so viel Leiden und Todesfurcht überwinden läßt. Und weil dieser Stolz in ihm lebendig geworden war, sah er in den Gesichtern der Zwerge nicht mehr Gutmütigkeit sondern teuflische Bosheit. Die schattige Höhle schien ihm nicht mehr begehrenswert, sondern wie ein Nest voll von Ungeziefer, und das zierliche

Gerät dünkte ihn brüchiger Plunder. Er ließ ab, seine Flügel zu lösen, ja er verknotete den Schleier nur noch fester auf seiner Brust und dann schlang er seinem Arm um die kleine Schwester und erhob sich mit ihr in die Luft.

13. KAPITEL

Die Kinder hören die alten Sonnengeschichten. Sie fliegen auf dem Regenbogen in den Himmel hinauf und gelangen in die Nähe der Sonne.

Eine Weile lang hörte der Knabe, der mit seiner letzten Kraft die Flügel rührte, noch das schrille Wutgeheul der Zwerge zu einen Füßen. Dann aber wurde es stiller und stiller um ihn. Jetzt war er schon weit, mitten über der heißen Steppe, fern von der Zwergenstadt mit ihrer Verlockung und Gefahr. Er sank immer tiefer herab und ließ endlich das kleine Mädchen, das an seiner Schulter zu schlafen schien, sanft auf die Erde gleiten. Da war nur der riesige blaue Himmel über ihnen, und um sie herum nur das dürre Steppengras, über das der heiße Wüstenwind ging. Das neigte sich und flüsterte und sang, und wie nun auch der Knabe, erschöpft und fiebertrunken, die Augen schloß, war es ihm, als höre er im Rauschen des Grases allerlei wundersame Geschichten.

Die drei Geschichten von der Sonne.

In den alten Zeiten, flüsterte das Gras, lebte ein großer grauer Adler, der war Herr über die Sonne,

den Mond und die Sterne. Er hielt sie in eine Kugel eingeschlossen und hütete sie gut, und es war Finsternis auf der Erde.
Der große graue Adler aber hatte eine Tochter. Die wuchs heran und war sehr schön, und als sie erwachsen war, und einen Liebsten hatte, verriet sie ihrem Liebsten den Ort, an dem ihr Vater die Kugel versteckt hielt.
»Wenn du klug genug bist, sie zu rauben«, sagte sie, »dann will ich dir folgen. Wenn du kühn genug bist, sie in deinen Händen fortzutragen, will ich deine Frau werden. Wenn du stark genug bist, sie in die Luft zu werfen, will ich dich ewig lieben«. Da raubte der junge Geliebte die Kugel, während der alte Adler um die Felsen flog. Er trug sie in seinen Händen fort und warf sie in die Luft. Er warf sie so hoch hinauf, mit aller Kraft seiner Liebe, und weil seine Liebe so stark war, zersprang die Kugel, und heraus flogen die Sonne, der Mond und alle Sterne. Da war mit einemmal ein solcher Glanz und ein solches Licht im Himmel, daß die Menschen und Tiere erschrocken den Blick senkten. Und als sie aufschauten, sahen sie, daß rings auf der Erde die Bäume auszuschlagen und die Blumen zu blühen begannen. Auf dem Hügel aber zwischen den blühenden Blumen lagen die Liebenden eng umschlungen, in ihren weit offenen Augen spiegelte sich die Seligkeit des Himmels, sie waren tot.... Als diese Worte verklungen waren, leg-

te sich der Wind, und das Gras stand ganz still in der Sonnenglut. Doch schon nach wenigen Minuten fing es an, sich von neuem zu neigen und ließ seine flüsternde Stimme hören:

In den alten Zeiten, begann es wieder, da wuchs einmal ein Knabe heran, der mit jedem Tag schöner und klüger wurde. Seine Mutter war den ganzen Tag um ihn, aber sein Vater kam erst nach Hause, wenn es schon ganz dunkel war und er im Bette lag, und schon bei Tagesgrauen ging er wieder fort. Als der Knabe anfing zu sprechen, fragte er eines Mittags: Wo ist der Vater? Da deutete die Mutter zum Himmel hinauf, wo die Sonne schön hell und leuchtend stand und sagte: Er fährt die Sonne auf einem Wagen über den Himmel.

Von diesem Tage an stand der Knabe jeden Morgen heimlich auf und schlich dem Vater nach bis an das Ufer des Meeres und verbarg sich dort. Da sah er, wie der Vater zwei goldene Rosse schirrte und mit der Sonne emporstieg und sie mit seinem Schilde verhüllte.

Wieder eines Tages, als der Knabe schon herangewachsen war, trat er des Morgens aus seinem Versteck und bat und bettelte, nur ein einziges Mal möge ihm der Vater die Fahrt erlauben, und der Vater, der ihn nur schlafend kannte, war von seiner Schönheit und Kühnheit so sehr bewegt, daß er es ihm zusagte. Mit vielen Ermahnungen reichte er ihm die Zügel und den goldenen Schild und ließ ihn ziehen.

Da riß das feurige Gespann den Wagen hoch in die Luft, und der Knabe jauchzte vor Vergnügen. Zuerst hielt er die Zügel fest in der Hand und verbarg die Sonne hinter dem Schilde, wie es der Vater ihn gelehrt hatte. Bald aber ergriff ihn ein heftiges Verlangen, schneller fliegen und allen Glanz des Lichts auf die Wiesen und Felder und Gebirge der Erde fallen zu lassen. Darum riß er den Schild von der Sonne und ließ den Pferden freien Lauf, und schnell wie der Sturm jagte er nun dahin, und glühend wie ein Feuerbrand fiel das Licht auf die Erde. Da versiegten die Quellen und die Felder verdorrten, die Felsen wurden schwarz gebrannt, und die Tiere und Menschen kamen um vor Hitze und Durst. Und wie der Knabe dies alles sah, und begriff, was er angerichtet hatte, erschrak er so sehr, daß er taumelte und stürzte, und als der Vater am Felsentor im Westen die brausenden Rosse anhielt, fand er den Wagen leer. –

Wieder hielt jetzt das Gras ein wenig inne und stand still und unbeweglich da. Aber auch jetzt dauerte es nicht lange, bis der heiße Hauch des südlichen Windes wieder durch seine Spitzen wehte und es aufs neue zu erzählen begann:

In den alten Zeiten, murmelte es, lebte eine junge Prinzessin, die so lieblich war, daß nicht ein Tag verging, ohne daß ein Freier kam, um ihre Hand zu erbitten. Aber die Prinzessin wollte nicht einen von ihnen zum Mann haben. Ich habe mich dem

Sonnenschein anverlobt, sagte sie, und auf ihn warte ich. Und wirklich stand sie jeden Morgen, ehe es Tag wurde, an ihrem Fenster und wartete auf den Sonnenschein, der wie ein funkelnder Ritter hinter den Bäumen des Parkes aufstieg. Während dann die Sonne höher und höher emporschwebte, saß sie im Garten, hielt den Kopf in den Nacken gesenkt und starrte zum Himmel auf, bis es Abend wurde und der goldene Wagen wieder hinabzusinken begann. Dann ging sie in den Palast zurück und zog ihr Brautkleid an, und alle, die bei ihr waren, mußten sich hochzeitlich schmücken. Die Sonne ging feurig unter, wieder stand sie hinter den Bäumen des Parkes wie ein funkelnder Ritter in Rüstung, und die Prinzessin stand mit ihrem Gefolge auf der Treppe des Palastes und streckte sehnsüchtig die Arme aus. Aber der Bräutigam kam nicht. Langsam erlosch der purpurne Schimmer und es wurde Nacht.
So vergingen viele Tage und Wochen, und während dieser Zeit wurde die Prinzessin so traurig, daß nicht nur alle Menschen, sondern auch die Tiere des Gartens mit ihr Mitleid hatten. Eines Tages, als sie wieder im Grase saß, und zum Himmel aufschaute, hörte sie ein Brausen wie von vielen Flügeln. Da flogen alle Vögel des Gartens über ihrem Haupt hin, und jeder warf ihr eine Feder herab. Die Prinzessin verstand, daß sie ihr helfen wollten, und mit vieler Mühe fertigte sie sich aus

allen den bunten Federn ein Paar Flügel, die sie in ihrer Kammer verbarg.
Eines Morgens band sie die Flügel an ihren Schultern fest und warf sich aus dem Turmzimmer in die Luft, und die Flügel trugen sie. Sie flog immer höher hinauf, und plötzlich sah sie ganz nahe über sich den Sonnenwagen und ihren schönen Geliebten, der mit flatternden Haaren aufrecht stehend die Rosse zügelte. In demselben Augenblick wurde sie auch von ihm bemerkt. Aber da er meinte, einen wunderlichen und seltenen Vogel zu erblicken, ergriff ihn die Jagdlust. Er legte einen Pfeil auf seinen Bogen und schoß nach ihren bunten Flügeln. Die wurden beide durchbohrt und hingen nun kraftlos herab, aber weil die Liebe der Prinzessin so groß war, stürzte sie dennoch nicht, sondern wurde von der Kraft ihrer Liebe weitergetragen, immer höher, immer näher zu ihm hin. Da nahm der schöne Sonnenjüngling einen zweiten Pfeil aus seinem Köcher und schoß ihn ab, und dieser streifte die Stirn der Prinzessin, so daß ihre Augen blind wurden von dem rinnenden Blut. Aber weil ihre Liebe so groß war, irrte sie dennoch nicht auf ihrem Wege, sondern kam immer näher zu ihm, und endlich war sie ganz nahe und streckte ihre Arme nach dem Geliebten aus. Da ließ der Jüngling den dritten Pfeil, mit dem er nach ihrem Herzen hatte zielen wollen, fallen. Er breitete seine Arme aus und zog die Prinzessin an seine Brust.

Und während die Rosse fortstürmten und die Erde umkreisten, küßte er ihren Mund.
Das war die schönste Geschichte, murmelte das kleine Mädchen und schlug die Augen auf, um den Blick auf die Sonne zu richten. Da sahen die Kinder zu ihrem Erstaunen, daß der Himmel nicht mehr so blau war wie vorher, sondern von Wolkenschleiern und dunklem Gewölk verhüllt. In der Ferne über dem Meere mochte ein Gewitter niedergegangen und ein Regen gefallen sein. Denn es stand dort ein Regenbogen über den Himmel gespannt, so rein ausgebildet, so klar und schön, wie ihn die Kinder nie im Leben zu Gesicht bekommen hatten. Mit dem einen Fuß stand er auf der Insel, hoch hinauf ragte er in die Höhe des Himmels, und ferne hinter dem Meere senkte er sich auf ein unbekanntes Land. Sieben Straßen, eine leuchtender und schöner als die andere, führten auf der Zauberbrücke himmelan und wieder hinab, und als die Kinder sie anschauten, rührten sie auch schon ganz unwillkürlich ihre Flügel, faßten sich bei den Händen und flogen dorthin, wo diese schönen Straßen sich von der Erde aufschwangen in den Himmel.
Gerade auf dem höchsten Hügel stand der Fuß des Regenbogens, und den erreichten die Kinder schnell. Denn wie die Mutter sich wohl im Dunkeln zuerst ihrem schlafenden Kinde naht, ehe sie das Licht anzündet, und wie sie flüstert ehe sie

zu sprechen beginnt, hatte die Sonne sich jetzt in dichte Schleier gehüllt. Ihr Glanz blendete nicht mehr, ihre Strahlen fuhren nicht mehr wie glühende Pfeile zur Erde. Ein sanftes Lüftchen regte sich und bewegte die Gräser am Hang. Weiter, fliegt weiter, klang es zu den Füßen der Kinder, aber nun fröhlich, wie ein guter Reisewunsch. Schon waren sie auf dem Hügel angelangt. Da war der Regenbogen nicht, wie es doch gewöhnlich den Menschenkindern geschieht, vor ihnen zurückgewichen in die Ferne. Noch immer stand er an derselben Stelle und sah gar nicht mehr steil aus, sondern hob sich schön sanft wie eine Augenbraue oder ein geschwungener Flügel.

Als die Kinder in die Nähe der sieben Straßen kamen, begann die Luft in sieben zarten Farben zu leuchten. Sie überquerten die erste Straße, welche rot, und die zweite, die orangefarben war, und die dritte, die so gelb leuchtete wie Blütenstaub. Über der vierten aber, die einer schönen, grünen Wiese glich, flogen sie hinan, und das ging so leicht und wunderbar wie das Schwimmen im meerwärts rauschenden Strom. Zu ihren Füßen wogte der Lichtnebel, smaragden grün und in all den andern leuchtenden Farben, und das war so schön anzusehen, daß sie lange Zeit nichts anderes zu schauen verlangten. Endlich aber hoben sie sich ein wenig höher, gerade so hoch, daß sie über die drei Straßen zur Rechten und die drei

Straßen zur Linken hinunterblicken konnten auf die Erde.

Da sahen sie, daß sie schon sehr hoch hinauf gelangt waren. Die Lichtinsel mit ihrem Kranz heller Rebgärten und dunkler Olivenwälder und ihrem felsigen Kern lag tief unter ihnen und war ganz klein in der blauen Meeresflut. In ihrer Nähe lagen noch andere, größere und kleinere Inseln, von denen einige fruchtbar und dunkel, andere aber nackt und felsig waren wie einsame Klippen. Zwischen all diesen Inseln schwammen, winzig wie silberne Fischlein, Segelboote und Schiffe im glitzernden Blau. Die verschwanden jedoch bald, und nun erschienen die Inseln selbst so klein wie Blätter, die der Wind ins Meer getrieben hat. Denn schon waren die Kinder in andere erdenferne Bereiche gelangt. Nebelfetzen trieben ihnen zur Seite eilends dahin, schwarze Wolken zerrissen und ließen immer mehr von dem tiefblauen Himmel sehen, und in dem Maße, in dem sich die Sonne enthüllte, wurden die sieben Straßen des Regenbogens durchsichtiger und blasser. Jetzt waren die Kinder wirklich auf dem Wege zur Sonne, und bei solchem Wagnis hätte wohl ein Schwindel sie überfallen können. Aber sie dachten nicht mehr an die Tochter des grauen Adlers und den vermessenen Knaben. Es war, als habe die Sonne selbst sie nun in ihre Obhut genommen und ziehe sie an sich, sanft wie die Mutter Erde.

Gedankenlos selig, den Faltern gleich, flogen sie ihr zu und bemerkten nicht, daß die siebenfarbige Brücke schon lange nicht mehr bis zur Erde hinabreichte und fast nichts von ihr übrig blieb als auf dem Scheitel des Bogens ein zartes Wölkchen, aus sieben Farben gewebt. Auf dieses Wölkchen sanken sie hinab wie auf ein duftiges Lager, hielten sich umschlungen und ruhten aus, den Blick in den Himmel gerichtet. Da wichen die letzten Schleier von der Sonne und sie trat funkelnd hervor.

Obwohl der Knabe und das kleine Mädchen noch immer ihre menschliche Gestalt und ihre Schmetterlingsflügel hatten, waren sie doch nun nichts anderes als ein Teil des großen Lichtes. Darum brannte das Feuer der Sonne sie nicht und blendete ihre Augen nicht. Sie fühlten weder Durst noch Müdigkeit, und ohne Furcht schauten sie auf zu dem mächtigen Gestirn. Denn ein Gestirn, ein riesiger schwebender Ball, das war die Sonne wirklich, gerade wie es den Kindern gelehrt worden war. Und sie konnten auch ganz deutlich sehen, daß sie ganz und gar aus Feuer bestand. Aber das Feuer war nicht überall gleichmäßig hell, sondern zeigte dunklere Flecken und glänzende, vielfach verzweigte Adern, und war auch nicht ebenmäßig rund wie ein Ball, sondern am Rande wunderlich gezackt. Es glich einem unendlich großen

Lande mit Inseln, Gebirgen und Flüssen, und von seinen Grenzen flackerten unaufhörlich züngelnde Flammen in den Weltraum hinaus.
Dies alles sahen die Kinder mit großem Staunen. Zu gleicher Zeit aber hatten sie noch ein anderes Bild vor Augen, und das war das Bild der Frau Sonne ihrer früheren Kinderjahre, das lächelnde gutmütige Gesicht, das hervorgelugt hatte hinter den Winterwolken der Heimat. Verändert war auch dieses, war herrlicher und schrecklicher zugleich in seinem flammenden Lockenkranz und strahlte doch und lachte wie die Freude selbst. Es lachte die Kinder an, und nun hörten sie ganz deutlich einen Ton, leise zuerst und dann immer lauter, und auch dieser kam von der großen strahlenden Sonne her, aber er vermischte sich sogleich mit andern Klängen, die so rein und klar, so mächtig und voll waren, daß die Kinder ihnen mit Entzücken lauschten. Wie von Geigen und Flöten, Baßgeigen, Hörnern und Harfen klang die Musik und war doch keiner vergleichbar, die man mit irdischen Instrumenten machen kann, so daß es war, als töne die feurige Sonne in ihrem kreisenden Gang, und nicht allein sie, sondern mit ihr alle andern Himmelskörper im Weltall.
Auf diese Musik horchten die Kinder, atemlos zuerst, dann immer ruhiger, wie eingesungen, aber nicht in einen Schlaf sondern in das helle

feurige Wachsein der Ewigkeit. Und sie hätten sich nicht gewundert, wenn es immer so fortgetönt hätte und sie zu Füßen der Sonne liegengeblieben wären für immer.

Aber ihres Bleibens war nicht. Die Stimmen des großen Weltorchesters schwiegen, oder schwiegen doch für ihre Ohren, und nun war es auch, als sänken sie schon hinab, hinaus aus dem schützenden Kreis. Da bemerkten sie plötzlich, daß von dem Regenbogen nichts mehr geblieben war als ein hauchfeiner Schleier, und weil die Sonne sie nicht mehr hegte und hielt, erschraken sie zutode, daß sie so hoch im Himmel waren und allein. Da kam mit einem Mal eine Stimme, nicht wie von Geigen oder Flöten, sondern wie aus einem menschlichen mütterlichen Munde, und die sagte:

»Tragt sie hinunter. Tragt sie heim«. Und schon kam es herabgesaust, eine Schar von goldenen Pferden mit wehenden strahlenden Mähnen, und ehe sich die Kinder versahen, saßen sie auf goldenen Pferderücken und sausten dahin, erdwärts, so schnell, daß ihnen Hören und Sehen verging.

14. KAPITEL

Glückliche Reise. – Ein Erlebnis im Adlerhorst. – Das kranke Kind.

Wie schön sind die Tage des Nachsommers in dem weiten einsamen Gebirgstal! Die Wiesen, die von kleinen grauen Steinmäuerchen eingefaßt sind, tauchen erst gegen Mittag aus dem Nebel, dann aber umhüllen sie sich mit lauter strahlendem Licht. In der reinen Luft scheinen die Berggipfel zum Greifen nahe. Sie sind schon mit Schnee bedeckt, und doch wächst und reift in den Gärten die blaue Traube, so süß und feurig wie am südlichen Meer. Am Seeufer treibt der Wind die ersten gelben Blätter von Ahorn und Linde talaufwärts, und von den Bergen wehen die ersten zagen Schneeflocken herab. Die roten Beeren der Eberesche leuchten...

Vielleicht sind es die Rufe der Zugvögel, welche in diesen Tagen eine so fröhliche Unruhe in das Tal bringen. Eine alte Vogelstraße führt über den Paß nach Süden, und es sind viele, die um diese Zeit vom kalten Norden in die heißen Länder streben. In kleinen und großen Scharen, zu spitzen Keilen oder stumpfen Dreiecken geordnet, fliegen sie rasch dahin, und wer ihre Gestalt und ihre Gewohnheiten kennt, mag wohl aus weiter Entfernung schon Stare und Schwalben, Grasmücken und Mauersegler unterscheiden. Den ganzen Tag währt dieses Kommen und Gehen, aber auch die Nacht hindurch, und die des Nachts unterwegs sind, sind die ängstlichen, die sich vor den Raubvögeln fürchten. Fröhlich und gelassen ziehen die einen ihres Weges dahin, schwatzen und tauschen Grüße aus. Andere aber verweilen nur einen Augenblick. Von einer unstillbaren Sehnsucht bewegt, streben sie, unermüdlich wie durstende Seelen, ihrem fernen Ziele zu.

Aber die Vögel sind nicht die einzigen, die in diesen Tagen auf die Reise gehen. Von so manchem Abschied ist die Rede, so viele Wünsche werden laut. Die kleinen Blumen und die großen Bäume sind wie Mütter, die ihre Kinder auf die Reise schicken. Doch jetzt ist es nicht mehr der Blütenstaub, den die Winde oder die Insekten mitnehmen sollen auf die Wanderschaft. Längst hat sich in der Tiefe der Blütenkelche das Wandernde mit dem Wartenden vereinigt. Himmel und Erde haben Hochzeit gehalten, und als die Kinder dieses Bundes sind die vielgestaltigen Früchte geboren. Jetzt fort mit ihnen, weit fort; daß sie neue Erde finden und Wurzeln fassen können. Fort auf die Reise!

Eigentlich hat es schon lang vorher begonnen, dieses Abschiednehmen, Wandern und Suchen.

Aus der gelben Blüte des Löwenzahns ist schon vor vielen Wochen ein Körbchen voll Samen geworden, die sind dahingetrieben im Sommerwind und haben sich an zarten Fallschirmchen schwebend niedergelassen. Auf den sonnenheißen Waldlichtungen hat das Springkraut seine Samen fortgeschleudert, so kräftig wie eine Wurfmaschine. Die Spatzen haben das saftige Fleisch der roten Kirschen verzehrt und die Kerne fallen gelassen, und an dem weichen Fell der Hasen haben sich die Kletten mit ihren feinen Widerhäkchen angehängt, um sich mitnehmen zu lassen in die Ferne.
Aber dies alles war nichts im Vergleich mit dem großen Aufbruch, der sich jetzt begibt und der zusammenfällt mit der Reise der Vögel und dem Abschied des Sommers. Noch locken die Vogelbeeren leuchtend rot und die Trauben in tiefem Blau, noch will manch andere unansehnlichere Frucht von den Tieren der Wildnis verspeist und fortgetragen werden. Aber es sind doch vor allem die Winde, deren mächtiger Atem jetzt schüttelt und zerrt und treibt. Ihnen gilt es sich anzuvertrauen, auf Gedeih und Verderb.
»Es hat keinen Sinn, sich festzuhalten. Es hat keinen Sinn, sich zu sträuben« rauschte es in dem alten Ahorn, in dessen Wipfel die Kinder von den Sonnenstrahlen sanft niedergesetzt worden waren. Aber noch umklammerten der

Knabe und das kleine Mädchen mit aller Kraft die wehenden Zweige und wollten sich nicht loslassen und nicht forttragen lassen vom Wind. Denn obwohl sie noch vor kurzer Zeit furchtlos in unfaßbarer Höhe geschwebt hatten, waren sie doch plötzlich sehr zaghaft geworden.

Kaum daß sie aus ihrer Betäubung erwacht waren, hatten sie bemerkt, daß es ihnen nicht mehr gelingen wollte, ihre Flügel zu rühren. Sie hatten sich angeschaut und gesehen, daß ihre schönen bunten Schmetterlingskleider verschwunden waren. Zwar trugen sie auch jetzt noch Flügel, aber diese waren den vorigen ganz unähnlich. Steif und unbeweglich waren sie und glichen den starren, fein geäderten Tragflächen, welche die Früchte des alten Ahorns umschlossen. Die packte der Wind und riß sie aus dem Gezweig, und dann segelten sie dahin wie der Staub und die ersten gelben Blätter, hoch hinauf in die Luft, tief hinab auf die Erde, wie es gerade kam. Und weil die Kinder dieses Fortgerissenwerden und Schweben gerade vor Augen hatten, klammerten sie sich fest und wollten sich nicht loslassen.

»Sollen wir denn nicht mehr fliegen, wohin wir wollen?« fragten sie sich, »sollen wir ins Ungewisse treiben und dahingehen wie Blätter, die der Sturm verweht?«.

Ach nein, das wollten sie nicht. Aber als eine

ganze Weile vergangen war, horchten sie doch auf das tiefe Rauschen der Blätter. Sie hörten auf die Stimme des alten Baumes, der seine jungen Früchte auf die große Reise schickte und ihnen Mut zusprach, und nach und nach erfüllte diese Stimme auch sie mit Vertrauen. Sie blickten sich um und sahen den blauen Himmel und die weißen Häupter der Berge, die Schreie der wandernden Vögel drangen zu ihnen herab, und die Sonne, kleiner und ferner nun, schien lustig vertraut und aufmunternd zu blinzeln. Da löste der Knabe die Schärpe des kleinen Mädchens und schlang sie ganz fest um sie beide, damit sie nicht auseinandergerissen werden und sich verlieren konnten. Dann ließ er sich los, und auch das kleine Mädchen saß frei auf dem schwankenden Ast. Und schon im nächsten Augenblick fuhr der starke Atem des Windes ihnen unter die Flügel und blies sie hoch in die Luft. Die Ahornblätter rauschten, und so ging es dahin.

Solange die kleinen Wanderer über das breite ebene Tal hingetragen wurden, gefiel ihnen die neue Art des Reisens nicht übel, und sie begannen sogar, sich des Tausches zu freuen. Denn statt daß sie sich wie vordem auf der Lichtinsel mühsam selbst ihren Weg suchen mußten, trug jetzt der Wind sie wie auf starken Armen immer weiter, und so recht in Muße konnten sie alles betrachten: das schöne Tal, die Berge und die weißen Wolken, die vielgestaltigen Samen und Früchte, die gleich ihnen mit dem Winde reisten, die Vogelschwärme, welche nach den warmen Ländern strebten, und die kleinen Kinder, welche drunten vor den bunten Häuschen standen und den Vögeln zuwinkten. Sie konnten sich hinabbeugen und winken und rufen oder ruhig dahinschweben und sich an dem warmen Sonnenschein freuen, unbesorgt um die verrinnende Zeit oder ein unerreichbares Ziel.

Aber es dauerte nicht lange, da wurde das Tal zu ihren Füßen immer enger, die Berge immer steiler und höher und die Luft immer kälter. Von schroffen Felsen stürzten Wildbäche brausend zutal, und auf dem Kamm bogen sich riesige Tannen ächzend im Sturm. Die Samen, Früchte und Blätter, all diese luftigen Reisegefährten, waren mit einemmal verschwunden, und nur die Vogelscharen flogen noch immer zu den Häupten der Kinder hin. Aber sie flogen sehr schnell, als gälte es einer drohenden Gefahr zu entgehen, und ihre Anführer trieben sie zu noch größerer Eile an.

»Wer den Weg nicht weiß, ist verloren, wer das Ziel nicht kennt, kommt um« riefen die alten Vögel den jungen zu, und als die Kinder diese Worte hörten, fiel es ihnen mit einemmal schwer aufs Herz, daß sie nicht ahnten, wo der Turm der Winde lag, und es erschien ihnen von allen

Reichen, die sie durchwandert hatten, keines so unzuverlässig und gefahrenreich wie das der Luft. Indem hatte das ruhige Schweben auch schon ein Ende. Ein riesiger Schatten trat vor die Sonne, und mit Entsetzen erkannten die Kinder einen großen Raubvogel, der sich geradewegs aus dem Himmel auf sie niederzustürzen schien. Einen Augenblick lang erblickten sie über sich seine gewaltigen Flügel, dann wurden sie fortgerissen, immer weiter hinauf, den höchsten Felsen zu.

Der Adler, der die Kinder gepackt hatte, strebte seinem Horste entgegen. Ehe er sich aber dem Nest näherte, ließ er sich auf einer alten Tanne nieder, welche uralt und einsam auf einem Abhang stand und selbst wie ein alter Adlerhorst geformt war. Dort kamen die Kinder zur Besinnung, und als sie die Augen aufschlugen, glaubten sie nicht anders, als daß sie sogleich zerhackt und gefressen werden würden. Aber dann bemerkten sie, daß der alte Adler ihrer gar nicht achtete. Zwar hielten seine Krallen sie noch immer fest, aber sein Blick war auf den Horst am Felsen gerichtet, von dem ein wildes gellendes Geschrei unaufhörlich herüberdrang. Und nach einigen Minuten geschah es, daß ein zweiter Adler das Nest verließ und mit raschen Flügelschlägen auf die Tanne zustrebte.
Das Adlerweibchen war nicht so stark und nicht

so schön wie der alte Adler und sah sehr müde und mitgenommen aus.
»Hörst du denn nicht, wie er schreit?« sagte es schon von weitem. »Er hat zwanzig Kaninchen und zehn große Vögel gefressen und hat noch immer Hunger. Was du da mitgebracht hast, ist noch nicht einmal ein Bissen für ihn«.
»Das ist wahr« sagte der alte Adler, »aber ich habe nichts anderes bekommen. Ich bin seit vielen Tagen beständig auf der Jagd und bin schon sehr müde. Ich habe mir auch gedacht, wenn ich ihm nur etwas Lebendiges bringe, wird er damit spielen und seinen Hunger vergessen«.
»Du weißt wohl, daß er das nicht tun wird« sagte die Adlermutter traurig. »Er hat weder mit den jungen Hasen noch mit den lebendigen Mäusen gespielt. Er hat sie sofort verschlungen und nach neuem Futter geschrieen«.
Die Adlermutter seufzte tief und schwieg, und auch der Adler schwieg und nun war es so still, daß man ganz deutlich das furchtbare Geschrei hörte, das aus dem Neste drang.
»Wenn er doch nur endlich fliegen wollte« sagte der alte Adler, und seine Stimme klang ganz verzweifelt. »So alt ich auch bin und so weit ich herumgekommen bin, so habe ich doch niemals einen jungen Adler gesehen, der so lang im Nest gehockt wäre, wie dieses Kind. Ich habe nie ein Junges gesehen, das sich vor dem Fliegen gefürch-

tet hätte. Wenn es so weitergeht, dann wird es uns ganz und gar unmöglich sein, ihn zu ernähren. Dann muß er verhungern«.

Bei diesen Worten seufzte der alte Adler wieder tief. Aber dann begann er plötzlich mit den Flügeln zu schlagen.

»Ich will doch versuchen, ihm das zu bringen, was ich hier gefangen habe« sagte der, »es ist möglich, daß er seinen Hunger eine Weile lang vergißt«.

Und damit erhob er sich und flog mit den Kindern zu dem Horst hinüber. Immer schneller flog er, und ehe die erschrockenen Kinder noch dazu kamen, sich zu sträuben, schwebte er schon mit ausgebreiteten Flügeln über dem Nest.

Der Adlerhorst, der in eine Mulde der hohen Felswand gebaut war, bestand aus Zweigen und Lehm, Erde und Gestrüpp und war so fest gefügt wie ein alter Turm. Er hing hoch über dem gebirgigen Land, so hoch, daß die Wolkenfetzen ihn umflogen, und daß von ihm aus die Häuser und Bäume im Tal wie Spielzeug anzusehen waren. Aber die Kinder bemerkten weder das alte trutzige Bauwerk noch die herrliche Aussicht. Sie starrten mitten in das Nest hinein und zitterten vor Entsetzen und Furcht.

Umgeben von Tierleichen, Knochengerippen und haarigen Bälgen, die er mit dem Schnabel umwendete, daß dort ein junger Adler. Er war sehr groß, seine Glieder waren fast ausgewachsen, und die Spanne seiner Flügel hätte wohl den Nestrand überragt. Aber er breitete seine Flügel nicht aus.

Mit häßlichen, schwerfälligen Bewegungen schob er seinen plumpen Leib hin und her, und nur seine Augen waren lebendig und voll böser Gier. Jetzt reckte er den Hals und richtete seinen Blick auf den alten Adler, der über dem Neste schwebte. »Was sitzt ihr dort und redet und kommt nicht zurück?« schrie er ungebärdig. »Hört ihr nicht, daß ich Hunger habe? Wißt ihr nicht, daß ich fressen will?«

Auf diese ungezogenen Worte antwortete der alte Adler nicht einen Ton. Zum Entsetzen der Kinder öffnete er nun seine Krallen, und so wild sie sich vorher gegen seinen Griff gewehrt hatten, so versuchten sie nun mit aller Kraft sich an seinen Füßen festzuklammern. Aber schon fielen sie herab, und der alte Adler strebte mit mächtigem Flügelschlage davon.

Da saßen nun der Knabe und das kleine Mädchen auf einem Haufen von stinkendem Aas und sahen in die kalten tückischen Augen des Adlerjungen, und wieder einmal glaubten sie ihre letzte Stunde gekommen. Denn wenn auch der junge Adler zuerst nicht die Absicht zeigte, sich um den elenden Happen zu bemühen, so wurde er doch bald anderen Sinnes. Er schob sich ein wenig näher zu den Kindern hin und sperrte den Schnabel auf. Und wie diese erschrocken aufsprangen und über die Knochen und Bälge stolpernd den Nestrand zu erreichen suchten, zeigte er ein wunderliches Vergnügen.

»Jetzt werde ich euch jagen« sagte er mit seiner häßlichen, krächzenden Stimme. Und dann fing er wirklich an und verfolgte die Kinder und jagte sie von einer Seite des Nestes zur andern und aus der Tiefe auf den hohen Rand hinauf. Niemals ließ er sie so weit kommen, daß sie der Wind hätte forttragen können, und nicht einen Augenblick ließ er sie in Ruhe. Aber er fraß sie auch nicht auf. Denn je länger das Spiel dauerte, desto größeres Vergnügen schien es ihm zu bereiten.

Erst als die Nacht kam, gelang es den Kindern im Gezweige des Horstes einen Schlupfwinkel zu finden, in dem sie sich verstecken konnten. Dort saßen sie zitternd vor Erschöpfung und beobachteten furchtsam, wie der junge Adler sich suchend bald näherte und bald entfernte. Und nach einer Weile schien es ihnen, als habe er ihre Anwesenheit endlich vergessen.

Denn jetzt kroch der junge Adler so hoch an dem Nestrand hinauf, daß seine plumpe Gestalt sich an dem hellen Nachthimmel abzeichnete, und dort blieb er sitzen und erhob wieder seine krächzende Stimme. Aber diesmal schrie er nicht nach Futter und schalt nicht. Etwas wie eine unge-

heuere Einsamkeit und Verzweiflung klang aus seiner Stimme, und er hörte nicht auf zu schreien, bis er vor Heiserkeit keinen Ton mehr hervorbringen konnte. Dann fiel er zurück und lag mitten im Nest mit ausgebreiteten Flügeln wie tot. Aber schon nach einigen Minuten erhob er sich wieder, kroch aufs neue hinauf und schrie auf dieselbe schreckliche Weise.
Die Kinder saßen ganz still und beobachteten verwundert das seltsame Gebaren des jungen Adlers, und je länger sie ihn ansahen, desto mehr verschwanden die Furcht und der Abscheu aus ihren Herzen. Denn nun erkannten sie wohl, daß der junge Adler unbeschreiblich litt, weil er nicht den Mut hatte, sich in die Luft zu erheben. Er litt darunter, daß er so fett und plump und nichts anderes war, als ein gefräßiger Nesthocker, und er haßte sich selbst, weil er nicht versuchen wollte ein Adler zu sein, so kühn und stolz wie seine Eltern und all die andern Adler, die um die fernen Berge zogen. Und weil er sich selbst so haßte und verachtete, war er auf alle Lebewesen böse. Ja, so muß es ein, dachten die Kinder, und weil sie so großes Mitleid hatten, beschlossen sie, mit dem jungen Adler zu sprechen und ihm zu erzählen, ein wie mächtiger Helfer der Wind war, wie sicher ein Paar ausgebreiteter Flügel einen Fliegenden trugen, und wie herrlich es war, durch die Luft zu gleiten. Aber als sie sich zu ihm herab-

beugten, um ihm all dies zu sagen, sahen sie, daß er vor Erschöpfung und Hunger zusammengebrochen war und schlief. Und weil sie jetzt frei waren, begannen sie, an ihr eigenes Weiterkommen zu denken.

Aber gerade in diesem Augenblick kamen die alten Adler zurück. Ganz langsam und lautlos schwebten sie herab und ließen sich nicht auf dem Horst, sondern auf einen Felsenvorsprung nieder, und als sie ihre mächtigen Flügel gefaltet hatten, konnten die Kinder sehen, daß sie nicht allein gekommen waren, sondern noch jemanden mitgebracht hatten. Aber was für ein Wesen das war, konnten sie nicht erkennen.

»Hier ist es« sagte der alte Adler. »Der Horst ist schon über hundert Jahre alt und sehr fest. Aber ich weiß eine Stelle, wo in dem Felsen der Blitz eingeschlagen hat. Wenn du von dort kommst, wirst du unser Nest in die Luft blasen können wie ein Bündel Stroh«.

Als der alte Adler zuende gesprochen hatte, begann der fremde Gast seine großen Flügel zu rühren.

»Willst du es denn wirklich« sagte er mit einer Stimme, die wie das Rauschen und Brausen des Windes klang. »Überlege es dir, ob du die alte Burg der Felsenadler opfern willst um eines faulen und ängstlichen Kindes willen«.

Da seufzte der Adler tief und schwieg. Aber nach einer Weile sagte er: »Ja, das will ich«.

Und damit flog er davon, um dem Gast den Weg zu weisen, und dieser folgte ihm sogleich.
Da ertönten fast im selben Augenblick die heulenden Stöße eines nahen Sturms. Der wuchs und wuchs mit dem grauenden Morgen, rüttelte an dem Horst und warf sich gegen die Felsen, wie die Brandung des Meeres sich an die Küste wirft. Schon erklang von den Wäldern das Krachen berstenden Holzes, schon polterten schwere Steine wie Geschosse hallend den Berg hinab. Hoch in den rasenden Wolken kreisten die alten Adler, und unten im Nest saß das Junge und wagte sich noch immer nicht fort, sondern starrte nur mit seinen gelben Augen erschrocken in das Toben hinaus. Es klammerte sich an, so fest es konnte, aber das nützte ihm nichts. Denn noch ehe die Sonne aufging, brach ein Teil der überhängenden Felswand mit fürchterlichem Krachen ab und rutschte in die Tiefe, und in dem Augenblick, als die Sonne ihre ersten Strahlen über die Berge sandte, wurde der alte Adlerhorst, der nun ohne Halt frei in der Luft schwebte, hinweggeblasen wie Spreu.
Was für ein Schrecken war das für die beiden Kinder! Was für ein Wirbel und atemberaubender Sturz in die Tiefe! Die ganze Zeit hatten sie nur an den jungen Adler gedacht, der so hilflos dahockte, und darüber sich selbst ganz vergessen. Aber erst als der Wind sie von dem stürzenden

Horst weggeblasen hatte, kamen sie wieder zur Besinnung.

»Was mag aus dem armen jungen Adler geworden sein?« sagte das kleine Mädchen traurig, und als es lange vergeblich versucht hatte, auf den steinigen Halden in der Tiefe eine Spur von ihm zu entdecken, traten ihm vor Mitleid die Tränen in die Augen. Da aber wurde die schon beruhigte Luft von starken Flügelschlägen erschüttert. Die Kinder taumelten, und als sie aufblickten, gewahren sie dicht neben sich den jungen Adler, der eilends vorüberflog. Der Sturm hatte ihn mit sich gerissen und ihn das Fliegen gelehrt, und nun zog er dahin, kühner und herrlicher als je ein Adler in diesen Bergen geflogen war. Schon war er weit entfernt, ein kleiner Punkt vor dem roten Glanz des Lichtes, und den Kindern schien es, als flöge er geradewegs in die Sonne hinein. »Lebe wohl« riefen sie und winkten. Aber der junge Adler war schon weit und hörte sie nicht.

Den ganzen Tag über trieb der Wind die Kinder über das einsame wilde Bergland dahin. Sie gelangten so hoch hinauf, daß sie die Gletscherströme zu ihren Füßen sahen, die einsamen Bergstraßen und die schneebedeckten Gipfel, welche nie eines Menschen Fuß betreten hat. Die Berge waren von dunklen Wolken umzogen, und aus dem weißen Nebel, der die Täler erfüllte, tönte das Geläut der Herden seltsam klar und deutlich herauf. Erst als die Nacht kam, sanken die Kinder aus solcher Höhe wieder herab, und nun sahen sie plötzlich das schwarze Dach eines Berghauses vor sich und einen Lichtschein, der aus einem kleinen Fenster brach.

Ach wie lang war es her, daß die wandernden Kinder keine menschliche Behausung mehr erblickt hatten! Von Höhlen und Klüften, Baumkronen und Blütenkelchen waren sie beherbergt worden, mit Winden und Wellen, Tieren und Sternen hatten sie gesprochen und dem Gesang der Elemente gelauscht. Wie sie sich nun dem Fenster näherten und in einen kleinen von vier Wänden umschlossenen Raum hineinblickten, war ihnen die Enge wunderlich fremd, und Bett und Tisch, Bank und Herd erschienen ihnen wie das seltsamste Gerät. Aber dieses Gefühl der Fremdheit verschwand sehr rasch. Sie erblickten in dem kleinen Zimmer zwei Menschen, ein Kind, das in dem großen Bett lag und schlief und eine junge Frau, die neben ihm saß, und bei diesem Anblick ging es wie eine Welle des Heimwehs über ihre kleinen Herzen hin. Aber sie kamen nicht dazu, sich solcher Trauer hinzugeben. Denn jetzt geschah etwas, das ihre Aufmerksamkeit ganz in Anspruch nahm.

Das Kind, welches dort drinnen in den rotgewürfelten Kissen des alten Bauernbettes lag, erwachte nämlich und begann auf eine schreckliche beängstigende Art zu husten. Es keuchte und wimmerte und streckte seine kleinen abgezehrten Hände nach der Mutter aus. Diese beugte sich zu ihm herab und seufzte tief. Dann erhob sie sich, und rasch, als habe sie einen plötzlichen Entschluß gefaßt, holte sie aus dem Schrank ein großes dunkles Tuch und legte es sich um die Schultern. Sie trat noch einmal zum Bett, drückte den kleinen Kranken sanft in die Kissen zurück und deckte ihn ganz fest mit dem großen Federbett zu. Dann eilte sie hinaus, ohne sich noch einmal umzusehen. So schnell sie konnte lief sie in die Nacht hinein, den Lichtern eines kleinen Dorfes zu, welche tief aus dem Tale heraufglänzten.

Die Kinder hatten ihr nachgesehen, jetzt wandten sie sich wieder zum Fenster zurück und schlüpften durch eine zerbrochene Scheibe in das Zimmer hinein, um in der Wärme und Stille des kleinen Raumes ein wenig Ruhe zu finden. Aber so müde sie auch von dem langen windigen Reisetag waren, so gelang es ihnen doch nicht, auch nur einen Augenblick zu schlafen.

Das kranke Kind, das eine Weile teilnahmslos und still in den Kissen gelegen hatte, wachte nämlich bald wieder auf und wurde von noch schrecklicheren Hustenkrämpfen befallen als bisher. Sein kleines Gesicht war jetzt ganz feuer-

rot, und bald fing es an, keuchend zu atmen und mit seinen kleinen Fäusten um sich zu schlagen, als sei da jemand, der es würgen wollte.
Für den Knaben und das kleine Mädchen war es ganz schrecklich, dies alles mit ansehen zu müssen und nicht helfen zu können. Wären wir doch draußen, dachten sie, bei den wandernden Wolken und den lustigen Zugvögeln! Aber sie brachten es doch nicht übers Herz, wieder ins Freie zu schlüpfen und das kranke Kind allein zu lassen. Denn wenn sie ihm auch keine Erleichterung verschaffen konnten, so konnten sie doch mit ihm sprechen und es zu trösten versuchen. Als das kleine Kind die feinen Stimmen seiner seltsamen kleinen Gäste vernahm, beruhigte es sich ein wenig und hörte auf, mit den Händen um sich zu schlagen. Wie aber die Stunden der Nacht langsam vergingen, ward es immer ärger von seiner Atemnot gequält, und nach einem langen Hustenanfall blieb es plötzlich ganz still und fiel in die Kissen zurück. Da hörten die Kinder den Wind, der die hohen Tannen vor dem Hause schüttelte, und sein Sausen und Brausen klang ihnen wie eine tiefe Stimme. Und diese Stimme rief »Macht mir auf!«
Die Kinder waren viel zu klein und zu schwach, um die schwere Türe zu öffnen. Aber auch wenn sie es vermocht hätten, so wären sie doch in diesem Augenblick nicht imstande gewesen, sich zu

rühren. Es ist der Tod, der draußen steht und herein will, dachten sie, und zitterten vor Furcht. Da begann er draußen an der Türe zu rütteln und rüttelte immer stärker, und die alte Eichentür ächzte immer lauter. Plötzlich flog sie auf und schlug gegen die Wand, und in diesem Augenblick erlosch die Lampe und es wurde ganz dunkel im Zimmer.

Eine ganze Weile lang konnten die Kinder nicht das geringste sehen, und es wehte ein so starker Luftzug, daß sie sich festhalten mußten, um nicht fortgerissen zu werden. Aber dann wurde es wieder still. Draußen schien der Mond, und heller Mondschein fiel auch ins Zimmer hinein und breitete sich über den Fußboden und das alte Bett wie eine schimmernde Bahn. In dem Bett lag das kranke Kind ganz still mit starren Augen und geöffneten Lippen, und neben ihm stand eine hohe geflügelte Gestalt.

Es ist wirklich der Tod, dachten die Kinder, jetzt küßt er das Kind und trägt es fort. Denn nun sahen sie ganz deutlich, daß die Gestalt einem Engel mit dunklen Flügeln glich. Der beugte sich herab, immer tiefer, und näherte seinen Mund dem Mund des kranken Kindes. Aber er küßte es nicht. Er berührte es auch nicht mit der Hand und sprach nicht mit ihm, sondern atmete nur ganz tief und ruhig, und dieser kühle starke Atem drang durch die geöffneten Lippen des Kindes und in die kleine verkrampfte Brust. Da begann es sich bald leise zu rühren. Seine Wangen röteten sich, es atmete und in seinem zarten kleinen Leib erwachte das Leben wie der Wellenschlag eines stillen Sees. Über die starren Augen fielen die Lider und es sank in den tiefen Schlaf der Genesung.

»Der Wind hat die Lampe gelöscht. Er hat mein Kind getötet« schrie die arme verzweifelte Mutter, welche so weit durch die Nacht gelaufen war, um Hilfe zu holen und nun zurückkam und das Zimmer dunkel fand, dunkel und still.

Da begann es um sie zu rauschen und zu brausen wie von großen Flügeln, und wie von weichen Flügeln wurden die Kinder aufgehoben und fortgetragen, hinaus durch die offene Tür, zu den Wolken hinauf. Sie sahen das Antlitz der Mutter nicht mehr aufleuchten und hörten das Stammeln des Glückes nicht, mit dem sie am Bett ihres geretteten Kindes niedersank. Aber wie sie so durch die Nacht hinflogen, lachten sie vor Freude.

15.
KAPITEL
Von dem Geburtstagsgeschenk einer alten Frau und dem Spuk im Moor.

»Bist du da, Wind?« fragten die Kinder oft in den folgenden Tagen, während sie bald langsam und bald rasend schnell, bald hoch am Himmel und bald dicht über der Erde hinglitten. Aber der Wind, der dem jungen Adler geholfen und das kranke Kind zum Leben erweckt hatte, sprach mit ihnen nicht. Er sang, aber was er sang war ein Lied ohne Worte, und da es einmal tief und dröhnend, und dann wieder sanft und milde klang, dachten die Kinder, es könne gar nicht immer derselbe Wind sein, der sie trug. Auch war es ihnen, als flögen sie nicht immer in derselben Richtung, sondern kreuz und quer über das hohe Gebirge dahin. Und wenn sie auch zuerst sehr neugierig dieses fremde Land mit seinen Tälern und Gipfeln betrachtet hatten, so wurden sie doch des Schauens bald müde und ließen sich treiben, mit geschlossenen Augen, wie man in das Land der Träume treibt. Nur in den Nächten öffneten sie die Augen und starrten zum Himmel empor. Denn da verschwanden allnächtlich die Wolken, und zahllose Sterne erschienen, große

und kleine, die Milchstraße zog sich über das Firmament wie ein lichter Nebelstreifen und Sternschnuppen beschrieben ihre leuchtenden Bahnen und erloschen im Dunkel. Manche Sterne waren so hell und nah, daß ihr Licht über die einsamen Bergseen hinschimmerte wie das Licht der Sonne oder des Mondes, und andere waren ferner, klein und blaß. Aber auch diese erschienen den Kindern verwandelt. Denn wenn sie noch vor kurzer Zeit heimlich geglaubt hatten, der Himmel sei nichts anderes als eine riesige dunkle Glocke, und die Sterne seien darin die zackigen Fensterlein, durch welches das Licht des eigentlichen Gotteshimmels brach, – so sahen sie doch nun ganz deutlich, daß die Sterne leuchtende runde Körper waren, die, von einer unbegreiflichen Kraft gehalten, im grenzenlosen Nachtraum schwebten. Und manchmal schien es den Kindern, als stünden sie selbst ganz still, während die Sterne begannen, sich immer schneller zu bewegen und umeinander zu kreisen, die nahen großen und die fernen kleinen, unaufhörlich, lautlos, von Zauberhänden bewegt.
Ach, das war fast zuviel des Wunderbaren für die kleinen zaghaften Herzen, und es war gut, daß die Nächte nicht ewig währten, sondern auf sie die Dämmerung folgte und der Tag.
Wie weit fort sind wir doch von der Erde und von den Menschen, dachten die Kinder seufzend,

wenn es wieder hell wurde und ihre Blicke auf das graue Nebelmeer fielen, welches die Täler erfüllte wie eine brodelnde Flut. Aber sie vergaßen, daß sie sich im Reiche der Luft befanden, durch welches die Gedanken schneller als die Sterne reisen, und in der Gewalt des Windes, der heute die Sahara durcheilt und morgen schon über die grünen Ebenen Irlands dahinfliegt.

Eines Morgens schien die Sonne klar und hell, und ein anderes Land lag zu den Füßen der Wandernden, ein helles süßes Wiesen- und Waldland. Da hinab sanken sie schon am Mittag und gewahrten rote Dächer und weiße Häuser zwischen hohen Bäumen, eine freundliche stille Stadt. Und ehe sie sich versahen, saßen sie in einem Garten im Gras.

Der Garten, in welchen der Wind die Kinder getragen hatte, gehörte zu einem alleinstehenden Haus und war sehr klein. Er bestand eigentlich nur aus einer kleinen Rasenfläche, die auf zwei Seiten von Bäumen und Sträuchern eingefaßt war, während sich der Straße entlang ein von Schlingrosen überwucherter Laubengang hinzog. Auf seiner vierten Seite stand das hohe schmale Haus, welches sich ihm mit seinen offenen Fenstern und einer kleinen Steinterrasse recht freundlich zuzuneigen schien. Aber so klein der Garten auch war, so war doch etwas Besonderes an ihm. Vielleicht bestand das Besondere darin, daß es dort keine Wege und keine eigentlichen Blumenbeete gab. Statt auf geharktem Kies ging man auf flachen Steinen, die ganz von Gras umwachsen waren, und anstelle von abgezirkelten Beeten gab es nur einige breite Rabatten, auf welchen allerlei blühende Stauden so dicht und üppig wuchsen, daß man nicht eine Handbreit Erde sah. Die Tulpen und Krokusse erblühten mitten im Gras, Rosen und Klematis kletterten in den alten Bäumen hoch hinauf, und im Frühling breiteten die Alpengewächse ihre schwellenden leuchtenden Kissen zwischen den Steinen aus.

Wie wohl scheinen sich hier alle Pflanzen zu fühlen, dachten die Menschen, die auf der Straße vorüber gingen und einen Blick in das kleine Paradies erhaschten. Sie blieben stehen, und es kam ihnen vor, als ob auch die Vögel in diesem Garten heller und fröhlicher sängen als anderswo. Aber unter all diesen Zaunguckern gab es nur sehr wenige, welche in der scheinbaren Wildnis die unermüdliche Pflege und Sorgfalt erkannten, die dem kleinen Garten zuteil wurde. Die Besitzerin des Gärtchens war eine alte Frau, die schon seit vielen Jahren in dem schmalen hohen Hause wohnte. Von den alten Bäumen abgesehen, gab es in ihrem kleinen Reich nicht eine Pflanze, deren Samenkorn oder Wurzelwerk sie nicht mit eigenen Händen in die Erde gesenkt hatte. Es gab nicht eine, von der sie nicht wußte, woher sie stammte, und wenn sie am Morgen über den Rasen oder durch den Rosengang ging, und hier eine Wurzel von Unkraut befreite und dort einen Wildling oder eine verwelkte Blüte abschnitt, stiegen auf Schritt und Tritt die Erinnerungen an die vergangenen Jahre des Gartens in ihr auf. Sie nannte die Blumen und Sträucher im geheimen ihre Kinder, und wie eine gute Mutter war sie voll von Liebe, aber auch streng. Sie sorgte dafür, daß jedes so hoch und schön aufwuchs, wie es ihm bestimmt war, und duldete doch nicht, daß eines dem anderen Raum und Licht raubte. Darum nannten die Geister des Gartens, welche ihre eigene Sprache und ihre eigenen Gespräche haben, sie die Liebste. Aber das wußte sie nicht.

An dem Tage, an dem die Kinder so unversehens in den kleinen Garten gelangt waren, feierte die alte Frau ihren achtzigsten Geburtstag, und obwohl sie nun schon viele Jahre ganz einsam lebte, waren doch einige alte Freunde zu ihr gekommen, um ihr Glück zu wünschen. Darum konnte sie nicht, wie sonst an jedem Mogen, in ihren Garten hinausgehen, sondern mußte im Zimmer sitzen und mit ihren Gästen sprechen. Und weil immer neue eintrafen, und immer mehr, je später es wurde, kam sie auch weder am Mittag noch am Nachmittag dazu, ihre schönen Blumenkinder aufzusuchen.

Während dieser ganzen Zeit aber wartete der Garten sehnsüchtig auf ihr Kommen. Wenngleich der Tag so strahlend sonnig und nahezu windstill war, herrschte doch eine wunderliche Unruhe unter ihnen. Die Blätter der Bäume bewegten sich unaufhörlich leise flüsternd, die Blüten neigten sich einander zu wie schön geputzte Mädchen vor dem Beginn eines Balles, die Bienen und Wespen summten so aufgeregt, daß es klang, als würden die Instrumente eines Orchesters gestimmt, und die Ranken der Schlingrosen bewegten sich wie tanzend an den eisernen Bögen. Bald hier, bald dort erhoben sich wispernde Stimmen und fragten:

»Kommt sie noch nicht?«, und andere antworteten:

»Noch nicht, aber bald.« Und dann wurde es Mittag, heißer strahlender Mittag, und es trat eine Stille ein, eine tiefe erwartungsvolle Stille. Aber auch diese Stunde ging vorüber, ohne daß die alte Frau erschienen wäre.

»Es schadet nichts« sagten die Blumen, indem sie versuchten, ihre Enttäuschung zu verbergen. »Jetzt muß sie bald kommen, und im Nachmittagslicht sind wir am schönsten«.

Aber es waren doch einige, die sich zu beunruhigen begannen. Und darum mußte die hohe Sonnenblume sich so weit aufrichten, als sie nur konnte, um in das Zimmer hinein zu schauen und zu berichten, was dort vor sich ging.

»Sie spricht noch immer mit ihren Gästen« sagte die große Sonnenblume, als sie durch das offene Fenster geblickt hatte. »Sie läßt sich von ihnen von ihrem Leben erzählen. Aber es scheint, daß das Leben der Menschen nicht so glücklich ist wie das unsrige. Denn je länger die Liebste ihren Gästen zuhört, desto müder und trauriger sieht sie aus. Sie lächelt und sagt ihnen gute Worte, aber sie schaut doch heimlich immer wieder zum Fenster hinaus, gerade als sehne sie sich danach, bei uns zu sein«.

Als die Geister des Gartens die Sonnenblume so sprechen hörten, waren sie ganz überzeugt davon, daß es nicht mehr lange dauern könne, bis die alte Frau zu ihnen kam, und sie ihr das einzige schenken konnten, was sie besaßen: ihre Schönheit. Aber es verging doch eine lange Zeit, und weil es schon Herbst war und die Sonne früh unterging, wurden sie bald wieder unruhig und schickten eine Wespe als Kundschafter in das Zimmer hinein.

»Jetzt sind alle Leute fort« sagte die Wespe, als sie zurückkam, »nur die Jungen sind noch geblieben, die sie die Kinder nennen, obwohl auch sie schon erwachsen sind. Die gehen im Zimmer umher und lassen sich die Dinge zeigen, die sie hundertmal gesehen und die Geschichten erzählen, die sie schon hundertmal gehört haben. Aber es scheint, als ob die alten Geschichten die

Liebste heute nicht heiter, sondern traurig stimmen. Denn wenn sie ihre hübschen alten Sachen berührt, zittern ihre Hände, und ihre Blicke irren umher, gerade als wolle sie die alten Erinnerungen fliehen...«

Die Geister des Gartens hörten diesen Bericht schweigend an. Aber als die Wespe zuende gesprochen hatte, waren sie ganz bestürzt.

»Wenn sie doch zu uns käme« flüsterten sie. Und dann rauschten die Blätter, die Dahlien glühten in der abendlichen Sonne wie Feuerflammen, gleich weißem Meeresschaum glänzte das Schleierkraut, die Rosen hauchten ihren süßesten Sommerduft aus und lautlos flatterten die letzten Schmetterlinge über den Rasen dahin. Das war so schön, daß ein Menschenherz wohl getröstet werden konnte für immer. Aber die alte Frau saß im Zimmer und sah es nicht.

»Jetzt ist sie ganz allein« sagte die blaue Klematis, deren Ranken das Fenster umspannen. »Allein mit ihren Gedanken und Träumen. Sie liegt auf ihrem kleinen Ruhebett und hat die Augen geschlossen. Aber es sieht nicht so aus, als ob die Ruhe und Stille ihr so wohl täten wie sonst. Und wenn auch ihre Gedanken sich jetzt nicht mehr mit den vergangenen Dingen zu beschäftigen scheinen, so ist sie doch nicht fröhlicher geworden. Auf ihrem Antlitz liegt ein Schatten der Unruhe. Sie weint, und oft blickt sie erschrocken nach der Türe, als erwarte sie noch einen Gast, aber einen, dessen Kommen sie mit Furcht erfüllt«.

Auf diese Worte hin entstand in dem kleinen Garten eine schreckliche Unruhe.

»Die Liebste weint?« fragten alle Blumen und alle Bäume und Sträucher, alle Vögel und Bienen und Schmetterlinge. Und weil sie alle so bereit waren, die alte Frau zu trösten, begannen sie sogleich, ihre Stimmen zu erheben und sie zu rufen. Doch die Stimmen des Gartens waren sehr leise, und die alte Frau hörte sie nicht. Sie bemerkte auch nicht, wie die Wespen kamen und um ihren Kopf summten und die Schmetterlinge sich auf ihre Hände niederließen. Aber gerade als die Geister des Gartens alle Hoffnung aufgeben wollten, trat aus dem Schatten der Bäume jemand und sagte: »Jetzt will ich sie rufen«. Und das war der Wind. Ja, es war sicherlich der Wind, der jetzt mitten auf dem Rasen stand, seltsam körperlos und doch deutlich zu erkennen als eine große geflügelte Gestalt. Er schüttelte die Zweige der Bäume, daß sie so laut aufrauschten wie das Meer, und dann sang er und ließ die Äste wie Schwerter aneinanderschlagen. Da hob die alte Frau drinnen im Zimmer den Kopf. Und nach einer kleinen Weile stand sie auf und ging auf die Glastür zu, die in den Garten führte.

Jetzt kommt sie wirklich, dachten die Geister des

Gartens. Jetzt werden wir sie ans Herz nehmen und sie liebhaben. Wir werden ihr all unsere Schönheit schenken, und sie wird ihren Kummer vergessen.

Aber in diesem Augenblick bemerkten sie, daß es inzwischen ganz dunkel geworden war. Es war dunkel, und all die schönen Sträucher und Bäume und die leuchtenden Blumen und die stolzen Gräser waren nichts als Schatten.

»Es ist zu spät« flüsterten sie, und da sie wußten, daß sie nun nichts mehr zu verschenken hatten, nicht Farbe, nicht Duft und nicht die Schönheit ihrer Gestalt, sanken sie in sich zusammen und schwiegen ganz still, und weil die Sonne untergegangen war, schwiegen auch die Vögel still, und die Insekten summten nicht mehr. Nur der Wind stand noch immer da und bewegte leise seine Flügel, und wie nun die alte Frau aus der Türe trat, und langsam und ein wenig unsicher die Stufen herabschritt, ging er ihr entgegen und hauchte sie an.

Da stand die alte Frau am Ende eines langen Tages in ihrem Garten, und es war wirklich zu dunkel, als daß sie ihn noch hätte erkennen und sich seiner freuen können. Aber sie atmete die Luft, die von den Flügeln des Engels wehte und aus seinem Munde drang, und die war wie ein köstlicher Trank. Denn es war in ihr die süße Schwermut des Frühlings und der Heuduft des Sommers,

der kalte Firnwind der Gebirge und das Salz des Meeres. Der warme Hauch des Vergänglichen war in ihr und der reine kalte Odem der Sternenwelt, und es war alles, Tod und Leben, eins.
»Das ist das beste« murmelte die alte Frau und atmete in vollen Zügen die reine Nachtluft. Und wie sie sich umwandte, um wieder ins Haus zu gehen, und der Lichtschein aus dem Zimmer auf ihr Gesicht fiel, konnten alle, die im Garten waren, sehen, daß ihre Tränen getrocknet waren, und es ihr so leicht ums Herz war, als habe sie in diesem Augenblick aus dem Becher des ewigen Lebens getrunken.

Den ganzen Tag hatten der Knabe und das kleine Mädchen in dem fremden Garten zugebracht und teilgenommen an seiner Erwartung, Unruhe und Freude, und alles was sie dort erlebt hatten, hatte sie berührt, aber doch wie von ferne, wie eben die Kunde von Alter und nahem Tod ein Kinderherz nur wie ein Märchen bewegt. Jetzt aber flogen sie weiter, flogen immer nach Norden, und je weiter sie kamen, desto deutlicher sahen sie, daß doch ein Leben zuende ging, und das war das Leben des Sommers. Schon waren die Zugvögel verschwunden, schon kroch am Morgen der Nebel über die Wiesen hin, schon erntete man Äpfel und schlug mit Stangen die Nüsse von den Bäumen. Und den Kindern war es, als flögen sie geradewegs in den Winter hinein.

Denn nicht nur die Menschen sind es, die um diese Zeit beginnen, sich für die kalten Monate zu rüsten. Die Blumen und Blätter haben ihren Samen dem Winde anvertraut, jetzt denken sie daran, wie sie die kalte Zeit, die Stürme und Schneefälle und den bitteren Frost überstehen sollen. Und wie in den großen Landhäusern sich das Leben im Sommer überall hin ausbreitet und alle Zimmer und die Kammern unter dem Dach und die luftigen Veranden bewohnt, aber im Winter sich zurückzieht in wenige Räume, weil die Heizung knapp ist und durch die Turmzimmer der Wind pfeift, – so werden auch die luftigsten Kammern der Bäume, die zarten Blätter, jetzt verlassen und aufgegeben. Der Winter ist nah, der Winter kommt, rauschen die alten Bäume und rufen das Leben zurück, daß sich im Sommer so tausendfältig ausgebreitet hatte. Da beginnt es zu wandern und zu strömen, zurück in die feste Wurzel, zurück in den schützenden Stamm. Schon hat der Saft die Blätter verlassen, schon sind all die winzigen Lebenskerne, die so unermüdlich das Licht aufgesogen haben, zurückgeglitten in die Erde oder unter die feste Rinde. Und wie man in den alten Häusern die Türen der Winterwohnung abschließt und dicht macht mit Filzstreifen und Vorhängen, so werden auch hier alle Zugänge verschlossen, die zu den Blättern führen. Die hängen noch an ihren Stielen, aber saft- und kraftlos und sehr matt. Bald wird der Wind kommen und sie abreißen und durch die Luft wirbeln, aber das spüren sie nicht. Das Leben, das grüne atmende strömende Leben hat sie verlassen, sie sind tot.

Aber weil die Blätter in solchem Sterben so schön sind wie nie zuvor, dachten die Kinder, die in der hellen Herbstsonne über die bewaldeten Höhen dahinflogen, auch jetzt nicht an den Tod. Wie herrlich waren die flammenden Buchen, die goldenen Birken und die rostbraunen Eichen! Wie klar die Luft, wie frisch der Wind, der die Wanderer trug, und wieviel Neues bekamen sie zu sehen! Da waren die großen Städte mit ihren hohen Häusern und breiten Straßen, ihren Spielplätzen und Kirchtürmen, die gelben Stoppelfelder und die großen braunen Flüsse, die kleinen hübschen Dörfer und die einsamen Schlösser. Winzige Eisenbahnzüge waren da, Autos auf breiten Straßen und Schiffe auf blauen Seen, und all diese Fahrzeuge bewegten sich schnell, aber die Kinder selbst flogen noch viel schneller. Schon waren die hohen Berge fern, nun wurde das Land immer ebener, auf weiten Wiesen weideten Kühe und Pferde, die Straßen waren von hellen Birken bestanden, und zwischen flachen Ufern glänzten schilfumwachsene Seen. Da war es den Kindern seltsam heimatlich zumute, und wie sie in einer Nacht unter sich die Lichter einer Stadt, aber auch spiegelndes Wasser und dunkle Gärten gewahrten und Klänge wie von einer Äolsharfe zu ihnen heraufdrangen, glaubten sie sich schon angelangt und daheim. Aber der Wind wehte noch stärker als sonst, und bald trieben dunkle Wolken dahin und verhüllten das lockende Bild. Da schickten sich die Kinder darein, daß sie noch weiter und zum Turm der Winde reisen sollten. Aber mit ihrer Ruhe war es vorbei.

»Wehe doch stärker, Wind« baten sie immer wieder, und der Wind wehte so stark er konnte. Aber es kamen auch Stunden, in denen er seine Flügel nur ganz schwach rührte und seinen Atem so sparsam wehen ließ, wie ein Schläfer, der in die Kissen vergraben ruht. Da war dann der Himmel grau und die Luft lau, ein Hauch wie von Frühling lag über den Wäldern, und den Kindern waren die Glieder so schwer wie Blei. Wenngleich sie nun schon gelernt hatten, sich nach der Art der Segelflieger vor dem Winde zu halten, so kamen sie doch nur sehr langsam vorwärts und hatten oft ein großes Verlangen, sich niederzulassen und auszuruhen.

»Laß uns ein wenig ruhen« baten sie dann den Wind. Und eines Tages geschah es, daß er ihnen Antwort gab.

»Ja, jetzt sollt ihr rasten« sagte er. »Ich will euch heruntersinken lassen und nach einer kleinen Weile will ich euch wieder abholen. Aber während dieser Zeit dürft ihr nicht eine einzige Träne vergießen, sonst gehört ihr der Erde an, und ich kann euch nicht mehr mitnehmen und zum Turm der Winde tragen«.

Die Kinder nickten verwundert und fühlten schon, wie sie immer tiefer hinabsanken. Zu ihren Füßen gewahrten sie ein wunderlich düsteres Land, Kiefernwälder und Heide, Wacholderbäumchen und kleine Birken, schwarzes Wasser und Flecken von hellem grünem Gras, und kaum daß sie all dies betrachtet hatten, spürten sie schon Erde unter den Füßen und taten, des Gehens ungewohnt, die ersten taumelnden Schritte. Und weil alles ringsum, Erde, Gras und Heidelbeergesträuch, wie von Feuchtigkeit durchtränkt schien, machten sie sich auf, um einen trockenen Ruheplatz zu finden. Aber schon nach einigen Schritten hielten sie erschrocken inne, weil sie bemerkten, daß sie nicht mehr allein waren. Durch die warme Dämmerung wanderte ihnen zur Seite eine alte bucklige Frau mit einem Krückstock. Die war ganz durchsichtig und wie aus Nebel gebildet, aber ihre Augen funkelten, und nun stampfte sie ungeduldig mit dem Stock auf die Erde, gerade als wolle sie die Kinder zwingen, weiter zu gehen.

»Wer bist du?« fragte der Knabe ängstlich.

»Ich bin die Moorhexe« sagte die alte Frau, »und da ihr einmal hier seid, will ich euch mein Reich zeigen. Aber wir müssen uns eilen, denn mein Reich ist groß«.

Mit diesen Worten hob sie die Kinder auf und setzte sie sich auf die Schulter, wo sie verschüchtert wie ein Paar Vögelchen hockten. Dann glitt sie mit ihren raschen schleichenden Schritten durch die Büsche, mitten in das Moor hinein. Ach, was war es doch für ein seltsames Land, das die Moorhexe bewohnte! Noch niemals hatten die Kinder so traurige Bäume gesehen, wie die Erlen und Birken und Weiden, die auf dem sumpfigen Boden wuchsen. Ihre verkrüppelten Stämme glichen gekrümmten Menschenleibern, ihre von grauen Flechten bedeckten Zweige flatterten wie Menschenhaar, und wie nun die Moorhexe mit ihrem Krückstock gegen einen Birkenstamm schlug, stürzte dieser sogleich mit einem schauerlichen Klagelaut in sich zusammen.

»Hört ihr?« fragte die Alte, »es sind Menschenseelen, die in diesen Bäumen wohnen. Es sind die Seelen der Menschen, die im Leben nicht wachsen und nicht besser werden wollten, obwohl sie die Kraft dazu hatten, die Seelen der Trägen und Gleichgültigen. Jetzt sehnen sie sich nach dem Licht, nach den freien Winden, nach der großen Sicht über das Land. Aber ihre Wurzeln stehen im Wasser und ihr Mark ist faul. Sie können nicht wachsen...«

Die Moorfrau schwieg, und da sich nun ringsum von allen Bäumen ein klägliches Seufzen erhob, wurde den Kindern sehr traurig zumute.

»Können sie denn nie erlöst werden?« fragte das kleine Mädchen. Aber da hob die Moorhexe nur geheimnisvoll die Achseln und sagte:

»Das ist meine Sache nicht«. Damit wandte sie sich ab und klatschte in die Hände, und auf dieses Zeichen hin rührten sich auf allen Seiten im Gestrüpp Vögel, die aber nicht flogen, sondern nur auf eine überaus plumpe und häßliche Weise über die Erde trippelten und hüpften, wobei sie ihre Schnäbel aufrissen und mit schnarrender Stimme ein trauriges Wehklagen hören ließen. Sie erinnerten an alte Frauen, die, in ihre Tücher gewickelt, klagend umherirren, und bei ihrem Anblick wurde den Kindern so ängstlich zumute, daß sie nicht wieder zu fragen wagten. Aber die Alte hob ihren Stock und stieß ihn nach einem der Vögel, und wie er sich taumelnd davontrollte, sagte sie:

»Seht ihr? Auch in diesen Vögeln wohnen Menschenseelen. Es sind die Seelen der Frauen, die zu selbstsüchtig waren, um zu lieben, die Seelen, die im Leben ihre Flügel nicht ausgebreitet und sich dem Sturmwind der Liebe anvertraut haben. Jetzt möchten sie fliegen, aber sie können es nicht. Erst wenn die Nacht kommt, huschen sie gespenstisch über das Moor...«

»Werden auch diese nie erlöst werden?«, fragten die Kinder traurig, und wieder antwortete die Moorhexe:
»Das ist meine Sache nicht« und glitt eilends über die grünen Grasflächen und das schwarze Wacholdergestrüpp dahin. Da war die Dämmerung schon tiefer geworden, und ein Flämmchen tanzte in der Ferne über den Heidelbeersträuchern, ein anderes zog auf einem schmalen Pfade daher und ein drittes kreuzte den Weg der Wandernden, und so hübsch waren diese blauen Lichter anzusehen, daß die Kinder vor Freude jubelten und ihre Hände nach ihnen ausstreckten. Aber wenn sie auch die klagenden Bäume und Vögel schnell vergessen hatten, so wurden sie doch bald wieder an diese traurigen Bewohner des Moores erinnert. Denn nun hatte die Hexe das erste der tanzenden Lichter erreicht, und wie sie sich bückte und es mit ihrem Atem anhauchte, daß es davonstob, sah man ganz deutlich in der blauen Flamme eine zarte Gestalt, welche die Hände rang und sich krümmte wie in großer Qual.
»Sind auch diese Menschenseelen?«, fragten die Kinder erschrocken, und die Moorfrau nickte und begann auch die fernen Lichter mit ihrem Stabe zu scheuchen, daß sie schneller dahintanzten.
»Dies«, sagte sie, »sind die Seelen der Menschen, die auf Erden ein unstetes Leben geführt haben.

Es sind die Versucher und Verführer, die ihre Freude daran fanden, den Frieden zu verspotten und die Hoffnung zu verlästern. Jetzt suchen sie Ruhe, aber sie finden sie nicht. Tag und Nacht müssen sie tanzen, und wehe denen, die ihr Schein verlockt, ihnen zu folgen«.

»Was geschieht diesen?«, fragte der Knabe.

»Bist du so neugierig, Söhnchen«, sagte die Moorfrau, »so sollst du sie sehen«, und obwohl die Kinder von dem Klang ihrer Stimme erschreckt, schon bange abwehrten, begann sie mit ihrem dicken Stock gegen die Erde zu pochen. Die schwankte und tönte dumpf, schwarzes Wasser quoll aus den Spalten hervor, und dann tat sich der Boden auf. Langsam stieg etwas herauf, Zoll für Zoll und war nächtlich dunkel, aber doch deutlich zu erkennen als ein Mannes-haupt und ein Pferdekopf. Und endlich da der Spuk ganz in das dämmernde Licht getreten war, zeigte er sich als ein Bauer, der hinter seinem Gespann her durch den Sumpf ging. Er knallte mit der Peitsche und trieb das Pferd an, aber seine Stimme klang seltsam dünn, wie aus weiter Ferne, und ehe er auch nur einen Schritt vorwärts gekommen war, sank er schon wieder hinab, Zoll für Zoll, bis auch über seinen schreienden Mund und das wild aufgebäumte Pferdehaupt das Wasser hingurgelte und die schwarze Erde sich schloß.

Die ganze Zeit über waren die Kinder der Mahnung des Windes eingedenk gewesen, und so bang und traurig es ihnen auch ums Herz war, so hatten sie doch ihre Tränen zurückgehalten. Nun aber wurde es ihnen mit jedem Augenblick schwerer, ihre Fassung zu bewahren. Denn kaum, daß diese Erscheinung verschwunden war, tauchte schon eine andere auf, und als auch diese versank, endete der Spuk noch nicht, sondern es entstieg der brodelnden Tiefe eine neue Gestalt. Und sobald das kleine Mädchen diese erblickte, begann es am ganzen Leibe zu zittern.

Es war ein Kind, daß dort stand, abgerissene Blumen in den Händen und ein Lächeln auf den Lippen. Ein kleiner Junge war es, der seinen Eltern fortgelaufen sein mochte und der mit seinem trotzigen roten Gesicht, seinen braunen wirren Haaren, dem reisenden Knaben glich. Und weil in diesem Augenblick die Bäume noch schmerzlicher klagten, die Nachtschwalben noch jämmerlicher schrieen und die Irrlichter noch schauerlicher tanzten als zuvor, vergaß das kleine Mädchen, daß der Bruder neben ihm auf der Schulter der Moosfrau saß und meinte ihn dort hinabsinken zu sehen, und glaubte ihn verloren.. In seinem Schmerz streckte es die Arme nach dem fremden toten Knaben aus, und eine Flut von Tränen strömte über seine Wangen herab.

Da löste sich die Gestalt der Moorfrau plötzlich

in Dunst auf, die Irrlichter erloschen, und die Nachtschwalben schossen leicht und pfeilgeschwind durch den Himmel. In den alten Bäumen rauschte und brauste es, als ob große Schwärme von Vögeln sich aus den Kronen erhöben, und aus dem Sumpfe stiegen die Versunkenen auf und schwebten mit seligem Lächeln zum Himmel empor. Den Kindern aber griff einer ins Haar und packte und schüttelte sie, daß sie aufschrieen vor Schmerz. Das war der Wind, der sie eben noch hatte packen können, ehe sie ganz tief in das feuchte schwarze Heidekraut hinabsanken.

»Hatte ich Euch nicht verboten, zu weinen?«, schrie er zornig. Und damit riß er sie empor, hoch in die Luft, fast bis zu den Wolken hinauf.

16.
KAPITEL

Die Kinder hören die Geschichte eines alten Baumes. Sie begegnen dem wilden Heer und sind im Turm der Winde zu Gast.

So böse war der Wind, daß er eine lange Zeit vergehen ließ, ehe er wieder ein Wort mit den Kindern sprach. Er trug sie über die einsamen Wälder des Ostens und über die graue See, und die ganze Zeit pfiff und heulte er nur, daß es ganz schrecklich anzuhören war. Wohin er auch kam flohen die weißen Möven schreiend landeinwärts, die Fischerboote versuchten eilends, noch den Hafen zu erreichen, und die Wellen warfen sich wie hilfesuchend an den Strand. Aber gerade das schien dem Wind großes Vergnügen zu bereiten. Denn als die Reisenden das Meer im Rücken hatten, und wieder Wälder, große herrliche Buchenwälder zu ihren Füßen lagen, zeigte er sich bei besserer Laune. Eines schönen Nachmittags trug er die Kinder zu einer Waldlichtung hin und ließ sie dort hinabsinken in das raschelnde braune Laub. Und statt zu heulen und zu toben, sang er ganz sanft vor sich hin und bewegte nur ein wenig die Flügel, um die letzten Herbstblätter von den Zweigen zu wehen.

Wie die Kinder so am Abhang saßen und über das weite nordische Land hinausblickten, bemerkten sie gerade neben sich eine gewaltige Buche, die schon vor langer Zeit ein Sturm entwurzelt haben mochte und die doch niemand fortgeholt hatte, so daß sie mit ihrer starrenden Wurzel und ihrer mächtigen kahlen Krone noch dalag, einem gefällten Riesen gleich. Diesen Baum betrachteten die Kinder lange und wunderten sich darüber, daß er nicht wie die andern Bäume des Waldes fortgeschleift und zersägt worden war. Und weil der Wind so still und freundlich geworden war, wagten sie es, ihn nach dem Schicksal der alten Buche zu fragen.

»Gerade daran muß ich auch denken« sagte der Wind. Und dann erzählte er den Kindern eine Geschichte.

»Vor langen Zeiten« begann er, »stand an der Stelle dieser jungen Buchenbäume ein sehr alter Wald. Seine Stämme waren so dick und seine Kronen so mächtig wie der Stamm und die Krone dieses Baumes. Sie standen nicht nahe beieinander, sondern jeder ein wenig für sich, wie eine Schar von mächtigen Recken, und es war soviel Raum zwischen ihnen, daß der üppigste Nachwuchs dort Licht und Luft gefunden hätte. Aber das braune Laub, das alljährlich von ihren Zweigen wehte, bedeckte den Boden wie eine dichte Decke, die alles Leben erstickt. Zwischen den prächtigen silbergrauen Stämmen wuchsen nur Pilze, goldgelber Ziegenbart und schwarze Totentrompeten, und im Winter lag der Schnee mehr als einen Meter hoch.

Der Wald gehörte zu einem Landgut, das sehr groß war und noch viele Wälder, große Wiesenflächen und Felder umfaßte. Der Besitzer des Gutes liebte seine Wiesen, seine reichen Kornfelder und die großen Kiefern- und Erlenwälder, die in der Ebene standen, aber nichts von alledem liebte er so sehr wie den alten Buchenwald auf der Anhöhe, den sein Vater gepflanzt hatte und von dem aus er sein ganzes Besitztum übersehen konnte.

Als die Bäume dieses Waldes so alt geworden waren, daß sie gefällt werden mußten, verstand sich der Gutsherr nur mit dem größten Widerstreben dazu, umherzugehen und ihnen mit seinem Waldhammer das Zeichen einzuprägen, das ihren Tod bedeutete. Aber das mußte geschehen, und die Bäume wurden gefällt, nicht alle auf einmal, sondern jedes Jahr ein paar, damit immer noch einige blieben, die dem jungen Nachwuchs Schutz und Schatten gewähren konnten. Der wuchs heran, so gesund und kräftig wie man es nur wünschen konnte, und aus allen Baumarten gemischt, wie es jetzt üblich ist. Aber so prächtig diese jungen Erlen, Kiefern und Buchen auch standen, so konnten sie dem Gutsherrn

doch den alten Wald nicht ersetzen. Und darum bestimmte er, daß von dem früheren Bestand wenigstens ein Baum stehen bleiben sollte, der mächtigste und stolzeste von allen.
Zu diesem alten Buchenbaum, der noch viel älter war als er selbst, ritt der Gutsherr oft hinauf. Wenn er die Anhöhe erreichte, stieg er vom Pferde, gerade als sei der alte Baum ein König, dem man sich nur zu Fuß nähern dürfe. Er setzte sich auf eine der mächtigen Wurzeln und hörte zu, wie ich in die Zweige blies und sie rauschen machte, so gewaltig wie das Meer rauscht, das man von hier am Horizont blitzen sehen kann, und dann stand er auf und blickte mit seinen klaren weitschauenden Augen über das Land hin und nahm es aufs neue in seinen Besitz.
Weil er solche Stunden, je älter er wurde, um so mehr liebte, kam er immer häufiger wieder und ließ sich endlich, weil das junge Holz und mancherlei Strauchwerk und Geranke den alten Baum wie eine Dornröschenhecke umwuchsen, einen Weg aushauen, der zu keinem anderen Zweck diente, als ihn und sein Pferd unbehindert dort hinauf zu führen. Aber diesen Pfad ritt er nur noch ein einziges Mal, dann starb er eines schnellen Todes. Und nun war sein Sohn daran, zu bestimmen, was auf dem Gut geschehen sollte. Dieser Sohn, er war der einzige, hatte bisher in der Stadt gelebt und einen Beruf ausgefüllt, der

weder mit Bäumen, noch mit Getreide oder Gras etwas zu tun hatte. Diesen Beruf wollte er nicht aufgeben und verpachtete darum das ganze flache Land. Aus einer seltsamen Laune heraus aber behielt er die Wälder in eigener Verwaltung. So kam es, daß er schon im nächsten Jahre, als er in seinen Ferien zuhause war, den Waldhammer zur Hand nahm und ausging, um die Bäume zu bezeichnen, die gefällt werden sollten.

Diesen Waldgang unternahm der junge Gutsherr nicht allein, sondern in Begleitung eines alten Försters, der schon zu Lebzeiten seines Vaters sein Amt versehen hatte. Und dieser war es auch, der ihn hierher führte und ihn aufforderte, als ersten den alten Buchenstamm zu zeichnen.

Das war im vergangenen Herbst, und wie heute war ich hier und damit beschäftigt, die letzten Blätter von den Zweigen zu schütteln. Ganz deutlich konnte ich das Gesicht des jungen Gutsherren sehen, der da unter der Buche stand und sich auf den langen Hammer stützte, und ich hörte, wie der Förster auf ihn einredete.

»Diese Buche« sagte er, »hätte schon längst geschlagen werden müssen. Ihr Holz ist krank, und von dieser Krankheit können die jungen Bäume angesteckt werden. Es ist auch leicht möglich, daß ein Sturm die Buche entwurzelt. Dann fällt er mitten in den jungen Wuchs und erdrückt die besten Stämmchen«.

So sprach der Förster noch eine ganze Weile von dem Schaden, den der alte Baum anrichten könnte, und der junge Gutsherr sah ihm aufmerksam ins Gesicht und dann blickte er seine junge Frau an, die an diesem Tage zum ersten Male mitgekommen war in den Wald, und er erkannte wohl, daß diese beiden Menschen nicht glaubten, daß er den Mut haben würde, den Hammer gegen einen Baum zu erheben, der seinem Vater so lieb gewesen war. Aber gerade um dieses Zweifels willen tat er es doch. Er faßte den Hammer an wie ein Spielzeug und schlug zu, ohne rechte Kraft, aber doch so, daß der Baum in seiner Rinde das helle Todeszeichen trug, das aus einem großen Buchstaben und einer Krone bestand.

In dieser Nacht aber schlief der junge Gutsherr sehr schlecht. Er hatte schon als Knabe des öfteren mitangesehen, wie Bäume gefällt wurden und das eigentümlich ächzende Sausen gehört, mit dem die schweren Kronen durch die Luft gleiten, um dann krachend auf den Waldboden aufzuschlagen. Jetzt glaubte er wieder, aber unendlich schauriger, diesen Ton zu vernehmen. Gegen Morgen kam ihm zwischen Wachen und Schlafen in den Sinn, es sei die Seele seines toten Vaters, die in den alten Baum eingezogen sei, um darin zu wohnen. Und diese wunderliche Vorstellung wurde er nicht mehr los.

Es muß doch möglich sein, dachte er, den Wald

zu erreichen, ehe die Holzhauer dort hinkommen. Es muß möglich sein, die Rinde des Baumes mit dem Messer so zu bearbeiten, daß man das Zeichen nicht mehr sieht. Und er zog sich an und machte sich auf den Weg in den Wald.

Es war um die Stunde der ersten Morgendämmerung, der unheimlichsten der Nacht. Ich war noch immer an dem Ort, dem der junge Gutsherr zustrebte, obwohl ich schon einmal aufgebrochen war, um über das Meer zu fliegen. Ich war da, weil ich die Stimme des alten Buchenbaumes gehört hatte. Diese Stimme kannte ich sehr gut, seit ungezählten Jahren hatte ich mit ihr Zwiesprache gehalten, und ich wußte recht wohl, was es bedeutete, als sie mich zurückrief: Ich sollte ihr den Tod geben, den großen freien Tod der Schiffe und der Urwaldbäume. Aber ich wußte auch, daß sich der alte Baum trotz allem gegen den Tod wehren würde. Und so war es auch. Ich kam daher mit all meiner Kraft, und mit all meiner Kraft gelang es mir nicht, die uralten, zähen Wurzeln aus der Erde zu reißen, die sie so lange umklammert, und aus der sie all ihre Lebenskraft gezogen hatten. Ich mußte einen neuen Anlauf nehmen und noch einen und noch einen, schon klang der Wald wieder, wie von dem Getümmel einer furchtbaren Schlacht, schon zersplitterte das junge Holz ringsum, während der alte Stamm noch unbeweglich stand. Aber dann fühlte ich plötzlich, daß es mit seiner Kraft zu Ende ging. Denn nun begann er zu stöhnen und sich zu rühren wie ein Mensch, der am ganzen Leibe zittert. Ich holte zu einem neuen Schlage aus und wußte, daß es der letzte sein würde. Während dieser ganzen Zeit stand der junge Gutsherr dicht bei dem alten Buchenbaum und ganz unbeweglich. Er hielt sein Messer in der Hand, aber er benutzte es nicht. Vielleicht ahnte er, daß es nicht mehr nötig sein würde, das Zeichen zu entfernen, und vielleicht sagte er sich auch, daß er ruhig heim gehen und sich zu Bett legen könnte. Aber er tat es nicht. Er blieb unter dem alten Baume stehen, und wie der nun anfing zu wanken und wie die Erde aufbrach und die riesigen Wurzeln frei gab und der Stamm stürzte,– da hätte der junge Gutsherr leicht erschlagen werden können. Denn er sprang erst im letzten Augenblick zur Seite und auch da nur ganz blindlings in die Nacht hinein. Doch es geschah ihm nichts. Nur der alte Baum war zutode getroffen und schrie, und das mußte der junge Gutsherr anhören, und dann mußte er auch zuhören, wie ich meinem alten Freunde den Klagegesang anstimmte.

Denn wenn auch mein Werk getan war, so konnte ich doch nicht einfach so fortfliegen und den toten Baum liegen lassen, so stumm wie er geworden war und so still. Der sah schaurig genug

aus in der bleichen Dämmerung mit der aufragenden Wurzel, dem riesigen Stamm und der zerschmetterten Krone, aber mein Gesang war noch schauriger als dieser Anblick. Denn, ob ich gleich vom Meere sang und von den großen Schiffen, von den einsamen Nächten der Wälder und der ewigen Dauer der Elemente, so war meine Stimme doch rauh und wüst, und einem Menschenherzen mochte es wohl scheinen, als ob alle Mächte der Hölle über dem toten Baume tanzten.
Aber dann kam endlich das Morgenrot, und die Sonne, und ich hörte auf zu singen und schaute mir den an, der mit mir die Totenwache gehalten hatte und glaubte, ihn ausgestreckt zu finden, weinend oder betend, in großer Angst. Aber er stand noch immer aufrecht, und ich sah nur, daß er kein Knabe mehr war. Schwer und müde ging er nun den Abhang hinunter, doch ruhig und fest. Jetzt konnte er wohl hingehen und den Hammer erheben, jetzt konnte er Söhne haben und ihnen die Hand so schwer auf die Schulter legen, wie sein Vater es ihm getan hatte. Er war ein Mann geworden«.
Bei diesen Worten hob der Wind die Kinder empor aus dem raschelnden Laub, hinauf in die klare Luft des Herbstnachmittags. Er schwieg und trug sie eilends dahin, und nur ganz von ferne sahen die Kinder noch einmal den toten Baum,

der dort, wo der Wind ihn gestürzt hatte, liegen geblieben war, zum Gedächtnis an eine unvergeßliche Stunde.

Wieder ging es rasch dahin, wieder wechselten zu Füßen der Kinder Wälder mit Feldern, Flüssen und Ortschaften. Die waren lustig anzuschauen mit ihren fremdartig bunten Holzhäuschen, aber die Kinder achteten wenig darauf, welches Land es war, das sie jetzt überflogen. Sie dachten an die Geschichte, die sie soeben gehört hatten, und je länger sie das taten, desto unheimlicher wurde ihnen der Wind, der so stark war, daß er Bäume von der Größe und Dicke der alten Buche entwurzeln konnte. Sie erinnerten sich an die schrecklichen Stunden, die sie im Adlerhorst zugebracht hatten und an die Gefahren des verwunschenen Moores und überlegten, was wohl jetzt mit ihnen geschehen würde. Bisher war es trübe und neblig gewesen, aber noch immer warm, aber jetzt schien es mit jeder Stunde kälter zu werden, und schon zitterten sie vor Frost. Auf den Feldern lag am Morgen der Reif so weiß und dicht wie Schnee, die Seen waren von einer funkelnden Eisfläche überzogen, und die Wälder standen starr und klar. Als sie die Meeresküste wieder erreichten, sahen die Kinder, daß auch das Meer weit hinaus mit blauen unregelmäßig aufgetürmten Eisschollen bedeckt war. Und bei

diesem Anblick begannen ihre Herzen ängstlich zu klopfen.
Sollen wir denn immer weiter in Eis und Schnee gelangen, dachten sie traurig. Soll uns am Ende dieser langen Reise nichts anderes erwarten, als die eisige Umarmung des Todes?
Ja, es schien wirklich, als sollten die Kinder weder ihre Eltern, noch den alten Garten ihrer Heimatstadt wiedersehen. Tiefer sanken sie jetzt und trieben den einsamen Strand entlang, und wohin sie blickten, war nichts als stummes Leiden und laute Verzweiflung, Angst und Jammer des Winters. Auf der Düne duckten sich die Kiefern bei den sausenden Hieben des Windes, wie unter Peitschenschlägen, und ruhelos wirbelte der weiße Sand umher. Eine große Menge von Vögeln saß auf den Eisschollen, und alle diese Vögel, die mit den Schnäbeln den gefrorenen Tang nach Nahrung durchsuchten, hatten zerzauste Federn und schienen zum Sterben matt. Einer Schar wilder Enten, die sich auf dem Eise niedergelassen haben mochten, um auszuruhen, waren während der Nacht die Füße festgefroren, und schrecklich klang das Angstgeschrei der gequälten Tiere den Kindern im Ohr. In einer Mulde lag ein großer weißer Schwan mit ausgebreiteten Flügeln, dem Hungertode nahe, und gerade wie die Kinder ihn erblickten, sahen sie einen weißen Iltis, lang und geschmeidig, wie eine Schlange durch die

Schollen gleiten und den schönen Vogel anspringen. Da schoß diesem das Blut aus der Brust, ein heißer lebendiger Quell in all der starren Öde, er stieß einen Schrei aus und neigte sterbend seinen Hals, während der Iltis gierig und unersättlich von seinem Blute trank....

Wie grausam war der Winter, wie bitter die Kälte. Die Nacht kam, und nun fühlten die Kinder, wie ihre Glieder immer steifer wurden und ihre Herzen erstarrten. Eine Weile noch eilten ihre Gedanken zurück und suchten die Heimat und die ferne Insel des Lichtes mit ihren blühenden Blumen und ihrem heißen Sonnenschein. Dann aber versanken auch diese Bilder, und während das Heulen des Windes und das Donnern des Eises immer mächtiger erklang, zogen vor ihren Blicken riesige Schneewolken jäh aufgebauscht über den erstarrten Wellen dahin. Und plötzlich erkannten sie einen Zug von riesigen Gestalten, der durch den Himmel raste. Er kam immer näher und war ein Heereszug von Reitern auf mächtigen Pferden, von Königen in wallenden Gewändern, von Riesen mit Keulen und geflügelten Tieren, – und wie er ganz nahe war, und die Kinder den sausenden Atem der Rosse wie Hagel und Schnee auf den Wangen spürten, sahen sie Hände die sich ihnen entgegenstreckten und hörten die Worte: »Kommt mit, kommt mit«. Da hatten sie schon alles vergessen, was sie je erlebt

hatten und auch, daß sie Menschenkinder waren, und es war ihnen, als hätten sie nie einem anderen Reiche angehört, als dem sausenden flutenden der Luft, welche zwischen Erde und Weltall in ewiger Unruhe dahintreibt.
Aber gerade in diesem Augenblick hatten sie ihr Ziel erreicht. Wie man im Traum aus großer Höhe plötzlich herabstürzt, so fielen sie nun, fielen und prallten so unsanft auf das zerrissene Eis, daß sie sogleich wie aus einem Traume erwachten. Da war es immer noch dunkel um sie, aber nicht so dunkel, daß sie nicht gerade einen Turm vor sich hätten erkennen können, der finster und mächtig auf einer Klippe aufragte. In diesem Turm brannte ein Feuer und sein flackernder Schein fiel aus den Fenstern und zeichnete wundersame Figuren auf das Eis. Und ehe die Kinder noch daran dachten, daß dies der Turm der Winde sein könnte, hatten sie sich schon aufgerafft und wanderten unsicheren Schrittes auf das Feuer zu.

So mühevoll es gewesen war, zu dem Turm der Winde zu gelangen, so leicht war es, dort Einlaß zu finden. Denn die neun Fenster des runden Turmes waren so groß wie riesige Portale und standen weit offen, der Flammenschein brach hinaus, und die Luft zog so heftig durch die breiten Öffnungen, daß das Feuer in beständiger Unruhe flackerte. Doch schien diese Unruhe die

Bewohner des Turmes wenig zu stören. Weit in die Nacht hinaus konnte man ihre lauten fröhlichen Stimmen hören, und als die Kinder auf der Schwelle angelangt waren, tönte der Lärm so gellend in ihre Ohren, daß sie erschrocken stehen blieben und sich schon halb umwandten, zur Flucht bereit. Da aber wurden sie schon aufgehoben vom stürmischen Luftzug, eine große Hand griff nach ihnen, und ehe sie wieder zu sich kamen, saßen sie schon zwischen den Fingern dieser Hand, wie in einem engen, aber schützenden Gehäuse. Und als sie sich endlich umzuschauen wagten, bot sich ihren Blicken ein wunderliches Bild.

In dem großen runden Raume stand eine runde Tafel, die mit allerlei goldenem Gerät, Schüsseln und Tellern, Weinkrügen und Bechern gedeckt war, und an welcher zehn Männer saßen. Die waren alle von gewaltiger Größe, aber sehr verschieden von Aussehen, die einen wild und stark wie tölpische Riesen, die anderen sanft und schön wie Engel. Sie hatten alle große Flügel an den Schultern, nur einer nicht, und dieser war ein Greis mit langem Haar und Bart und saß auf einem besonderen Stuhl wie ein Vater vieler Söhne, aber auch wie ein Hausherr, der sich um seine Gäste bemüht. Denn er aß und trank nicht mit, sondern füllte nur die goldenen Becher voll und blickte aufmerksam im Kreise umher.

Er war es, der die Kinder aufgenommen hatte und in seiner Hand hielt, und nun winkte er und gebot Schweigen. Da brach der fröhliche Lärm, das Singen und Schwatzen, Anstoßen und Poltern sogleich ab. Alle die neun jungen Riesen beugten sich neugierig vor und starrten die Gäste an. Und als sie sie eine Weile lang betrachtet hatten, ging es wie Erkennen über ihre Züge, und einer nach dem andern hob seinen Becher und trank den Kindern zu.

Ein großer starker Mann war der erste, rotbärtig und rothaarig und mit einem großen lachenden Mund, und wie er seinen Becher hob, sagte er:

»Entsinnt ihr euch? Ich nahm euch auf
die Reise,
Gleich Vögeln solltet ihr die Erde schaun.
Die Bäume rauschten euch die alte Weise:
Wie Frucht und Blatt dem Element zu traun«.

Und der zweite war noch kräftiger, mit den Muskeln, die ihm hoch aus dem Fleisch sprangen, mit einer Stirn wie ein Fels und den großen bräunlichen Flügeln der Raubvögel. Und dieser sprach:

»Wo die Gebirge drohend sich erheben,
Hab ich beschwerlich euch den Weg gewählt.
Den Horst zerbrach ich, und zur Sonne
schweben
Saht ihr den Adler, der euch lang gequält«.

Schwarze Locken hatte der dritte, und seine Flügel waren schwarz wie Rabenflügel, und er sang:

»Wie wundersam erschien es euch, zu reisen
In dunkler Nacht, der Erde fast entrückt,
Den Mond, die Sterne saht ihr wieder kreisen
Im Klang der Sphären, der euch einst entzückt«.

Der vierte war schön und zarten Angesichtes wie ein Erzengel und hatte weiße Engelsflügel und einen goldenen Reif um die Stirn. Und er hob den Becher und sprach:

»Zur Hütte führt ich euch in banger Stunde.
Erlöschend traf euch eines Kindes Blick.
Doch Gottes Atem flog aus meinem Munde
Und trug das Leben in den Leib zurück«.

Und wie dieser schwieg, begann der fünfte zu sprechen und war wie ein Zwillingsbruder des letzten, nur dunkler und mächtiger.

»Dem Herzen, das in Todesfurcht sich quälte,
Hab ich den Trunk der Schöpfung dargebracht.
So trag ich einstens auch die Auserwählte
Auf meinen Flügeln durch die große Nacht«.

Wilden heftigen Aussehens war der sechste und als er aufsprang, rauschte es durch den Turm wie brausender Flügelschlag und mit dröhnender Stimme rief er:

»Den sanften Träumen hab ich euch entrissen.
Mein Mantel flog im hellen Sonnenlicht.
Tief unter uns mit Städten, Wäldern, Flüssen
Lag stets erneut der Erde Angesicht«.

Der siebente aber war grau und sanft, in feuchte Schleier gehüllt, und mit wunderlich glühendem Blick maß er die Kinder und sprach:

»Ich zeigte euch das Land der Spukgestalten,
Den dürren Wald, das nebelbleiche Moor,
Des Mitleids Träne konntet ihr nicht halten,
Es war ein Kleines, daß ich euch verlor«.

Und wie dieser schwieg, erhob sich noch einer und schlug auf den Tisch mit mächtigen Fäusten, daß die Becher sprangen, und der hatte eine wilde weißblonde Mähne und lachende Augen und rief:

»Herbstkahle Wälder lagen uns zu Füßen.
Die graue See, das flammenbunte Ried,
Ich neigte mich, den toten Freund zu grüßen,
Von Tod und Leben sang ich euch ein Lied«.

Nun war nur noch einer übrig und der sah schrecklicher aus als alle anderen und riesiger, und trotz der Wärme des Feuers hingen ihm Eiszapfen im Bart, die klirrten und klapperten wie Totengebein, aus seinen weißen Haaren wehte es wie Schnee, und seine Augen waren kalt und blau wie Stahl. Und er sprach mit schneidender Stimme:

»Mit meinem Atem bannte ich die Wogen.
Das Land ward Stein, die Kreatur starb hin,
Es hat das wilde Heer euch angesogen,
Ihr sollt auf ewig mit den Stürmen ziehn....«

Und mit diesen Worten hob er den Becher und blickte die Kinder mit seinen eiskalten Augen an, daß sie erschauerten. Aber ehe er noch getrunken hatte, winkte ihm der Greis zu schweigen und den Becher niederzusetzen, und nahm nun selbst das Wort und sprach mit lauter ruhiger Stimme:

»Der sanfte Wind im Tal, der Sturm der Höhe,
Sind ruhelos, ein wanderndes Geschlecht.
Euch ist des Bleibens nicht in ihrer Nähe,
Es gilt für euch der Erde altes Recht«.

»Die Sonne naht, die Flamm erstickt im Rauche.
Zu Ende ist der Ruhelosen Rast.
Sie ziehen nun dahin nach ewgem Brauche
Nicht Heimat findet, wer der Winde Gast....«

Kaum, daß der Alte diese Worte gesprochen hatte, sprangen die neun Männer vom Tische auf und wandten sich den Ausgängen zu, und wie sie sich abschiednehmend durcheinander drängten und der Greis zwischen ihnen umherging, blieben die Kinder allein zurück und waren schon vergessen. Von einem Lichtschein angezogen, blickten sie auf und sahen zu ihrem Erstaunen, daß der Turm kein Dach hatte, sondern der helle Morgenhimmel gleich einer Kuppel über ihm stand, und daß die starren schwarzen Wände mit jedem Augenblick dünner und durchsichtiger wurden und das Bild der unendlichen Eisfläche durchschimmern ließen. Aber ehe sie sich noch darüber wundern konnten, erhob sich rings um sie herum ein mächtiges Brausen.

»Leb wohl Vater«, riefen die Winde, und dann schwangen sie sich auf, jeder nach einer anderen Richtung. Da löste sich der schwarze Turm völlig in nichts auf, der Greis war verschwunden, und nur aus weiter Ferne klang noch ein Heulen und Pfeifen, und ein mächtiges Gelächter lief wie Donner über die Eisschollen hin.

17. KAPITEL

Die letzte Begegnung und die Rückkehr in den alten Garten.

Da standen nun der Knabe und das kleine Mädchen allein auf der unübersehbaren Eisfläche, im Licht einer kalten Sonne und in totenstiller eisiger Luft. Noch immer hingen die starren Flügel der Baumfrüchte an ihren Schultern, aber so schlaff und leblos, als habe der Schneesturm sie gebrochen, und weil sie insgeheim gehofft hatten, von dem Turm der Winde sogleich auf zauberhafte Weise in den heimatlichen Garten versetzt zu werden, waren sie jetzt von großer Mutlosigkeit befallen.

»Wie sollen wir nur nach Hause kommen? Wie sollen wir uns mit diesen gebrochenen Flügeln in die Luft erheben, und wer wird uns den Weg weisen?«, klagten sie, und ließen ohne alle Hoffnung ihre Blicke über die Eisfläche hinwandern. Doch schon nach kurzer Zeit bemerkten sie, daß es dort noch etwas anderes zu sehen gab, als die blaugrün schimmernden, schneeüberkrusteten Schollen. Denn ganz in ihrer Nähe stand ein niederes Zelt, und daneben ragte noch etwas auf, ein Ding, wie ein Vogel, der auf dem Kopf stehend, die Flügel gen Himmel streckt. In dem erkannten die Kinder bald ein Flugzeug, aber ein jämmerlich zerstörtes, das wohl nie wieder imstande sein würde, sich in die Luft zu erheben. Zu gleicher Zeit jedoch bemerkten sie einen feinen blauen Rauch, der aus einer Öffnung des braunen Zeltes kerzengrade in die Höhe stieg. Der war wie eine Fahne, die über einem einsamen Hause flattert, ein Zeugnis menschlicher Gegenwart, ein Zeichen des Lebens, und so schnell sie konnten, eilten die Kinder auf diese wunderliche Behausung zu. Und da sie in der Nähe des Zeltes keine Menschenseele erblickten, schoben sie rasch entschlossen den zottigen Pelz, der die Türöffnung verschloß, beiseite und schlüpften in das Zelt hinein.

Wie dämmerig war es dort drinnen, wie warm und still! In einem eisernen Behälter glimmten ein paar Kohlen, und ein Wasserkessel, der darüber hing, gab einen leise singenden Ton von sich. Sonst war kein Laut zu hören und nichts anderes zu sehen, als ein paar aufgestapelte Kisten und eine eiserne Lagerstatt, die mit Fellen und Mänteln bedeckt war. Erst als die Kinder sich an die Dunkelheit gewöhnt hatten, sahen sie, daß auf diesem Lager ein Mann ausgestreckt war und schlief. Da schlichen sie sich näher, setzten sich vor dem Bett auf den Boden und betrachteten den Menschen, den sie in solcher Einöde gefunden hatten.

Der schlief einen festen Schlaf, den Schlaf der Erschöpfung und Entbehrung, und es hätte leicht sein können, daß er ohne zu erwachen, hinübergeschlummert wäre in die Ewigkeit. Aber er schlug doch noch einmal die Augen auf und sah die Kinder an. Und als diese ihm vertrauensvoll näher kamen und zu sprechen begannen, lächelte er ein wenig wehmütig, so als käme es ihm zum Bewußtsein, daß er nun schon Geister reden hörte, aber ihre Gesellschaft schien ihm nicht übel zu behagen. Er stützte den Kopf auf die Hand, und während ihrer langen Erzählung kam es vor, daß er lächelte und nickte, aber auch, daß ihm die Tränen über das bärtige Antlitz liefen. Und es geschah auch einige Male, daß er vor Erschöpfung hinsank und die Augen schloß.

Die Kinder hatten den fremden Mann vom ersten Augenblick an lieb. In seiner Gegenwart erfüllte sie eine unbeschreibliche Sehnsucht nach jener Welt, in der nicht nur Wellen und Winde, sondern auch die Regungen der menschlichen Herzen ihre Wirkung ausüben. Wenn er in Schlaf versank, schlichen sie hinaus, betrachteten das unendliche Eismeer, hinter dem die Sonne blutrot unterging, und wußten, daß sie niemals den Mut finden würden, in solcher Öde ihren Heimweg anzutreten. Eilends kehrten sie zurück und suchten den Blick des einsamen Mannes, der so reich war an Güte und warmem menschlichen Leben.

»Sprecht doch weiter« bat der fremde Mann und lauschte ihnen regungslos, mit weit geöffneten Augen. Einmal unterbrach er sie auch und erzählte ihnen von seiner Nebel- und Sturmfahrt, der letzten Reise eines abenteuerlichen Lebens, und wie sein lieber Vogel sich zu Tode gestürzt hatte. Und ein andermal deutete er auf ein kleines Bild, das vor ihm auf der Decke lag, und auf welchem ein kleines weißes Haus, eine Holzbrücke und zwei große Lindenbäume zu sehen waren.

»Das ist mein Haus«, sagte er und erzählte von seinen beiden Kindern, einem Knaben und einem Mädchen, welche ihn so herzlich lieb hatten, daß sie nicht schlafen und nicht essen wollten, wenn er nicht daheim war.

Bei dieser Erinnerung wurde der einsame Mann so traurig, daß der Knabe und das kleine Mädchen sich zärtlich an ihn schmiegten. Da streckte er die Hand aus und liebkoste sie, und seine Hand war so fest und stark, wie die eines Vaters und so zärtlich und leicht, wie die einer Mutter, aber sein Blick war abwesend und starr, und als er endlich wieder mit ihnen sprach, sah er sie mit seltsam flackernden Blicken, wie im Fieber an.

»Kommt, meine Kinder«, sagte er plötzlich mit leiser Stimme, »geht mit mir in die Ewigkeit«. Da erkannten die Kinder wohl, daß er sie für seine eigenen hielt und widersprachen ihm nicht. Aber ihre Herzen klopften vor Kummer und Mitleid.

Noch einmal schlief der müde Mann ein und noch einmal erwachte er. Da wußten die Kinder nicht, wieviel Zeit inzwischen vergangen war, Stunden oder Tage und Wochen, seit sie bei ihm saßen und erzählten, zuhörten und schwiegen. Sie sahen ihn nach einem dicken Schreibheft greifen und schreiben, und nun schrieb er, so lange, bis ihm der Stift aus der Hand fiel und vom Bett rollte, und dann rief er die Kinder zu sich heran und begann mit ihnen zu sprechen, leise und eilig, als wäre keine Zeit mehr zu verlieren.
»Ihr seid weit herumgekommen«, sagte er, »seid ihr den wandernden Seelen nicht begegnet?«, und er fuhr, ohne eine Antwort abzuwarten fort: »Jetzt werde ich sterben, und meine Seele wird mich verlassen und ihre Reise antreten. Aber sie wird schwach sein, so schwach und müde wie mein Körper. Sie wird die Kraft nicht haben, sich aufzuschwingen und in den Strom der wandernden Seelen einzutreten, welcher in das große Herz Gottes mündet.«
Die Kinder hielten den Atem an, so verwunderlich erschien es ihnen, daß ein Mensch, der sein ganzes Leben daran gesetzt hatte, das Eismeer zu erforschen, solche Worte sprach. Aber der Sterbende ließ sich durch ihr Erstaunen nicht verwirren.
»Ja«, sagte er noch einmal mit ganz klarer fester Stimme. »Es ist meine Furcht, daß meine Seele

lange umherirren oder gar hier bleiben könne, weil sie all ihre Kraft schon auf dieser Erde verbraucht hat. Und darum bitte ich euch, sie mitzunehmen auf eurer Reise. Ihr werdet sie nicht sehen, aber sie wird da sein, leicht wie ein Vogel, und wie ein Vogel wird sie euch folgen, wenn ihr in die Nacht hineinfliegt. Sie wird euch begleiten, weil die Seelen der Toten noch eine Weile lang das Leben suchen. Aber wenn ihr den Strom der wandernden Seelen begegnet, wird sie sich von euch lösen. Dann seid ihr frei....«
»Wollt ihr mir versprechen, worum ich euch bitte?«, fragte der Sterbende, als die Kinder bange schwiegen. Und er streckte seine Hand aus und berührte ihre Haare und ihre Flügel. Da wagten sie nicht, ihm zu sagen, daß sie nicht mehr fliegen konnten, und daß eine schreckliche Furcht vor den Elementen sie beseelte, und nickten nur schluchzend. Da war mittlerweile die Glut erloschen, das Wasser im Kessel hatte aufgehört zu summen, und es dauerte nicht lange, da wurden auch die Atemzüge des Sterbenden leiser und leiser und blieben endlich ganz aus.
In der tiefen Stille saßen die Kinder eng umschlungen. Wieder einmal waren sie allein, wieder wußten sie nicht, wie es ihnen weiter ergehen würde. Aber sie dachten in diesem Augenblick nicht an sich, und die Tränen, die ihnen über die Wangen rollten, galten nicht ihrem ungewissen Schicksal.

Obgleich nun der fremde Mann tot war, und obgleich das Feuer erloschen und der Morgen noch fern war, herrschte doch in dem winzigen Raum eine seltsame Unruhe. Es war, als ob ein gefangener Schmetterling dann und wann ganz leise seine Flügel rühre, und jedesmal, wenn die Kinder dieses sonderbare Geräusch hörten, zuckten sie zusammen, wie von einer Mahnung getroffen. Sie dachten an das Versprechen, das sie dem fremden Manne gegeben hatten, und je länger sie darüber nachsannen, desto unmöglicher schien es ihnen, seinen Wunsch zu erfüllen. Aber sie wurden doch mit jedem Augenblick unruhiger, und schließlich hielten sie es nicht mehr aus, so still und untätig in dem warmen Zelt zu sitzen.
»Komm«, flüsterte das kleine Mädchen. Und damit stand es auf, und schob den Pelz vor dem Ausgang zurück, und der Knabe folgte ihm auf dem Fuße. Da war es draußen noch immer Nacht, und die Sterne funkelten in eisiger Kälte. Aber wie die Kinder sich nun noch einmal und recht von Herzen wünschten, den Willen des Toten zu erfüllen, und versuchten, ihre Flügel zu bewegen, da hingen diese mit einem Male nicht mehr starr und leblos an ihren Schultern, sondern trugen sie in die Luft, leicht und schnell wie die Schmetterlingsflügel auf der Insel des Lichts. Sie stiegen höher und höher, so daß die weiße Eisfläche bald tief unter ihnen lag, und die Erde mit ihren

bleichen Eismeeren und schneebedeckten Gebirgen einem Mondlande glich, und die Sterne groß und nah waren, wie in jenen Nächten, als sie mit dem Winde reisten. Aber jetzt erfüllte ihr Anblick die Kinder nicht mehr mit Grauen und Furcht, sondern mit großer Freude. Wenn auch die Seele, die sie geleiten sollten, ihnen unsichtbar blieb, so zweifelten sie doch nicht daran, daß sie ihnen folgte. Denn wie zum Willkomm glänzten und funkelten die Sterne, eine sanfte, unendlich wohllautende Musik ertönte in der Ferne, und plötzlich sahen die Kinder über sich jenen weißen Nebelstreifen, den die Menschen die Milchstraße nennen, und der aus zahllosen Lichtpünktchen besteht. Die schienen sich zu bewegen, schienen in die Weite zu drängen, einem Zuge von wandernden Vögeln gleich.

»Sie sind es«, flüsterte das kleine Mädchen. »Es sind die Seelen der Toten.« Und wie nun die Kinder die Flügel ruhen ließen, vernahmen sie ein leises Rauschen, das sich zuerst langsam und dann immer schneller entfernte.

»Lebe wohl«, riefen sie, und dachten voller Liebe an ihren einsamen Freund. Da glaubten sie lange, noch immer ganz still zu stehen, während sie doch inmitten all der strahlenden Sterne schon hinabzugleiten begannen, und sich schneller, immer schneller und endlich in rasendem Fall erdwärts bewegten.

Über dem alten Garten lag die Dämmerung eines herrlichen Maimorgens. Ein wolkenloser Himmel breitete sich über die Stadt und das Land, den Strom und die nahe Meeresküste. Schon war der Horizont im Osten hell wie grünes Gold, ein leiser Wind glitt durch die Saiten der alten Äolsharfe und trug ihre sanften Klänge durch den Garten hin. Am Teiche lagen der Knabe und seine kleine Schwester im Gras, betäubt von dem rasenden Sturz und wie träumend. Die Zweige der alten Buche rauschten über ihren Häuptern, zu ihren Füßen bewegte sich leise das Wasser des Teiches, und still wie im Traum sahen sie den Kreis der Tiere und Pflanzengeister sich wieder um die Buche versammeln und hörten wieder ihre wispernden Stimmen. Der schwarze Schwan stand in der Mitte des Kreises, und schon trat auch die Buchenfrau wieder hervor.

Doch als die Kinder sich erheben wollten, um diese zu begrüßen, vermochten sie es nicht. Süße tiefe Schlaftrunkenheit lähmte ihre Sinne, nur mit Mühe konnten sie die Augen offen halten, und kaum, daß sie sich ein wenig aufgerichtet hatten, sanken sie schon zurück.

Die schöne Buchenfrau sah es und trat lächelnd näher und lächelnd, mit freundlichen Mienen, schwebten auch die Geistlein auf die Kinder zu und umschlossen sie in wanderndem Reigen. Der Schwan stellte sich an ihre Seite, und bei seinem

Anblick überlief die Kinder ein Schauer der Furcht. Doch auch er neigte nun freundlich den stolzen Hals.

»Ihr seid zurückgekehrt«, sagte er, »so seid denn willkommen«, und wie ein Echo ging es durch den Geisterreigen: »Willkommen«. Die schöne Buchenfrau aber schwieg noch wie sinnend still und winkte auch den andern, zu schweigen, so daß der freudige Ruf bald in einem Flüstern erstarb. Indem war es an dem östlichen Himmelsrand immer heller geworden. Die Sonne war aufgegangen, schon lag ihr Glanz auf den Dächern der hohen Stadthäuser, nun brach er glitzernd auch durch in den Garten, und ein Strahl tastete sich durch das Gezweig, golden und hell. Wie nun die schöne Buchenfrau sich zu den Kindern niederbeugte und sie aufhob und in ihren Armen hielt, fiel das erste helle Sonnenlicht auf ihre Gesichter und berührte sie wie eine sanfte Liebkosung, der Wind spielte in ihren Haaren wie eine zärtliche Hand, und von den Tautropfen, welche sacht aus der Baumkrone fielen, wurden ihre Stirnen genetzt.

»Seid willkommen, Menschenkinder«, sagte nun auch die Buchenfrau. »Ihr habt die Reise bestanden. Ihr seid zurückgekehrt, und nun will ich euch küssen, damit ihr von alledem, was ihr erlebt habt, auch nicht das Kleinste vergeßt.«

Mit diesen Worten beugte sie sich über die Kinder

und küßte sie, und dann legte sie sie sanft ins Gras zurück. Da erhob sich sogleich allenthalben ein fröhlicher Lärm. Die Glockengeister klingelten mit ihren Glöckchen, die Grillen zirpten und die Vögel begannen zu singen. Schneller und immer schneller wanderte der Reigen der Geister um die Kinder herum, und in all dem Schwingen und Klingen, Jauchzen und Drehen war es ihnen, als glitten sie in einem luftigen Fahrzeug durch den strahlenden Maimorgen hin, umflattert von Schmetterlingen und Bienen und von heiteren Klängen umweht.

Da beugte sich aufs neue jemand über sie, aber nun war es nicht die Buchenfrau, denn die war schon lange wieder zurückgetreten in den grauen Stamm, und nur ihre Stimme tönte wie ein Rauschen aus der Ferne. Der jetzt die Kinder begrüßte, war ein Mann, und als sie ihn ansahen, erschraken sie, weil sie ihn an seiner grünen Schürze und einem runden Messer, das er im Gürtel trug, als den Gärtner erkannten. Aber im nächsten Augenblick glaubten sie in ihrer Schlaftrunkenheit wieder nicht diesen, sondern ein Bild des lieben Gottes zu sehen, welches sie aus ihrer Biblischen Geschichte in Erinnerung hatten. Auch schien der alte Mann ihnen freundlich gesinnt. Er zog einen großen blinkenden Schlüssel hervor und legte ihn dem Knaben auf die Brust und dann streckte er seine Hand aus, die braun

und groß war und nach Erde roch und legte sie zuerst dem Knaben und dann dem kleinen Mädchen auf die Augen.
»Schlaft nun«, sagte er, »denn es ist noch früh.« Und wie die Kinder mühsam blinzelnd noch einmal aufschauten, sahen sie ihn fortgehen, auf demselben Pfade, auf dem sie einst in den Garten eingedrungen waren. Da fiel es ihnen ein, daß sie durch den Frühling und die Sommerhitze, mit den Herbststürmen und in das eisige Winterland gereist und doch bei Sonnenaufgang zurückgekehrt waren, und sie wunderten sich sehr. Ehe sie aber noch fragen konnten, wandte sich der alte Gärtner um und legte, wie um ihnen Schweigen zu gebieten, den Finger an die Lippen. Da sanken sie sogleich in einen tiefen Schlaf.

Schluß

Als die Geschwister aus diesem langen traumlosen Schlummer erwachten, waren die Flügel von ihren Schultern verschwunden, und verschwunden waren auch die Geister, die Buchenfrau und der alte Mann. Die Sonne stand schon hoch am Himmel und die Vögel zwitscherten, die Bienen summten und der Schwan schlug mit den Flügeln und rauschte über den Teich. Aber nun konnten die Kinder das Verborgene nicht mehr sehen und die Sprache der Pflanzen und der Tiere nicht mehr verstehen. Und darum wagten sie lange Zeit nicht, sich zu rühren oder miteinander zu sprechen, aus Angst, es könnte alles, was sie in dieser Nacht erlebt hatten, zerrinnen wie ein Traum.

Aber es zerrann nicht, und von all den seltsamen Dingen, welche sie gesehen und gehört hatten, vergaßen die Kinder ihr Leben lang nicht das Geringste. Als sie an jenem Morgen nach Hause zurückkehren wollten und die Stelle suchten, wo sie über den Zaun geklettert waren, fanden sie gerade an dieser Stelle eine Tür. Die war ganz neu aus frischem Tannenholz fest gezimmert und hatte ein blinkendes Schloß, und wie der Knabe den Schlüssel versuchte, den der Gärtner ihm gegeben hatte, paßte er genau. Da wußten die Kinder, daß sie nun wiederkommen durften, sooft sie wollten, und das taten sie auch fast täglich, solange ihre Kindheit währte. Sie kamen und halfen dem alten Gärtner gießen und graben, jäten und pflanzen, und wenn auch niemals mehr die zarten und wilden Stimmen der Natur so deutlich zu ihnen sprachen wie in jener Nacht der Verzauberung, so waren sie ihnen doch zeitlebens vertrauter als anderen Menschen.

»Weißt du noch?« sagten sie oft zueinander, wenn der Sturm besonders laut heulte oder die Sterne am Winterhimmel besonders strahlend glänzten. Und immer wieder versuchten sie, der Mutter von den Abenteuern ihrer Reise zu erzählen. Die aber wehrte ab, vielleicht weil ihr jene Nacht mit vergeblichem Suchen allzu bange hingegangen war, vielleicht auch, weil die Augen der Kinder bei solchen Berichten so fieberhaft leuchteten und strahlten.

»Ihr habt geträumt«, sagte sie freundlich. Aber das sagen alle Mütter, obwohl sie es im Grunde besser wissen.

Nachbemerkung

Gegen 1940 befaßte sich Marie Luise Kaschnitz mit dem Plan, ein Buch für Kinder zu schreiben, und es entstand ein Märchen in siebzehn Kapiteln. Nach der Ausarbeitung des umfangreichen Textes konnte sich die Autorin jedoch nicht zu einer Veröffentlichung entschließen. Etwa dreißig Jahre später übergab sie das Manuskript dem claassen Verlag für eine posthume Publikation. Das Buch erschien unter dem Titel »Der alte Garten« 1975 zum erstenmal.

Marie Luise Kaschnitz
Totentanz und Gedichte zur Zeit
89 Seiten, kartoniert

»Es werden immer einzelne sein, die uns im Wort die Welt deuten, sie etwas durchsichtiger, etwas deutlicher, damit menschlicher machen. Marie Luise Kaschnitz' Bücher, so darf man vermuten, werden weiter zu uns sprechen.«

Horst Krüger, DIE ZEIT

Hörspiele
268 Seiten, broschiert

»Die in diesem Band vereinigten Hörspiele, ob ihnen mythische, biblische oder Stoffe aus der Gegenwart zugrunde liegen, sind auf den Wahrheitsgedanken abgestimmt. Marie Luise Kaschnitz entzieht das Menschliche seiner geschichtlichen, seiner biographischen Wirklichkeit und bringt es in Beziehung zu seiner höheren Berufenheit. Alles Vordergründige ist transparent und ohne jene beängstigende Realität, der sich der Mensch von heute so sehr ausgesetzt fühlt.« *Neue Zürcher Zeitung*

Irmgard Keun
Kind aller Länder
Roman. 216 Seiten, gebunden

Das Mädchen, mit dem die Kinder nicht verkehren durften
Roman. 208 Seiten, gebunden
»Diese Geschichten vom ›Mädchen, mit dem die Kinder nicht verkehren durften‹, sind wahrhaft ein Lesevergnügen. Sie öffnen Augen und Poren. Vor allem aber überschreitet diese Literatur, die im besten Sinne unterhaltend, anregend und aufklärend ist, alle sonst üblichen Altersgrenzen und zielt auf ein Publikum zwischen 12 und 72.«
Nürnberger Nachrichten

Ferdinand, der Mann mit dem freundlichen Herzen
Roman. 264 Seiten, gebunden

Nach Mitternacht
Roman. 200 Seiten, gebunden
»Irmgard Keun wollte vermutlich nicht mehr als einen Unterhaltungsroman schreiben. Aber es ist schließlich ein kleines Meisterwerk daraus geworden.«
Wilfried F. Schoeller, Süddeutsche Zeitung

Gilgi – eine von uns
Roman. 264 Seiten, gebunden

Das kunstseidene Mädchen
Roman. 224 Seiten, gebunden

Ingeborg Drewitz
Gestern war Heute
Hundert Jahre Gegenwart
Roman. 384 Seiten, gebunden

»Dieses Buch ist ein Familien- und Entwicklungsroman, ein Zeitgemälde und vor allem ein Buch über Frauenschicksale. Ingeborg Drewitz führt vor, wie Frauen verschiedener Generation nach ihrer Selbstverwirklichung suchen; es ist ihr gelungen, das Ineinander von Historie und individuellem Schicksal darzustellen, das Eingreifen der Politik auch noch in die privaten Bereiche.« *Der Tagesspiegel*

Oktoberlicht oder Ein Tag im Herbst
Roman. 176 Seiten, gebunden

»Dieser Roman erfaßt einen seltsamen, schwierigen, dennoch durchgehaltenen Schwebezustand eines Menschen zwischen Hoffnung und Resignation. Ein sehr heutiger und, um dies nicht zu vergessen, auf besondere Weise poesievoller Roman; das heißt: sensible, exzellente Prosa.«
Nürnberger Nachrichten

Ingeborg Drewitz/Winand Buchacker
Mit Sätzen Mauern eindrücken
Briefwechsel mit einem Strafgefangenen
210 Seiten, broschiert